3神之病历

〔日〕夏川草介 著 黄瀞嬅 译

人民文学出版社
PEOPLE'S LITERATURE PUBLISHING HOUSE

著作权合同登记:图字 01-2019-7840 号

夏川草介
神様のカルテ3

KAMISAMA NO KARTE Vol. 3
by Sosuke NATSUKAWA
© 2012 Sosuke NATSUKAWA
Original Japanese edition published by SHOGAKUKAN.
Chinese translation rights in China(excluding Hong Kong，Macao and Taiwan) arranged with SHOGAKUKAN
through Shanghai Viz Communication Inc.

图书在版编目(CIP)数据

神之病历.3/(日)夏川草介著;黄瀞媱译.—北京：
人民文学出版社,2016(2022.10 重印)
ISBN 978-7-02-011326-2

Ⅰ.①神…　Ⅱ.①夏…　②黄…　Ⅲ.①长篇小说-日本-现代　Ⅳ.①I313.45

中国版本图书馆 CIP 数据核字(2015)第 318422 号

责任编辑:朱卫净　李　殷
封面设计:汪佳诗

出版发行 人民文学出版社
社　　址 北京市朝内大街 166 号
邮政编码 100705
印　　制 杭州钱江彩色印务有限公司
经　　销 全国新华书店等
字　　数 280 千字
开　　本 890 毫米×1240 毫米　1/32
印　　张 12
版　　次 2016 年 2 月北京第 1 版
印　　次 2022 年 10 月第 2 次印刷
书　　号 978-7-02-011326-2
定　　价 65.00 元

目 录

前

言

西拥上高地，东望美之原。

北据安昙野，南临诹访渊。

描述信州松本平原时，只需如上般列出风光明媚的地名即可。当然，风光明媚反过来说，可概括为"乡下"两字；清洁的空气和甘美的水源，正代表这块土地与"方便"两字相距甚远。

松本平原的人口约二十四万。

行政区的胡乱合并只是让面积变大，人口却没增加多少。合并的土地多半是所谓"猴子比人多"的山区，不知何时连枪岳的山顶也会被并入松本市内，这里的现状即是如此。

我栗原一止任职的本庄医院，就在这样的松本市镇上。

这是一家从一般诊疗到急救医疗都具备的、十项全能的地方基础医院。信州各地都有人口过少的情况，但此处，哀号、怒吼与叱骂声，三百六十五天，二十四小时，从未间断。

在地狱般的医院中，我虽力量微薄，却苦苦支撑着即将崩坏的地方医疗工作，已经坚持了五年半。

即使诚实耿直的内科医生再怎么奋斗，已颓倾的医疗现场仍会持续倒下，但不能说出这显而易见的事实。要对抗现实这无情的怪物，意志与热情是多余的，需要的是持续漠视事实的勇气及什么都不想的无我境界。

突然对已处于顿悟境界的我说"你去一趟研讨会吧"的人，是我的指导医生——内科部长大狸医生。

他一如往常"砰砰"拍打着浑圆的大肚子。

"听说大学要举办扩大内镜的研讨会。你要不要去学习一下？"

他还为我空出了周六下午。

虽说是研讨会，但不会持续到半夜。会议在傍晚便结束，以结果来说，离开大学医院的我，得到了短暂的休息时间。

"你回来啦，阿一。"

注满夏日阳光的小巷中，响起悦耳的声音。

这里是位于松本市北侧，闲静的住宅区一隅。

我眯眼看，深绿色的篱笆前有位抱着竹扫帚的娇小女子。那是一栋有石砌大门与博风板的古老的日式房屋，是栋气派的建筑物，但仿佛支撑不住岁月的重量，屋顶有些歪斜。与入口旁雅致的老梅树相互辉映，有种上个时代老照片的雅趣。

在如此的黑白风景中，唯有女子所在的地方有着灿烂色彩。

"阿一，辛苦了。"

我苦笑着回应妻子温暖的声音。

"我一点也不辛苦。只是坐着听人家说话而已，轻松得不得了。"

"毕竟是去学习的，所以辛苦了。"

妻子将竹扫帚靠在白漆墙上，静静地接过我的皮包。

"不知不觉中都盛开了呢！"

"你说槐树喔？"

妻子转头，看向邻居院子里的树。延伸到头顶上方的树枝前端，有黄色花朵随风摇曳。

夏日，在百花争艳中，其中不经意为后台染上色彩的花正是槐树。

"槐"是木字旁加上鬼字，有人以为它的样子会很不吉利，但并非如此。茂密的蛋形树叶上有小花瓣，是黄白色的可爱小花。站在远处眺望，仿佛许多蝴蝶聚集在叶子上，是令人不禁微笑的风貌。

以因山岚而曚昽的北阿尔卑斯山为背景，槐树花摇曳的时期，是在信州生活最舒适的季节。

"我去冲咖啡，你先休息一下。"

妻子以开朗的声音说，快步跑进门内。

在如此恬静的景色中，连入口旁那块快腐朽的"御岳庄"门牌，也显得古典风雅。我轻轻将歪斜的门牌扶正，跟着妻子走进去。

"御岳庄"原本是家旅馆，因此随处都留有格窗、壁龛等雅致的结构，然而时至今日那些装饰也只能用来强调时间洪流是难以抗衡的。

妻子先前应该在做某项工作吧。我看见一旁的桌子上摆着几台相机和数十卷胶卷。

相对于我这个在信州各地奔波的一介内科医生，我所深爱的妻子则是行遍世界的山岳摄影师。只要有工作，她便穿越国境四处旅行；回来后，像这样仔细地检阅照片和保养器材。

但对于平常几乎都在医院里生活的我而言，没什么机会看见这样的风景，因此觉得新鲜。

我不经意地朝其中一个镜头伸出手，但猛然想起每个细小的零件都是价格昂贵的东西，便缩回手。

"喔！真难得，夏天也会下雪啊？"

突然从起居室外的檐廊传来声音。

我移动视线，只见口中衔着烟斗的男子，悠闲地坐在檐廊上抽烟。

"天才画家眼中看得见凡人所看不到的东西吗？男爵。"

"我的意思是大夫居然还没天黑就回来了，就如同夏天下雪啊。那场什么大学的研讨会，一定盛况空前吧！"

男爵轻呼出白烟后，笑了。

"桔梗之间"的住户——画家男爵，是最早住在这栋御岳庄的人。

年龄不详、经历不明的奇怪画家，早在我六年前来到这里时，他已非常熟悉此处，想必已在此待了相当长的时间，但跟他打听相关的事情时，他却不回答。不可思议的是，这名奇人不知为何与我的妻子处得很好。研讨会的事也是从她那里听来的吧。

我走到檐廊坐下，午后阳光确实舒适怡人，是最适合傍晚乘凉的场所。

檐廊上放着摊开的报纸，上头小心地摆着切成细丝的植物叶子。

"英国产的烟草送来了，我正在风干。叶子是顶级的东西，不过有点潮湿。"

"真是个温文尔雅的画家啊。你的大作还顺利吗?"

"太过顺利了，不知为何让我感到很害怕，所以我决定先搁下画笔。"

他咧嘴一笑，举起的威士忌酒杯中有琥珀色液体摇晃着。放在檐廊一旁的酒瓶是二十四年的塔木岭（Tamnavulin）威士忌。这个人的信念就是：烟斗、苏格兰威士忌和咖啡的花费绝对不能省。

"太阳还没下山就能坐在家里风干烟草、喝苏格兰威士忌，实在太令人羡慕了。我真想跟你一样啊!"

"这种事不值得嫉妒。这也是生为贵族的宿命。"

一如往常，我只得到意义不明的回答。

我看着他，男爵若无其事地换个话题："对了。"

"大夫才是难得，没想到一整年都窝在本庄医院的你，竟会去大学医院进修。"

"是上司帮我调整时间，让我去的。就算成天大喊自己很忙，但日新月异的医疗技术不会等人。如果不找机会去进修，很快就会被淘汰。"

"平常就忙成那样了，还得利用少得可怜的闲暇学习，大夫也真是一门辛苦的生意呢。”

我苦笑着眺望庭园，突然眯起眼，因为看见两只野鸟飞入檐廊。它白色的腹部上有像是系着黑色领带的条纹，应该是山雀吧。一只像是在向我们炫耀领带似的挺胸鸣叫，另一只也不服输地高声啼叫。在灿烂的阳光下，纵横往来院子前方的小绅士举动，令人不禁微笑。

四周弥漫着淡淡的咖啡香，我移动视线。

从厨房拿着托盘出来的人，不用说正是我的妻子。

“噢，榛名公主。虽然不太可能，但你该不会打算就你和夫婿两人，品尝这闻名天下的咖啡吧？”

爱妻微笑响应起身的男爵。

“当然也有男爵你的份啊！”

“真不愧是公主。当然，即使托盘上只有两杯咖啡，我也会毫不客气地拿走一杯。”

男爵优哉游哉地拿走三个咖啡杯中的一个，开始啜饮。

我和妻子笑着对望，也拿了一杯。

妻子在一旁坐下，也拿了一杯享用。

内科医生与他的妻子，以及无赖画家，荒唐组合的三人，在晴天傍晚坐在檐廊上一边乘凉，一边喝咖啡。

前前后后都是平静的日常时光。但对于经常在如战场般的医院中奔走的我而言，这样的时光非常稀罕。

“不可心急。谨记，像牛一样，厚着脸皮前进才是最重要的。”

我的脑中突然浮现这句话。

这是夏目漱石给弟子的书简中所写的话。

漱石接着说道：

"牛总是超然地向前推动。如果你问我推动什么？我不妨告诉你。推动人类。而非推动文士。"

这是句只要将文士换成医生，便可印证到我身上的名言。

我在心中吟味着这句话，配上顶级的咖啡，突然觉得心旷神怡。仿佛在肯定我的陶然自得般，男爵开口问：

"大夫，今晚要不要小酌几杯呢？"

他伸出右手，轻轻举起苏格兰威士忌的酒瓶。

我兴奋地对他那心照不宣的邀请点头，几乎就在同时，胸前口袋里的手机响了。

"喂？"我响应，不用说来电的正是本庄医院的人。病房里有名病患的呼吸状态恶化了。

"医院呼叫我。"

看我挂断电话，一口气喝光剩下的咖啡，男爵一脸惊讶。

"夏天的雪终究只是幻象。"

"你说那什么话，虽说雪融化了，但下过雪是事实。若是盛夏时积雪，那才扫兴吧。"

我笑着站起身时，身旁的爱妻早已拿着公文包。

我告诉她："我走了。"

"路上小心！"

她以非常悦耳的声音送我出门。

从御岳庄踏出一步，夏天的夕阳耀眼炫目。意外得来的休假被轻易毁掉，我沉默不语，而太阳依然威风不减。

我苦笑叹息，姑且还是向战场踏出一大步。

视线转向道路前方，只见邻家的槐树仿佛在鼓励慷慨赴义的无名小卒般，自然地为我头上点缀色彩。

我跨步走过小巷，一阵夏风吹来，槐树花朵仿佛一齐挥手般左右摆荡。

第一章　夏日庆典

"救护车抵达，进入红色三号！"

我穿越走廊，一踏入急诊处，便听见紧绷的声音。

眺望窗外，红色旋转灯正好滑入"本庄医院急诊处"的牌子下。两名护士间不容发地冲出来。

我看了看表，下午五点半。

我在急诊处值班的时间刚开始，敌人突如其来派出救护车担任先锋部队。而且护理站对面的等待室中，早已挤满男女老少。

星期五晚上，普通人的心情会变得兴奋浮躁，似乎勾起了病魔特殊的兴趣。今夜病魔也正全力捣乱急诊处。

我来到中央大桌前说道。

"救护车说红色三号，表示一号和二号的重症病患已经在里面了，对吧？"

"你这么快就把握状况，真是帮了我大忙。栗原医生。"

冷静回应的是急诊处护士长外村小姐。

外村小姐是长年支撑着忙碌至极的本庄医院急诊处的资深护士。年龄应该即将迈入四十大关，但真相依旧不明，至少从她那修长的四肢及干脆利落的行动中，难以推测出她的实际年龄。

"抱歉，你才刚来就叫你做事，麻烦你负责刚抵达的三号。一号、二号已经先请实习医生处理了，等三号稳定后，再请你去支援。"

"我知道了。"边回答边看向急诊处大门，医院正面的红色招牌比救护车先进入眼帘，我立刻觉得头痛。

"三百六十五天，二十四小时看诊。"

唯有理念完美无缺的那块招牌，今夜也虚有其表地照亮松本的夜晚。

我将目光从招牌微弱的光芒移向身旁的白板上，只见门诊病床几乎被病患填满了，让我更丧气。

我轻按着额头叹气，外村小姐回以苦笑。

"老是叹气，小心幸福之神会逃之夭夭。"

"如果他是那种叹个气就逃之夭夭的寡情神明，我才想请他赶快走。"

"就是因为你老说那种自以为是的话，所以才会遭天谴。"

她以轻松的口气回应我，将厚厚一沓等待看诊的病患病历放在桌上。

"那是什么？你打算挑战吉尼斯世界纪录，看我们一个晚上能看几个人吗？"

"不用担心，医生你会不战而胜的。对象是你'招人的栗原'，没有人会想跟你竞争那种没有胜算的纪录。"

关于"招人的栗原"的迷信，我已经连反驳的力气都没了。以统计这种粗糙的计算公式，将纯属偶然的产物固定化，实在是让人困扰不已。

"嗨，这不是栗原医生吗？"

听见不属于这里的稳重声音，我回头一看，大步走向我们的是松平广域救护队的后藤队长，负责刚送来的病患。他递出写上运送病患生命征象的联络簿。

"我才想说今天怎么一开始就忙乱成这样，原来是医生你值班啊！"

我瞬间动了一下眉头，装作没听到，默默地在联络簿上签名。

后藤队长是救护队中最年长的成员，率领为数众多的救护队员。黑发中混着些许银丝，反而有种高雅的气质。他面露平静的笑容。

"医生你值班的夜晚果然不同凡响。你打算让全松本的救护车都集中到本庄医院吗？"

"后藤队长你的嘴巴也越来越坏了。老是讽刺我，小心下次我就不帮你签名？"

"那可就伤脑筋了。因为我已经收到联络要去接下一名病患了，所以可不能太优哉。"

带着些许笑意的冷静眼神，即使身处地狱中也不会改变。他不是我这后生晚辈比得上的对手。

"那么，待会见。"

后藤队长只留下无意义的问候便离开。在走廊等待的年轻救护队员跳上救护车，红色旋转灯也慢慢转动。外村小姐目送疾驶而出的救护车离开，轻拍我的肩膀。

"好吧，医生。你快点在后藤先生带下一个病人来之前，先送一个人回家吧！"

"不可心急。谨记，像牛一样，厚着脸皮前进才是最重要的。"

我唐突地小声说，外村小姐眨了两次眼。

"什么意思？"

"这可是夏目漱石的名言。你不知道吗？不可心急。谨记，像牛一样……"

外村小姐随即一脸惊愕。

"就是因为你老说那些话，所以大家才会说你是怪人医生！"

她边说边递给我一大沓病历。

"我晚点再听你说你有多喜欢夏目漱石，先从红色三号开始吧！"

虽然心不甘情不愿，但我还是默默地走向三号病房。

急诊处中有红、黄、绿三种颜色的病房。

红色是救护车送来的重症病患，绿色是轻症，黄色则介于两者之间。

被送进大大写着数字"三"红色处理室的是有腹痛和呕吐症状的女性。

确认她的生命体征稳定后，我指示护士做点滴、血液检查、尿液检查、X 光拍摄。年轻护士脸色铁青、忙乱不已，但现在没时间顾虑他们了。

走出走廊正想去红色二号，突然听到有人叫我，便停下脚步。

对面的黄色房间前正好有一台担架推进来。穿着连体工作服的男性躺在担架上，只有脸朝向我。只见他头上缠着应急的绷带，上面染有淡淡的红，应该是外伤的患者吧。

男性朝着走近查看他的我咧开一边的嘴微笑。

"医生，好久不见。"

我记得这个有些沙哑的声音。看着一时茫然的我，男性依旧挂着笑容。

"看你那样，好像还记得我嘛。"

"这不是因为酒精性肝硬化需要定期就医、却不来门诊净顾着喝酒的横田先生吗？可以在你尚在人世时重逢，我实在喜出望外啊。"

"嘿嘿，不愧是栗原医生，一点都没变。"

横田先生开心地眯起因黄疸变黄的眼睛笑着。

以前似乎从事过某种危险工作的这个人，举止中隐约可见一些狠劲。冷嘲热讽显然对他完全起不了作用。

"医生你的毒舌依然健在啊。明明喜欢甘甜的酒，但嘴巴却像淡丽辛口一样锋利呢。看你还是老样子，我就安心了。"

"头破血流还替我感到安心，真受不了你。你又喝酒了吗？"

"没喝。我从上个月就戒酒了。"

真是意外的回答。

"我回去工作了。才刚回去就犯了点错，不小心在工作中撞到了头。"

从一旁的护士手中接过病历看，才发现他似乎没说谎。我接过手套，拆开绷带确认头部的伤势。

"我听到你说回去工作了，是我听错了吗？"

"拜托，别故意讽刺我好不好。我也是得工作才有饭吃啊。"

听见他戏谑的口气，我怀疑他是不是真的戒了酒。

"伤势看起来没什么大问题，不过还是拍张头部 CT 确认一下吧！"

"头部 CT？那可糟了。会被你们发现我脑袋里全是空的吧？"

他对自己说的老套冷笑话笑个不停。

我当然笑不出来。

"就算不是空的，大概也有一半因为酒融化了吧！"

"……你的玩笑真伤人啊，医生。"

"我会为你祈祷那只是玩笑话。"

转身背对让我不禁笑出来的横田先生，窗外又传来新的警示声。大概是后藤队长所说的"下一名患者"吧。承受敌军毫不间断的袭击，护理站内俨然已是大骚动。

看来今晚也别想睡了。当然就算我大喊"让我睡"，肺炎患者也不可能退烧，骨折患者的脚也不可能接回去。就在我因那种不切实际的幻想而情绪高昂的期间，依旧听得见高喊我"栗原医生"的声音，才是现实情况。

我从白袍口袋中取出头痛药放入口中后，迈开脚步走向红色二号。

仰头看向窗外，外头已是晴空万里。

七月的烈日夺走世界的所有色彩，将民宅的土墙或屋顶全染成白色，耀眼眩目。从医务办公室二楼看出去的城镇，明明是大白天，却仿佛凝固般，白色的空间毫无动静。我将视线转向空中，是万里无云的蓝色。

敞开的窗户内侧，水蓝色的窗帘不时缓缓飘荡。

"看来你这次值班很辛苦。"

我听见平静的声音与下棋的声响。同时，远处的蝉鸣声伴随着某种喧嚣的躁动包围四周。

从洁白闪耀的屋外转向屋内，在眼睛习惯前，视野模糊不清。不过数秒后，便能看见在老旧将棋盘的另一边，老友侧着头若有所思。

那是进藤辰也。

他是我从医学院时代就认识的同学，以前曾被誉为"医学院的良心"，是个温厚笃实的男人。毕业后原本在东京的知名医院就职，但因某些缘故辞职了，今年四月起担任本庄医院的血液内科医生。

老友以手指抚摸着尖细的下巴，小声嘀咕。

"听说你一晚看了三十五个人？我刚来本庄时还觉得'招人的栗原'的说法实在太夸张，不过看来不是玩笑话呢。"

"是三十六个人！"

"咦？"

"自己走进来的有三十六个人，救护车八辆。"

"不用加起来没关系。我光听就觉得累了。"

我看着发出声响不断前进的"银"，就像个梦游患者一样，慢慢打出"美浓围"。

医务办公室的挂钟显示着上午十点。

不久前，如地狱般的急诊值班时间好不容易才结束。我从连续值班十六个小时中解放，走回医务办公室，看到难得会在礼拜六来上班的辰也。接着也没什么理由，就跟他下了一局将棋。

信州的夏天虽日照强烈，但只要躲进日荫下也还算凉爽。医务办公室窗边不时有凉风吹过。坐在窗前，我和友人中间隔着老旧棋盘，好一段时间都凝视着棋盘。

辰也的手再次轻轻移动。

"早上，我在急诊看到外村小姐，那个无懈可击的人竟罕见地带着没感情的笑容呆站着。"

"因为更新纪录了嘛。要是可以登上吉尼斯世界纪录的话，她一定会很开心吧。"

我自暴自弃地响应，辰也苦笑地移动视线。

"砂山好像也很辛苦。"

黑色巨大的身躯横躺在沙发上，发出如地鸣般异样鼾声的是外科医生砂山次郎。

他虽然出身于北海道的牧场农家，但因某种缘分进入信浓大学医学部就读，毕业后也一直在信州工作。他这黝黑巨大到我无法仿效的医院第一怪胎，遗憾的是他也是我的同学。

次郎从昨夜便不断进行紧急手术，直到天亮才回到医务办公室。连续喝下两杯他最喜欢的速溶咖啡后，昏厥般倒在沙发上，发出足以压过蝉鸣声的巨大鼾声，睡得不省人事。

我将秘密武器"角"送入敌阵，开口说。

"一个晚上有三场紧急手术。即使他这只怪兽，似乎也超越极限了。"

"一定是受到'招人的栗原'的余波影响。"

"我有异议！那是无法佐证的轻率发言。"

"要证据的话，只要拿出急诊处就诊人数的统计就很够了……"

"我还是有异议！总之你的发言让我很不愉快。"

睡得不省人事的次郎对身旁无意义的对话毫无反应，不断发出轰隆作响的鼾声。看他三不五时突然发出"夹子"或"三零丝线"的呓语，看来他在梦中进行第四场手术。真是辛苦了。

"不过今天是礼拜六。可以稍微休息一下吧？"

"能不能休息不是我决定的，是那些蜂拥而至的门诊患者和随时病况骤变的住院患者所决定的。"

"原来如此，看来我不能太期待了。"

辰也露出苦笑，低声呢喃："不过话说回来。"

"我真没想到栗原的'美浓'如此固若金汤啊……"

"是你自己的'中飞车'丧失了攻击力吧。"

我回应，并将棋子投入敌阵中。

看见我的"角"在自己的棋阵中转变成"马"，辰也将双手抱在胸前。

"你通宵熬夜后，头脑转不过来时，比平常更难缠呢。"

"哼，连续下了几手不怎么样的棋，最后说这种输不起的话，真不像你啊。"

我又走了一步，辰也终于默不作声。

喧嚣的蝉鸣和次郎的鼾声交杂。在视野一角的窗帘，仿佛受到次郎变得更大声的鼾声惊吓，再次缓缓摇动。

同时，背后传来医务办公室大门打开的声音。

"啊，原来在这里！"

我们一齐看向熟悉的声音那边，站在那里的是南三病房的主任护士东西直美。

"东西，难得你会来医务办公室。"

"又说那种优哉的话……你们在做什么，医生？"

"正如你所见，我们在下将棋。这种事你也不懂吗？"

"你明知道我指的不是那个吧。我打了院内 PHS 好几次，你都没接。"

"不可能。"我回答，从白袍口袋中取出 PHS，才恍然大悟。

"没电了。"

东西双手叉在纤细的腰上，不敢置信地叹气。

东西直美是从我当实习医生时期便常受她照顾的护士，她临危不乱的冷静表现素有好评。我刚成为医生时，她那冷静的态度帮了我不少忙。

"PHS也因为通宵工作累坏了吧。今天就让它好好休息吧。"

"我会让PHS休息，不过医生你可不行。请你马上来病房。医嘱只到今天中午为止的患者相当多喔。"

"那可不行。"

回答的人是辰也。

他话才说完，便拿起装棋子的木箱。

"喂，辰……"

我根本来不及阻止他，他细长的手指就捞走棋盘上所有棋子，全部收进木箱中。

"我以为你终于结束工作了，所以才陪你下一局的。如果还有医嘱没做，应该病人优先。"

他说完这句话时，棋盘上已整理得一干二净。一定是他判断出胜利岌岌可危，才会做出这种举动，但在我发出抗议前，东西就已出声催促了。

"大家现在都很伤脑筋，所以你快点啦，医生。"

看她现在的气势，如果我将脖子递出去的话，一定会被她揪住直接拉走吧。

我只能悄然起身，交互瞪着微笑挥手的辰也和在如此骚动中也能贪睡不起的砂山次郎，然后离开医务办公室。

"喂，栗原！"

我好不容易被眉头紧锁的东西解放后，听见南三病房护理站响起粗暴的声音。

回头一看，只见中央大桌前有位坐在轮椅上的娇小老奶奶。她驼背，下巴几乎快碰到桌子的姿势，只有眼睛异样灿烂发光，紧盯着我。

"喂，栗原！"

满是皱纹的嘴巴动着，发出沙哑的声音。我充耳不闻，看向手中的电子病历表。

我这么做是有理由的。

这位老奶奶叫开田常，九十二岁，因为肺炎住院中。相较之下，她全身状态都蛮稳定的，但嘴巴很坏。不知为何她的坏嘴巴老爱纠缠我。

"你没听到吗？栗原。"

我连响应的力气都没有，所以决定怎样都要装作没听到。

"你只是装作没听见而已吧？栗原。"

阿常奶奶没什么家人。丈夫就别说了，连儿子、媳妇都已撒手人寰，只剩一个妹妹和孙子、孙媳而已。据那对夫妻所说，阿常奶奶原本是个性温和、笑容满面的老奶奶。

不知道究竟发生了什么事，看到现在毒舌的阿常奶奶，实在难以想象。

"真是个态度恶劣的医生。"

"还比不上阿常奶奶呢。"

"你明明听得到嘛。"

我豁出去地回过头。

"我肚子饿了，栗原。"

她灵活转动的眼睛看起来很认真，但我可不能就这样被她击倒。

"你正在禁食，阿常奶奶。在肺炎痊愈前，是不能进食的。"

"我快饿死了。啊啊，我快死掉了。你一定觉得我干脆死一死比较好，对吧？你一定认为我都活到八十二岁，已经很够了，对吧？栗原。"

"就算你少算十岁，也没人会给你饭吃的。"

"啧，无情的世界！"

据她的孙子、孙媳所言，阿常奶奶早就痴呆了，但在我看来并没有。

"如果被你杀死，也算了了我的心愿。我会变鬼回来找你的。"

她说的话有时会支离破碎的，所以或许有轻度的失智症。

不管有或没有，她咔嗒咔嗒地移动轮椅，用全身表示不满的模样，有种可怕的气魄。

"阿常奶奶，您在这里做什么？"

说话的是担任护士才第二年的水无小姐。她是有一头咖啡色短发、性格开朗的护士。大概是刚换完点滴吧。抱着点滴空瓶的水无小姐连忙冲进护理站。

"医生，不好意思。阿常奶奶一定又胡说了什么吧？"

"跟平常一样，所以不是什么问题。"

"阿常奶奶，医生很忙，不可以给他添麻烦。"

听见水无小姐的话，阿常奶奶嘟着嘴露出闹别扭的表情，沉默不语。

"最近她孙子和孙媳妇几乎都没来探望她，所以阿常奶奶很寂寞。"

水无小姐一边小声告诉我，一边利落地收拾空瓶，并开始整理病历。她才开始这份工作一年半，但看着她迅速利落的动作，觉得非常痛快。我明白东西为什么对她的评价会那么高了。唯一的问题就是，她竟然选择那个砂山作为交往的对象。

咔嗒咔嗒输入电子病历的声音响遍护理站。一旁的阿常奶奶斜眼盯着水无小姐双手极富规律的动作。

天空的艳阳终于转变为午后和煦的阳光。

踏出医院，已是傍晚时分。

走出院外，发现即将西下的夏季太阳变成和煦的暮色。

我爬上流经医院后方河川沿岸的堤防道路，行道树的绿叶在夕阳照射下非常耀眼。薄川的两旁有暗红色的行道树，笔直延伸到美之原的方向，远方消失在树丛的光芒中。

信州这片土地，在寻常的日常风景中，总有这样的绝美景致。看到如此美景的瞬间，即使通宵熬夜的疲劳也会烟消云散。我在堤防上，举起手遮住额头，眺望夕阳照耀下的美之原棱线。

适逢星期六傍晚，因此来往的车辆不多，能看见悠闲散步的老夫妇和慢跑的情侣。

我转动视线，此时让我停下动作的是，因为看见眼前杂草丛生的河岸上有个人影。

那是急诊处的外村小姐。

她衔着她平常抽的 Philip Morris 香烟，悠闲地眺望远山的棱线。她昨夜明明和我一起在急诊处工作，但现在在这里，表示她今晚或许也要值夜班。没有充分的睡眠，却在这里悠闲抽烟的模样，一如往常地利落干练、无懈可击。此时，她似乎也注意到我，转头看向堤防上方，轻轻举起手中的烟。

"你该不会现在才要回家吧？医生。"

"谢天谢地，我终于可以回家了。"

"你到刚才都一直待在医院？"

"对啊，没错。"

外村小姐以苦笑响应我疲惫的声音，接着将抽完的烟头塞入携带烟灰缸内，爬上堤防道路。

"不过现在可以回家了，对吧？"

"托你的福。"

"那快点回家睡觉吧。你用那种脸色工作，也只会让我们困扰罢了。"

她爽朗地笑着说。

外村小姐的体贴总是让人觉得很舒服。

"外村小姐你才是，听说你连续两天值夜班？"

"平常是不可能的，但有位护士感冒了。"

"所以护士长亲自下场代打？"

"没有'招人的栗原'在的夜班，根本轻松得不得了。门可罗雀啊！"

出乎我意料的回答。

回想起昨晚的手忙脚乱，我也无法反驳。

突然听见某处传来太鼓声。我转动头寻找声音时，笛声配合着太鼓响了。有点虚幻的乐声，大概是因风向的关系，时远时近，像若即若离的波浪般摆荡着。

"庆典好像开始了。"

"庆典？"

我提出问题，没想到外村小姐一脸讶异。

"天神祭啊！每年都会举办。"

听她这么说，我随即想起。那是每年七月底这个时期由深志神社举办的例行庆典。

庆典的声音从距离医院徒步只要几分钟的深志神社，乘着风传来。

"每次听到这声音，就觉得夏天来了。"

"这就代表今天和明天急诊处会挤满喝醉的人啊。"

"你怎么老用那么难听的讲法。"

外村小姐虽然这么说，似乎也没放在心上，看起来很开心。

竖耳倾听庆典乐声一会儿后，外村小姐突然想起什么似的看着我。

"对了，医生。能不能请你在我值班时间到来之前赶快回家？我觉得只要你在医院，患者就会不断增加。"

虽然这完全是莫须有的罪名，但我还是莫名地点点头，扬长而去。

穿越小路往北侧住宅街走去，不消两分钟便可进入被绿意盎然的大树团团包围的非日常空间。

在住宅街正中央默默扩展的圣域就是深志神社。

仰头一看，遮住傍晚天空的参天大树枝叶茂密，放眼望去，古老石阶和红色社殿以绝妙的色彩相互搭配，非常好看。因有镇守之森而平常静谧的神社境内，今天人来人往。

今天有庆典，那是理所当然的。

天神祭是奉菅原道真为祭神的小神社，一年一度的大庆典。

不太宽广的境内，已经整齐排列着许多小摊，垂吊灯笼的柔和火光照耀着往来的人们。

庆典似乎还没正式开始，有的店已经营业，有的才刚搭起帐篷。搬送摊贩铁架的强健男人、整齐排列许多面具的女人、叼着香烟悠闲眺望这些人的老人，五花八门的气氛有着孕育庆典特有的热度。

神乐殿一旁，好几座舞台被拉出来，一群胸膛厚实的男人在舞台边大声吆喝，令人印象深刻。

我在庆典中闲晃，虽然没喝酒，却觉得飘飘然。

那样的喧嚣中，我突然在"捞金鱼"的旗帜前停下脚步，不是因为金鱼特别稀罕，而是我对旗帜下将巨大水槽往外拉、身穿工作服的男人有印象。

男人像是感受到我的视线般转过头来，眼神交会的瞬间，他先是有些吃惊，接着尴尬地露出苦笑。

"哎呀，栗原医生。"

是谁呢？原来是横田先生。

"昨天头破血流的伤者，在这种地方做什么？"

"你看我像是在做什么？"

"……你在扮演金鱼摊的员工吗？"

"你还是嘴巴很毒耶，医生。我就是金鱼摊的员工啦。"

横田先生"嘿嘿嘿"地笑着，用布巾盖住头上的绷带，乍看之下，看不出是昨天因外伤被送到医院的患者。绷带虽盖住了，却隐藏不住眼睛的黄疸。

"你别一副可怕的表情，我只是一个金鱼摊的员工。"

"我并不是在对一个金鱼摊的员工生气，而是在气你昨天才说已经戒酒，今天就破戒了。"

我皱起眉头，瞪着横田先生明显变红的脸。横田先生似乎已经黯出去了，他搔搔头。

"没有啦，医生，我真的戒酒了。但今天是庆典，射箭摊的伙伴叫我喝酒，实在拒绝不了……"

我瞄向隔壁卖大阪烧的老爹。目光前方那名男子以磊落的笑容对着我。我只能叹气，用手扶着额头。

"昨天是因为喝醉准备开店，所以才撞到头吗？"

"那时候一滴也没喝，真的！"

"话都是你自己说的。"

"别说了啦，医生。我们今天的关系不是病患和医生，而是大方的金鱼摊和难搞的客人。你就别太刁难我了。"

满脸通红的横田先生边在水槽中贮水边说着莫名其妙的话。

"总之我能够开店，全多亏了医生。别看我这样，其实我很感谢你的。"

他说完后，开心地笑了。凹凸不平的脸露出些许羞赧的笑容，莫名地惹人喜爱。但是不能因为这样就上当，而忘了医生的本分。

"总之，你一定得戒酒。否则下次你喝的就不是酒了，而是死亡之水。"

"医生，这种不吉利的话你也说得出来。"

原本有点畏缩的横田先生，马上找回喝醉酒的人特有的活泼回答我。

"我就快准备好了，你一定要来光顾喔，医生。"

为了抛开无处宣泄的徒劳感，我转身离开横田先生。

来到西侧的鸟居下，看到携家带眷的家庭和一群穿着浴衣的年轻女子，庆典已经开始了。红色灯笼摇曳，喧嚣热闹，呈现不同凡响的活力。

我踏着石阶穿过鸟居，正想要离开庆典。

突然感觉背后有股骚动。

回头看，听见有人语焉不详地大喊着。听不清楚那个人喊什么，但感觉非常迫切。人群开始聚集在章鱼烧摊子对面，也就是我刚离开的金鱼摊一带。

我眯眼细看，同时听到了没意义的怒吼声。

"金鱼摊的昏倒了！"

我沉思了一瞬间，立刻转身冲回境内。

拨开人潮，来到"捞金鱼"的旗帜下，只见横田先生倒卧在水槽旁。

他跟方才一样右手抓着水管。从水管哗啦哗啦流出的水声显得超现实。放入水槽里的红色金鱼似乎已察觉异常的气息，慌张地四处乱游。

我推开跪在横田先生旁边的大阪烧老爹，探了探脉搏，血压没什么问题，也没有心律不齐，叫他却没有反应。

大阪烧老爹大叫："你还好吗？"我转身告诉他。

"请帮我打——九叫救护车。"

"好！"他回应，一旁的章鱼烧老板以可疑的眼光看着我。

"什么啊，小哥，你是金鱼摊的朋友吗？"

"别开玩笑了。"

我反射性地响应后，才发现自己失言，闭上嘴，但章鱼烧老板眼中的怀疑更深了。我不得已，只好叹口气补充道。

"我是他的主治医生，碰巧经过这里。"

我连一句适当的话都回答不出来，是因为我早知道自己会头痛不已。

"你回来得真快啊，栗原。"

深夜的医务办公室中迎接我的是跟白天坐在相同地方、默默解着"诘将棋"棋步的辰也。

时间是晚上十点。

紧急运送在深志神社境内昏倒的横田先生到院，检查后并安排他住院，终于告一段落，才发现已经是这个时候了。

深夜的医务办公室灯都关了，相当昏暗。昏暗的医务办公室一角，月光下，辰也舒适地在棋盘上下着棋，他自言自语地说。

"我听说你的患者被送进来了……"

"他只是肝性脑病变。打了一瓶 Morihepamin 点滴后，意识就恢复了。他意识恢复瞬间，便大吵大闹着说：'我还有金鱼摊要顾，让我出院！'真是败给他了。"

"随着不肯戒酒的成瘾症患者起舞，该说很像你会做的事呢？还是说你的喜好真特殊呢……"

辰也合上"诘将棋"的书后苦笑。虽然他说话口不择言，但笑容很温柔。我坐在他对面，说道：

"你才是，怎么这么晚还没走……"

话说到一半我就闭上嘴巴，因为看见一个年幼孩子躺在辰也的膝上熟睡。辰也即将满三岁的女儿夏菜，紧抓着父亲的胸口，舒服地呼呼大睡。

看见沉默的我，辰也淡然回答。

"我回家带她去公园玩时，就接到病房呼叫我回来。她吵着要跟我一起来，怎么讲都不听，不得已只好带她来了。到刚才为止都有护士们陪她玩，所以好像玩累了。"

"病房那边已经处理好了吗？"

"那名患者本来就有忧郁的倾向，只是突然发作服了十天份的安眠药。现在比我们还要安详地熟睡呢。"

"原来如此。"

我静静地点头，看向辰也。不愧是辰也，早已正确解读出我想说的话了。他面露些许微笑。

"放心，我没有太勉强。"

他细长的手指温柔地抚摸女儿的发丝。

"要一边照顾夏菜，一边巡病房，虽然很辛苦，不过我会在能力范围做我能做的事。如果还是不行，我只要全部推给你，拍拍屁股走人就好了。"

"你可以转换想法是很好，但惊人的是你想把事情推给我，却没有取得我的同意。"

"没错，我一直在想，究竟什么时候告诉你才好。"

辰也呵呵笑了两声，看起来无忧无虑。

像是在呼应他豪爽的笑声一样，在他腿上的夏菜稍微伸个懒腰。

可以听见她小声地不知说了什么，大概是在说梦话吧。三岁小孩会说什么梦话，我也摸不着头绪。

"如月最近怎么了？"

我唐突抛出的那个名字，是辰也丢在东京的妻子之名。选择患者而非家人的辰也妻子，现在应该也在东京的医院工作才对。

我毫不客气的偷袭，但辰也不为所动，像是早就料到似的。

"我们偶尔会联络。"

"她会回来吗？"

面对我直截了当的问题，辰也始终保持笑容便敷衍过去。

"我不知道。"

不是因为人在苦境而悲观，也不是逃避现实。以前学生时期被称为"医学院的良心"、头脑清晰的老友模样依然存在面前。

不心急，慢慢地，像牛一样，厚着脸皮……

现在的辰也正如这句话般前进。

"来喝一杯吧，阿辰。"

我低头从白袍口袋中取出两瓶罐装啤酒。将两瓶酒摆放在将棋盘上。

"我去天神大人那里时买的。为毁了我们休假的酒精中毒和忧郁症患者干杯。"

"我想为有魅力一点的事干杯啊，栗原。再说这里是医务办公室。我想这里不是个适合喝啤酒的好地方……"

"没问题。这是 KIRIN FREE。"

“在我看来是纯然的 CLASSIC LAGER……”

“你就当它是 FREE 吧。”

“你一点也没变呢。”

辰也再次略晃动肩膀地笑了，像要打断他声音般，医务办公室的门猛然打开。发出嘈杂脚步声走进来的是壮汉外科医生砂山次郎。

“喔，这不是一止和阿辰吗？”

开口就是让人头痛的巨大声响。

对于好不容易头痛才稍缓和的我来说，实在是攸关死活的问题。

“次郎，你要么就闭嘴，要么就别说话。”

“要么就闭嘴，要么就别说话？”

看着一脸认真苦思的壮汉，我都筋疲力尽了。

“就是叫你安静啦。”

“喔喔，这不是夏菜吗？”

“你有在听我说话吗？蠢蛋！”

壮汉心情很好地低头看着躺在辰也腿上睡觉的女孩，开心说“她真可爱”的怪兽声音，让夏菜睡眼惺忪地睁开了眼，但又马上回到梦乡。

“砂山你又有手术吗？我看你这阵子非常忙，不要紧吧？”

“所有外科医生都因为外科学会去了东京。只剩下部长甘利医生和我，所以预定手术和紧急手术，全都得由我们两人来处理……”

外科部长甘利医生相貌堂堂，拥有足以媲美次郎的黝黑皮肤和高大身躯，可谓沉默寡言的豪杰，是个地道的外科医生。

"你和那个甘利医生面对面手术吗？"

"对啊，虽然会紧张，不过可以学到很多东西。"

"哇哈哈哈。"次郎毫无意义地大笑回答。

面对连日连夜的紧急手术，还得和甘利医生一对一进行处理，在这样的压力中还能放声大笑，他坚毅的内心实在令人佩服。

这个男人将逆境转变为一己之力的能力，的确比我和辰也厉害许多。

"周末更要好好努力才行。"

看见他发出天真无邪的笑声，原先充斥四周的抑郁也不可思议地转化成朝气。我一边以叹息赶走苦笑，一边从白袍中取出第三瓶啤酒。

"次郎，让我们为你那源源不绝的精力干杯！喝吧！"

辰也一脸不敢置信。

"栗原，你的白袍里到底放了几瓶酒？"

"需要的东西，需要多少全装在里面。"

我泰然自若地响应，自己伸手拿了一瓶。

"虽然是无可奈何的日常生活，但老抱怨也没有用。患者来，能响应他们需要的也只有我们了。"

我说这句台词有一半是在逞强，但在这个道理讲不通的世界，也只能带着靠逞强撞倒现实的气概走下去了。没有路的山、没有桥的河，也只能靠逞强和坚持，走到走得到地方为止，这就是我们的路程。

次郎气焰高涨地取走一瓶啤酒。

"正所谓来者不拒。一止果然很会说话。"

"在佩服我之前，先把声音压低啦。你会吵醒夏菜的。"

"没关系啦，栗原。听见砂山的大嗓门，活力会不可思议地涌上来。"

"喔，你也说很会说话嘛，阿辰。"

我们不着边际地聊着，三瓶啤酒同时打开。

异口同声地说着"干杯"，同届三人的小酒宴开始了。

回到御岳庄时，日期快改变了。

在微阴的天空中，月亮照耀简陋的房屋。银白色的光照在玄关旁煞风景的梅树上，刻画出雅致的浓淡风采，在御岳庄龟裂的白漆墙上投射出神秘的影子，仿佛淡雅的水墨画。

我抵达玄关前，感到讶异，因为整间御岳庄的电灯全关了。现在已过了凌晨十二点，妻子应该就寝了吧，但"桔梗之间"是暗的，实在太稀奇。男爵或许出去游荡了吧。

我穿过门口，经过全暗的走廊，拾级而上。

楼梯上的走廊尽头，就是我居住的"樱之间"。轻轻打开嘎吱作响的纸门，进入昏暗的房间，灯突然亮起，我感觉晕眩。

"你回来啦，阿一。"

熟悉的悦耳声音在房内回荡。

我瞬间因晕眩而眯起眼，仔细一看，原以为在十张榻榻米大的和室里躺在矮桌旁睡觉的妻子，却满脸笑容地坐着。身上穿的不是睡衣，表示她一开始就醒着等我。我很困惑，眨了两三次眼，然后她背后发出巨大的拉炮声响。

"你终于回来了，大夫！"

我回头看向粗厚嗓音的来源，一点也不意外地看到衔着烟斗的男人单手拿着刚拉过的拉炮，带着泰然自若的笑容站着。

"小榛、男爵，大半夜的你们在做什么？"

"不用问。总之你先坐下吧，大夫。"

他们推我走进房间，跪坐在矮桌旁。

妻子纤细的手腕伸向放在桌上的白色盒子。

看见他们从盒子内取出的东西，我马上明白了。

"生日快乐，阿一。"

妻子温柔的声音降落在纯白的蛋糕上。

"榛名公主的锐眼总是让我佩服不已。"

男爵边大口吃着妻子切好的美味蛋糕边说。

深夜的"樱之间"瞬时充满活力。

只要有妻子在，即使充满杀气、从没人去过的沙漠也会立刻变成生意盎然的绿洲；但一旦加入男爵，世界立刻转变成庆典。

"是榛名公主说的。她说大夫会在十二点过后才回来。正好碰上大夫的生日，所以问我要不要一起庆祝？"

妻子的预言准确无误。只能说是精彩。

"但是大夫三十岁了，是吗？你也年纪大了呢。"

"这句话轮不到怎么看都比我年长的男爵来说吧。"

"年长？你的话真不可思议。"

看见一脸认真回答我的画家，在旁冲咖啡的妻子满脸惊讶。

"难道男爵你还没三十岁吗？"

"榛名公主，这是个蠢问题。我怎么可能变成三十岁这个不吉利的年纪。"

"咦？"妻子将手轻放在薄唇上，惊讶不已。我将叉子叉在偷偷伸手要拿第二块蛋糕的男爵前面，朝他一瞥。

"男爵你是什么原因而不满三十岁的？为了谨慎起见，我可以问吗？"

"那是很久以前的事了。"

男爵不管我的妨碍，伸手拿了第二块蛋糕放在盘子上，说道：

"才华洋溢的青年画家，为了世界和平而不断奋战，某天却被邪恶巫师下了诅咒，从此之后再也无法变成超过二十九岁的年纪，于是，青年只能流泪迎接每年重复到来的二十九岁生日。"

"我先问你过了几次二十九岁生日，以供参考吧？"

"关于那点……"

男爵吐舌，眯眼笑了。

"我也忘了。"

这个狡猾的画家。

妻子开心地笑着，并将刚冲好的咖啡放在桌上。猪田的阿拉伯珍珠加上大量牛奶。或许有人会说这样的喝法是旁门左道，但它的美味却是毋庸置疑。

"阿一，你最近好像又变忙了。"

"很忙，但也没办法。酒精中毒的人喝酒、忧郁症的人吞药，但我们能做的事并非只有大喊'自己很忙'而已。"

"大夫的责任感还是这么重，实在太令人折服了。偶尔像我一样，从现实中挪开视线，逃避不也很好吗？"

"逃避现实也不错，但逃得越远就会有越多追赶上来，这才是现实吧。"

"不成问题。只要用比追赶上来的现实更快的速度继续潜逃，现实就永远追赶不上了。"

男爵捶着自己的胸膛，丢出意义不明的建议。

妻子似乎真心折服。

"男爵就是这样全力逃脱现实直到今日的，对吧！"

男爵突然垂下肩膀。对男爵而言，妻子的佩服比我的讽刺更伤人。

我苦笑，转移话题。

"小榛，如果病房稳定下来了，我明天或许可以提早回来。要不要一起去天神祭呢？"

"真的吗？"

睁大眼睛的妻子似乎马上清醒，摇了两三次头。

"我想还是算了。你一定会勉强自己的。"

"一点都不勉强。我们平常就承蒙深志神社不少保佑，我们去参加庆典，顺便也去还愿吧。"

我的这句话让妻子开心地笑了。

见她表情不断转换的模样，我大受激励。

"我原以为信州的夜晚即使是夏天也很凉爽，但似乎只有这间'樱之间'不一样。我突然觉得热得受不了。"

男爵啪哒啪哒地用手扇着风，用一种做作的声音故意插进来。

"如果热到受不了，你可以随时离开这里没关系喔，男爵。"

"那可不成。看着幸福的两人，就会忍不住想要抓紧机会加以妨碍，这可是人之常情。"

男爵津津有味地喝着咖啡，说着让人困扰不已的话。

"大夫，你的人生已经得到医生这样的地位与令人怜爱的妻子。过分充实的日子，你可能不懂它的珍贵。本人不才，所以才想身体力行，告诉你嫉妒是什么滋味。"

"你说这话也太奇怪。得到了永远不会三十岁的不可思议之躯，和可以不断逃离现实、无人能及的脚力，男爵你才是人人称羡的目标不是吗？"

"那要不要交换呢？大夫？"

"就算千刀万剐，我也拒绝。"

妻子听着我和男爵没什么建设性的对话微笑。但她笑着笑着，音调和视线突然往下降。

"小榛？"

我回头一看，妻子连忙挤出微笑说："没事，我觉得很开心……"

"岂有人会因为开心而不笑。你在担心什么？"

"没什么，我只是在想屋久杉君也能快点回来就好了。"

见她羞怯歪头的模样，我和男爵都不禁觉得奇怪。

屋久杉君是御岳庄"银杏之间"的居民。刚上大学便失去人生目标，过着大白天就缩在暖炉桌里喝酒、自甘堕落的生活，但有次得到了机会，启程踏上屋久岛研究之旅。

"那之后已过了将近一个月，他音讯全无吗？"

"我也担心他是不是醉倒在哪里的旅馆了。"

"我倒认为不用担心。"

相较于我们，反而是妻子坚定地回答。

我和男爵一起看着妻子。

"我并不担心他。相反的，只是觉得如果他旅程太开心再也不回御岳庄的话，我会很寂寞罢了。"

其实妻子比谁都担心原本只会蜷缩在暖炉桌里的屋久杉君。既然她都那么说了，我和男爵也只能点头，没有异议。

"大夫……"

男爵咧嘴一笑，看着我。

"不用你说，男爵。"

我强而有力地打断他的话，站起身来。从一旁的书架上拉出《哈里逊内科学》的巨大书盒。里面当然不是医学书籍，而是我珍藏的四合装日本酒。

"你打算以友人的行踪为下酒菜，跟我喝上一杯，对吧？"

对着拿出"信浓鹤"大吟酿的我，男爵笑着慢慢点点头。

混沌不明的期待、寂寥与安心，温暖地蹲踞在胸中。

身旁有爱妻，眼前有美酒。

即使是万事困难的日常生活，这样的短暂时光依旧带给我无法取代的愉快。

我只能淡然处之，享受这无比幸福的时光。

虽说满三十岁了，但也不代表朝阳会特别眷顾我，照耀我的人生。

眼前依旧是美丽的信州风景和令人窒息的日常。

孩提时期总以为二十岁就已是个十足的大人，三十岁便是老人家，超过四十岁全都可归为神仙之类的。只是当自己也来到了三十，才知道没有任何领悟和发现。

在不自由的大地上立了一根根毫无道理的柱子，再盖上忧郁和压迫组成的屋顶，这就是名为人生的临时小屋。短短三十年的经营，或许还无法习惯这个住处。至少希望到了不惑之年时，可以将顶上这片沉重的屋顶换成通风良好的材质。

我在正午前，思索着无谓的哲学出门上班。

暂且先不提明明是周日、在满三十岁的第一天就得心不甘情不愿地上班这件事，来到医务办公室前，与意料之外的人物擦身而过，不由得停下脚步。

夹杂着些许银丝的头发、厚厚黑框眼镜后异常锐利的眼神、全身紧裹着黑西装、腋下夹着一沓文件的小个子男性，令人印象深刻，那个人是本庄医院事务长金山弁二。

我擅自给他取了"财政部"这个名字，因为他原本就是担任过公务员的有能官吏。自从他被本庄忠一院长挖角上任后，立刻让原本掉到谷底的医院经营好转，是个不寻常的能人。

那位能人平常应该都待在与医院比邻而居的事务局建筑物里才对，因此他出现在医务办公室前，可说是极为奇特的事。

我向他行了个礼，对方眉毛动也不动，只对我冷静一瞥并点头示意，便不发一语地离开了。

"喔，小栗子，辛苦了。"

紧接着医务办公室内部传来活力十足的声音，来自我的指导医生大狸医生。坐在沙发上的大狸医生一派轻松地向我挥手。

"周日也得巡房，真是辛苦你了。"

面对发出爽朗声音的大狸医生，我当然不会轻忽大意。

"事务长和医生您周日大白天在医务办公室里商量什么阴谋？"

"什么阴谋，讲得这么难听。因为小栗子你被事务长盯上了，所以我只好拼了老命替你说话啊。哇哈哈哈！"他高声大笑。

我实在笑不出来。

我的确在两个月前和财政部发生过正面冲突。那时因为大狸医生搅局，所以才大事化小、小事化无，但可以确信的是我已经登上财政部的黑名单。

我朝大狸医生偷偷一瞥，他对我说"开玩笑的"，再次高声大笑。

我从放在桌上的皮包中拿出四个角都已磨损的《草枕》和皱巴巴的白袍，这期间大狸医生一边抚摸着大肚子，一边仰望窗外叹气。

"晴朗的天空、静谧的周日、没有休息就来工作的小栗子……我去打高尔夫球的理由已经全凑齐了，只可惜……"

他感触良多地嘀咕着没营养的事。

"……有什么麻烦的工作吗？"

我察觉到他话中有话，所以试着问看看，结果正中他下怀，他马上回答："有啊，麻烦死了！难得的休假日却碰上了事务长，害我不工作不行了。小栗子，你能不能替我去？"

"要我替您去是可以，但这么一来就得拜托您帮我巡三十人份的病房，否则我恐怕就没办法去了。"

"那我还是选事务长那边好了。"

他干脆利落地挥挥手。

"啊啊，对了，小栗子！"

他就像突然想起了什么，拍了拍手边堆栈成山的文件。

"昨天紧急住院的横田先生，早上抽血检查后发现氨的数值还是太高，所以我先追加了绿甘安。"

我没预料到他会如此热心关照我，因此显得相当困惑，不过大狸医生理所当然地又补充一句。

"酒精中毒的病人应付起来很棘手，不过就拜托你了。"

他看起来好像一问三不知，但其实全都在他的掌握之中。这就是大狸之所以可以成为大狸的理由。

我实在没办法告诉他自己上班迟到是因为宿醉。只能默默一鞠躬。当我抬起头，突然看见大狸医生手边的文件，我轻轻睁大双眼。

聘用新任消化内科医生之相关要件

着实令人深感兴趣的文字。

"要聘新的医生吗?"我问。

瞬间大狸医生来回看着我和文件，不怀好意地笑了。

"还不能告诉你。"

他开心笑着，然后拍了拍肚子。

那个操作表示他现在心情很好。令我大吃一惊的是，我已经许久未见这副光景了。

本庄医院消化内科大约在一个半月前，刚失去我称之为古狐先生的内藤医生。原本就忙得不可开交的本庄医院，失去担任内科副部长的古狐先生，是一件令人非常扼腕的事。从那之后，临床现场就像火烧屁股般忙碌不已。

忙碌已是众所皆知的问题。

应该担心的是内科部长大狸医生失望沮丧的模样。

当然，因为他是名闻天下的大狸医生，所以外表看起来十分平静。然而在跟了他五年的我看来，不可否认的是他的霸气一落千丈。有时他望着远方沉思的模样，更是以前不曾见过的。

而今天久违地看见大狸医生拍打自己的肚子。

"怎么了，小栗子？我都说是秘密了，你却笑得那么开心。"

大狸医生露出扫兴的表情。

我似乎不知不觉间露出放心的笑容，连忙改变表情。

"没什么。我只是在想，如果新的医生愿意来，没有比这更令人振奋的事了。"

冷静回应完后，本想离开，却突然听到大狸医生叫住我："小栗子。"

我回过头，意外看到温柔的微笑。

"抱歉，害你担心了。"

另有含意的话。

我突然不知道该说什么，数秒后终于开口。

"您指什么？"

听见我多少有点勉强的回答，大狸医生只是笑着点点头。

"喂，栗原！"

午后的护理站，一如既往响起粗鲁又沙哑的声音。

我边叹气边回头，突然讶异地睁大眼睛，因为阿常奶奶并不在平常的位置上。我困惑地环顾四周，在走廊上看到了坐在轮椅上的阿常奶奶。她应该正好从会客室回到护理站吧。一位年纪跟阿常奶奶相仿、驼背娇小的老奶奶在后面推着轮椅。

对方发现了我，客气地对我点头。

"医生您好，平常承蒙您照顾家姐。"

她就是我先前听说过的阿常奶奶的妹妹。

梳理整齐的白发与柔和的笑容给人沉稳的感觉，和总是一脸不悦的阿常奶奶相差很多，但长相颇为神似。

我向她一鞠躬，结果听到阿常奶奶的声音。

"我肚子饿了，栗原！"

"不行喔，阿常奶奶！"

连忙飞奔过来的护士是今年第一年上任的御影小姐。或多或少还显得有点不可靠的御影小姐，蹲在轮椅旁说道。

"就算栗原医生再怎么奇怪，他也是您的主治医生啊。不可以那样叫他！"

因为御影小姐对自己的发言毫无自觉，反而比阿常奶奶更狠。

我不禁叹息："也讲得太难听了吧！"

不过，一旁的妹妹却以沉稳的口气回应道："家姐老给你添麻烦，真不好意思，御影小姐。"

"不会，节子奶奶您来这里，帮了我们很大的忙。您有带换洗衣物来吗？"

"有，我带了一个礼拜的份。"

看她们如此亲近的模样，应该是常来探望家属的人吧。她将垂挂在轮椅手把上的大纸袋递给御影小姐。

"很抱歉家姐总是给你们添麻烦。"

她深深一鞠躬，话题主角阿常奶奶一如往常摆臭脸，不过还是安静下来。

"这位是阿常奶奶的妹妹，节子奶奶。"

背后突然传来东西的声音。

"阿常奶奶住院时在场的只有孙子和孙媳妇，医生你还没见过她吧？"

我默默地对往隔壁计算机主机前坐下的东西点点头。

"她已经将近九十岁了，却非常可靠。住院中的阿常奶奶大小事，几乎都是她在负责打理的。就算成天心情不好的阿常奶奶，也几乎不会向节子奶奶抱怨。"

"跟打从她住院后几乎没再来过医院的孙子夫妇实在是天壤之别。"

听我不经意嘀咕了一句，回应我的东西，语气中透露出放弃。

"孙子夫妇根本就不行。我打电话跟他们说：'我们找个时间谈谈奶奶出院后的生活吧。'但他们总说很忙，根本不肯露面。"

"虽说是孙子，但也近五十岁了。如果得居家照顾，便二十四小时都无法休息。所以他们根本不希望阿常奶奶出院回家吧。"

"原因似乎没那么单纯。"

东西叹了口气。

我用眼神询问她，东西压低声音说道："情况有点棘手。"

"其实节子奶奶说过她要带阿常奶奶回去照顾，可是孙子夫妻却拒绝了。"

这可怪了。人家都自愿要照顾病人了，他们实在没理由拒绝。

我皱眉回问东西，她欲言又止地说：

"这件事是之前节子奶奶不小心脱口而出的，实情令人反感，我可以说吗？"

东西瞥向护理站入口的阿常奶奶和节子奶奶，再次叹气。

看着她那有点困惑的雪白侧脸，我突然明白了。

"是为了年金吗？"

"答对了！"东西耸耸细瘦的肩膀说。

考虑到阿常奶奶的年龄，理所当然可以领到一笔为数不少的年金。虽说如此，但九十二岁的阿常奶奶实在不可能花什么钱，所以钱必然会落入照顾她的孙子夫妻手中。

"也就是说如果将阿常奶奶交给节子奶奶照顾，他们就拿不到年金了。但是如果她回家，照顾她又很辛苦，所以他们才不来医院探病。就是这么一回事吗？"

听见我露骨的响应，东西只是再次耸耸肩，没有明确回答。

我想起阿常奶奶因肺炎住院时，她孙子的表情。

看起来略显怯懦的孙子，一副伤脑筋地说"请想办法救救她"的模样，实在不像在说谎，但想到他已经约一个月没来过医院了，我忍不住怀疑他那句话背后的动机。

"不过，实际问题就是要八十八岁的节子奶奶居家照顾阿常奶奶，实在太勉强了，所以现在也只能等待，看孙子怎么响应了。"

"真麻烦。"

"我说过啦，情况很棘手。"

东西输入完体温、血压记录表后，起身走进后方的休息室。

我随意看了看画面，正好是阿常奶奶的资料。这两天她几乎都没再发烧了。更棒的是今天早上的 X 光和血液检查结果也不差。

我回头看向背后，只见阿常奶奶大喊着"我肚子饿了"，节子奶奶一面苦笑地回答她"这样啊"，一面帮她整理睡衣的领子。

先不管事情有多么复杂，但眼前这光景确实令人会心一笑。

阿常奶奶突然提高声量。

"是天神祭吗？"

"已经是天神祭的季节了呢，姐姐。"

节子奶奶以轻柔的声音响应。

看见轮椅上的阿常奶奶和坐在一旁椅子上的节子奶奶，不禁感叹他们的确是姐妹。

"原来阿常奶奶喜欢天神祭啊！"

"她毕竟是在这个城镇出生长大的。我们以前常一起参加庆典，捞金鱼或买棉花糖……"

"已经是天神祭了啊！"

阿常奶奶再次说道，然后转过头来看着她妹妹。

"节子，我可以出院吗？"

突如其来的要求，就连节子奶奶也不禁面露难色。

御影小姐连忙插嘴。

"阿常奶奶，你的点滴没拆，也还没开始吃饭。因此得再住一段时间才可以喔。"

听见御影小姐拼命说明，阿常奶奶只是狠狠地瞪着她。

"天神祭来了，盂兰盆节也快到了……"

节子奶奶轻柔地梳着阿常奶奶的头发，低声说道。

"像她这样长年以来按部就班、遵照四季更换打理家里的人，一直待在医院里想必很痛苦吧。听到天神祭的事情，一定更归心似箭……"

节子奶奶话说到一半，突然发现御影小姐面带阴翳，所以没再说下去。最后问道："她孙子还是没来探病吗？"

听她这么问，御影小姐也只能顾虑地点头。

节子奶奶叹气，垂下目光，静静看向姐姐满是皱纹的侧脸。

"姐姐一定也很想回家吧。"

不经意的一句话，充满深深的哀愁。

突然传来"来，请用"的声音，并且有人在桌上摆了咖啡杯，回头一看，不知何时回来的东西就站在那里，还传来一阵令人心旷神怡的芳香。

"说完讨厌的事，这咖啡让你们漱漱口。接下来该去巡病房了。"

清晰开朗的声音，给我们有些泄气的心情带来活力。

"谢谢你。"我努力打起精神响应她，然后拿起咖啡杯。

"差不多该让阿常奶奶进食了……"

听见我的声音，东西微微一笑。

"你该不会也流于感情用事吧？"

"这是基于严谨的科学根据所下的判断。"

"好吧，那就没问题。先从浓稠的流质食物开始，可以吗？"

"非常好。"我回答，并倾斜咖啡杯，口中顿时充满熟悉的浓醇滋味。

"这不是猪田咖啡吗？"

我抬起头，东西一脸佩服地回答。

"真不愧是医生，你喝得出来。因为之前你说你很喜欢，所以我特地找来的。"

"真的吗？"

"当然是骗你的啊。是因为我想喝看看而已。"

跟平常一样轻快的反击，我完全无法回嘴。东西又轻松地对沉默的我补了一句。

"不过，因为今天是你的生日，所以特别服务。"

她再次攻其不备地击中我的弱点，我抬起头。

东西的薄唇泛起温柔的微笑。

"你终于从二开头的年纪毕业了呢，医生。"

"……我连毕业考都没考过，就被擅自撵了出去，实在心有不甘到了极点。"

"就在你那样继续贫嘴的期间，不知不觉就四十岁了。"

"无须多说，到时你也一样会面临四十大关。"

"用不着你担心，我会变成充满魅力的四十岁。"

她依旧以满面笑容回答我，并补充了一句："总而言之，三十岁生日快乐，医生！"

她带着看好戏的心情说道，然后转身离去。我根本来不及回应她。真是个能干到极点的病房主任。

我静静品尝那杯咖啡。

眼前的问题堆积如山，但光茫然仰望高高堆起的山顶，是解决不了问题。如果一定得爬上这座山，也只能一步一步向前迈进了。

我将咖啡杯放回桌上，慢慢从座位上站起来。

虽然说有三十名病患要巡视，但其中半数都是卧病在床的老人家。

有的插了鼻管，有的身上接着胃造瘘术的软管，还能说话的老人家其实很少。高龄九十二岁还能在护理站大声嚷嚷的阿常奶奶算是例外。

总之，我先去前天住院的横田先生病房，结果他正好因拍摄 X 光下去检查室了。可以自己下床去拍 X 光，表示他还算有精神，我可以暂时放心。

顺带一提，虽说都是内科病患，但并非三十个人全都住在同一处。人数多到如此，某些病患就得借用其他科的病房，因此巡房的人便得跨足到外科或急诊等其他病房。

四处走动期间，我在外科病房看见老友的背影，于是停下脚步。

"难得会在这里看到你啊，阿辰。"

回过头来的血液内科医生，便服上套着白袍，一定是刚被呼叫回来的吧。

"栗原你也一样辛苦。"

"昨天和今日连续两天丢下夏菜，我看你那不可动摇的父亲宝座，很快就会瓦解吧？"

"为了不让事态演变至此，所以我正在努力快点解决事情好赶回家啊！"

辰也停下正在输入电子病历的手，露出淡淡苦笑。

我踏进外科护理站，护士们以轻快的声音问候，并向我行了一个礼。这里的气氛和内科病房又有点不同。

"这里也有你的病人吗？"

"内藤医生离开后，我就不能只看血液内科的病患了。人数虽然不如你多，不过也很忙碌。"

"连外科也快忙翻了。"

辰也望着略显忙乱的护理站内部说道：

"两小时后好像又有一场紧急手术。为数不多的外科医生正在那里打盹。"

辰也用下巴指向隔壁的休息室。我引颈看向布帘的另一边，只见微暗的房内有一只巨大的黑色怪兽正缩着身子睡觉。

"最近，他睡着的时间好像比醒着时多，不要紧吧？"

"因为他除了睡着的时间外，几乎都待在手术室里。外科学会结束之前，好像暂时都会是这种状态。"

我听见"咔嗒咔嗒"打着键盘的辰也发出叹息。

"你们竟然有办法一直待在这种医院里工作。你跟砂山还真不简单啊!"

一个人养育孩子同时还要在内科工作的辰也,是个不简单的男人,但我不想随便称赞他,因此决定沉默。

"对了,栗原,你知道有新的消化内科医生要来的事吗?"

听见辰也的话,我瞥了他一眼答道:"算不上知道。"

脑中浮现在医务办公室看到大狸医生那份文件的画面,也浮现出大狸医生笑着说"现在还是个秘密"的表情。

"内藤医生离开所造成的缺口实在是太大了,所以事务局似乎也在拼命找寻弥补的方法。早上,我看见事务长和部长两人见面谈话。"

也就是说,今天中午我和财政部擦身而过,正好是他们谈话结束后。

就算再怎么样,我对财政部这号人物都不会有好感,但毋庸置疑的是他确实很有本事。如果他真的在找医生,加上大狸医生心满意足的笑容,或许事情已大致定了。

"我很期待可以听到好消息的那天来临。"

不识相的 PHS 呼叫声,顿时打断那声不经意的呢喃。

我几乎下意识地按下接听键,电话里窜出南三病房主任熟悉的声音。

"医生,你现在方便吗?"

冷静沉着的东西发出略显迫切的声音。

"怎样?"我问。

东西立刻回答:"横田先生不见了,他不在病房里!"

我轻轻按着额头，叹气起身。

横田先生失踪了。

因肝性脑病变住院的病患，却在住院隔天傍晚下落不明，引起大
骚动。

我们联络各科病房，也通知医院急诊入口和有守卫驻守的后门，
一一过滤通行的人，但经过三十分钟依然毫无线索。也就是说他可能
早已跑出医院了。

我来回搜索院内却一无所获，先回到病房，在那里发现了不该出
现此处的光景，于是停下脚步。

财政部站在护理站中央。身后带着看似位处管理阶层、年纪稍长
的护士和男性守卫，散发出充满压迫感的气氛。

因异样的紧张感让我驻足不前，东西悄悄跑上前来。

"你太慢了，医生。"

她压低音量告诉我。

"财政部为什么会在这里？"

"你知不知道医疗安全管理室？事务长也兼任那里的室长。"

我不禁咋舌。

所谓的医疗安全管理室，就是应付跟医院有关的客诉事件或麻烦
并出面解决的部门。关于横田先生失踪一事，该部门也是我们应该首
先联络的部门之一，但没想到那里的室长竟是财政部，真是屋漏偏逢
连夜雨。

"不过，周日下午事务长亲自登场，会不会太夸张了一点？"

"跟我说也没用啊！一定是被他盯上了吧？"

"你吗？"

"是栗原一止你。"

没头没脑的应答。

"也就是说，今晚负责照顾失踪病患的护士，是水无护士对吧？"

让人不禁怀疑是警察盘查的冷漠声音响遍办公室。

财政部锐利如刀的眼神正看着护士水无小姐。今天碰巧轮到她负责照顾横田先生，真是不走运。

水无小姐原本就是一板一眼的个性，因此就算被财政部的锐利目光直射，她仍旧脸色苍白地拼命回答。只可惜无论水无小姐表现得多么拼命，财政部的字典里还是不存在"客气"两字。

"他下床去拍 X 光，下午四点你确认他回到病房，六点过后却发现他不在病房里，是这样对吧？"

"是……"

"他分明是昨天才刚住院的重症病患，你却无法确认那两个小时间病患的动向？"

财政部的眼神中带着冷漠。

他那充满挑衅的态度，我差点忍不住在他背后开口，但东西阻止了我。

即使如此，水无小姐还是以发抖的声音清楚回答他的问题。

"横田先生的肝性脑病变，到今天早上已经改善很多了。对于血压稳定，也已经拆掉心电图监视器的病患，我们都是这么处理的。"

真了不起。身旁的东西一边看着水无小姐，一边静静点头。原来如此，这不是我该插嘴的事。

我不禁微微一笑，此时财政部忽然注意到我，将矛头转向我。

"失踪的横田先生，主治医生是栗原医生吧？你身为主治医生，应该有什么话要说吧？"

财政部的一字一句都充满压迫感。我没任何理由该感到慌张。

"正如水无护士所说的，病患复原情况良好。那名病患也曾住院几次，治疗过程都没问题，所以这次的事情完全出乎我们意料之外。"

"好吧。"

财政部点头应允，回头看着跟在他身后的护士。

"派出可以行动的人，命他们搜索院内到医院停车场之间的范围。事务局也派几个人去帮忙。搜索时间定为一个小时，如果还是没有发现就报警。"

财政部郑重宣告后，一行人便离开护理站。

护理站的紧张气氛暂时缓和下来。

"现在该怎么办？"

仿佛要赶走病房内闭塞凝滞的空气般，东西以活力十足的声音问道。

"我大概知道横田先生会在什么地方。"

东西轻轻睁大双眼。

"你刚刚不是才对事务长说'完全出乎意料'吗？"

"那些不确定的臆测没必要告诉事务长。横田先生或许会在那里，或许不会。但是我想不到其他地方了。"

"真是不可靠的线索。"

东西一脸不敢置信的模样，但立刻微微点头说道：

"我去帮你巡视病房，总之就拜托你去他可能在的地方找他。"

"我也是那么打算的。我可以借走水无小姐吗？"

"可以是可以……"

东西视线前方是脸色苍白、茫然若失看着窗外的水无小姐。几乎呈现放空状态。

"这种时候带她出去才是为了她好。"

东西点头，将呆站的水无小姐叫过来。

要去天神祭的话，最好等日落后。

比起太阳才正要西倾的傍晚时分，日落后更是别具风情。

随着日落，镇守之森静静回归黑暗。平常日落后便没入黑夜中的大树垂枝，唯有在庆典的日子，会带着柔和的光芒浮现在暗夜中。

五光十色。

无数随风摇曳的灯笼淡红色、社殿旁的石灯笼中隐约洒落的枯黄色、小摊灯火在人潮往来交错时忽明忽暗的橙色……

这些颜色都不是鲜明的原色，而是浅淡虚幻的颜色。虚幻之中又隐含着温暖和力量的颜色。那正是从数百年前不变地照耀着镇守之森的庆典色彩。

打扮各异其趣的男女老幼往来在那样的光芒下。

穿着浴衣的女人、套着半被的少年、身着工作服的老人，以及下班返家、西装笔挺的青年。青年坐在热闹喧嚣的本殿侧面石阶上，一手拿着罐装啤酒，微醺地看着头上翻动的旗帜。正好经过他脚边的黑猫若无其事地停下脚步，一副了然于胸的模样坐在青年旁边。

"这里真热闹耶！"

正好来到神社鸟居下方，水无小姐语带顾虑地开口说。

连医院都可以听见庆典的声音，两地距离很近，用走的不消两分钟。

"市区十六个里全体出动、倾力准备的就是深志神社的天神祭。虽然不绚烂豪华，但很有味道。"

"呵呵！"我隐约听见笑声，回头一看，只见水无小姐莞尔一笑。

"栗原医生的措辞果然奇怪又有趣呢！"

"哪里奇怪？主词和宾语都是毋庸置疑的日文啊！"

"说得也是。"

水无小姐又莞尔一笑。

先前忧愁的面容转换成笑容是很好，我却难以释怀。她并未发觉我的感受，又说道："好漂亮喔！"

水无小姐眯起眼睛看着庆典的光芒。

"今天是我第一次来天神祭。"

"那就不妙了。你第一次来天神祭，但同行的人居然是我，要是次郎知道了，就算他那个乐天派也会心生愤慨吧！我可不想被他用手术刀千刀万剐，所以拜托你千万得保密！"

"我不会告诉他的。医生一定也想跟夫人一起来，而不是跟我。"

水无小姐以非常认真的语气响应我的玩笑。

附近一带的居民聚集到神社境内，或是唱歌，或是看着舞台闲聊，热闹非凡。

其中整齐排列在本殿旁的十六座舞台更是壮观。舞台上没有灿烂绚丽的装饰。有的舞台上头载着钟馗或猩猩等颇具历史渊源的人偶摆饰，也有连人偶都不见的舞台。其中甚至可见两三个男人取代人偶，登上舞台交杯对饮的景象。

那一幕幕未经修饰、自然朴实的景致，正是乡村庆典的特色。

"横田先生真的在这里吗？"

"横田先生的工作是经营金鱼摊。如果我们相信他先前嚷着自己要工作、叫我们让他出院的那些话，那么他应该就在这里才对。"

"如果我们相信……"

她困惑地回应我。

"如果不在的话怎么办？就算要工作好了，但是酒精成瘾症的……"

水无小姐话说到一半便噤声不语，是因为我伸手制止了她。

神乐殿一旁，在我昨天看到他的同一个地方立着金鱼摊旗子。

头上缠着布条、出现黄疸症状的横田先生，将捞金鱼的纸网交给少年，开心地跟少年说话。少年眼睛闪烁光芒，紧盯着水槽。看似母亲的女性平静地站在身后守护。

少年将纸网轻轻浸入水中，然后敏捷地举起网子，鲜红色彩在他小手上闪闪跃动。"哇！"少年发出欢声，横田先生立刻递出盆子接住金鱼。

赏心悦目的夏季庆典一景。

"我们还要等多久，你才愿意回医院呢？"

在先前那对母子离开后，我和水无小姐走近金鱼摊。

跨坐在水桶上的横田先生发现是我，露出苦笑。

"一般情况下，医生会特地跑来这种地方吗？"

"那是我的台词！"

我故意冷淡回答，就连冥顽不化的横田先生也面露尴尬。

"原本以为我只要待在医院等，你一定又会因为肝性脑病变回到医院，但是难得的庆典之夜，拜托你，我可不想半夜被呼叫回院。"

"医生你还是一样得理不饶人啊。"

横田先生露出苦笑，慢慢站起身，取下店面的旗帜开始收拾。

"我可以了，医生。"

没想到他那么干脆就放弃了。

我轻轻挑起眉毛。

"你从病房逃来这里，倒是放弃得很干脆嘛。"

"主治医生都特地来到店里逮人了，我也没办法赖着不走吧？"

横田先生倏然望向远方，大大挥动双手。

因为刚才那名少年被母亲牵着手，边走边回头。

少年也露出微笑挥手响应。微笑的脸颊染上一丝红晕，甚至令人觉得眩目。少年另一只手上提着装有数条金鱼的塑料袋，每挥一次手，都可看见袋子闪烁晃动。身旁的母亲略显顾虑地微微点头示意。

"医生，托你的福，我今年才能再出来摆金鱼摊。这样我就心满意足了。"

横田先生放下折叠好的旗帜，再次跨坐在水桶上，拿出有点皱巴巴的香烟含在嘴上。

脚边的水槽中，只剩几条金鱼精神奕奕地游来游去。每当红色的尾鳍翻腾，便闪烁着鲜明的光辉。

横田先生灵敏地单手燃起火柴，并以火柴点燃香烟前端。

"医生，还有护士小姐。"

他吸了一口，香烟如萤火虫般发出微弱光芒。

"回去之前要不要玩一次？就那么点时间，你们应该有吧？"

他伸出粗壮的右手，手中握着令人怀念的金鱼纸网。

"捞金鱼的钱就跟你们外出看诊的费用打平吧！"

他带着笑容告诉我们这个甚不划算的交易，很自然地将纸网递到面前。我仿佛受到他那惹人喜爱的笑容吸引般，接下纸网。

我心想"伤脑筋"，往旁边一看，只见不知何时也认真起来的水无小姐双手握拳，对着我点头。

我蹲在水槽旁，将整支纸网连同手放入水中。

水的触感沁凉舒服，金鱼滑溜地游动。一旁的水无小姐不禁发出小小的欢呼声。看来她的兴致也上来了。纸网一动，金鱼就跟着游动。鲜红的色彩一边闪烁着光芒，一边翻腾。我粗鲁地举起纸网，惊讶地发现纸没破，金鱼静静浮在空中。横田先生旋即拿出水盆接住我捞起来的金鱼。

"精彩！"

横田先生低沉的嗓音响起。

我又将手放入水槽中。冷不防举起纸网，又见金鱼躺在纸网上。动作粗鲁却能轻而易举地捞到金鱼，着实令人痛快。

看着我笨拙的动作，横田先生愉快地抖动肩膀低语。

"医生你技术真好耶！"

直入人心的温暖嗓音。

闪烁的鲜红色彩跃动。

点滴架上挂着塑料袋，里头有四五条金鱼来回游动。

透明的小袋子中，金鱼来回游动，有时连塑料袋都会微微晃动。

阿常奶奶兴致勃勃地盯着挂在眼前的小小水族馆。

我和水无小姐将横田先生从神社带回急诊处，替他做完血液检查后，便推着坐在轮椅的横田先生上楼来到病房。

这个时间，阿常奶奶不上床睡觉却还在护理站，表示她一定是在病房里大声喧哗才被带出来的。但她现在倒是专心地盯着袋子里闪烁的色彩。

"那是横田先生送给阿常奶奶的。"

坐在阿常奶奶旁边记录病历的御影小姐悄悄告诉我。

"阿常奶奶一直盯着横田先生手上的金鱼塑料袋，结果横田先生就突然开口说要送给她。"

御影小姐移动视线，视线前方正是当事人横田先生。

他在护理站中，无所事事地坐在轮椅上，望向忙着办理再住院手续及联络各单位的水无小姐。

"栗原医生，我可以自己走，不用轮椅啦。"

大概是坐在轮椅上觉得不安吧。横田先生客气地对我说，但我置若罔闻，继续输入病历。

对于多次在医院内引起大骚动的横田先生，让他尝尝这种不安的滋味，我也不会遭到报应的。横田先生就像在求救一样，眼神转向水无小姐，但是忙碌的水无小姐当然不可能注意到他。

"收下金鱼是无所谓，但谁来照顾它们？又不能养在医院里，而且阿常奶奶根本没办法照顾它们吧！"

"就是说啊。如果拜托她孙子和媳妇照顾就好了，问题是他们根本不来医院探病，而拜托节子奶奶好像也不对……"

相对于御影小姐的困惑表情，阿常奶奶一副毫不在意的模样，净盯着金鱼瞧。总是将"我肚子饿了"挂在嘴边的阿常奶奶，竟能如此安静坐着，实在是稀奇的光景。

我想起白天节子奶奶的那句呢喃。

"我们以前常一起参加庆典，捞金鱼或买棉花糖……"

不知是不是我的错觉，阿常奶奶的表情看起来也比平常温和，不再是那么不悦的模样。或许是想起以前参加庆典的情景吧。

我悄悄移动视线，看向一旁默默做着事务工作、能干的病房主任。

"不行！别想在病房养金鱼。"

东西连看都没看我地说。

"我什么都还没说耶，东西。"

"我只是在自言自语而已，别介意。"

迅速的应答也是无懈可击。

我沉默不语，依序看着阿常奶奶、塑料袋里的金鱼和东西，东西像是要打破沉默般转头。

"我先把话说清楚，不过是几条金鱼，我也很想通融啊。别把我当成坏人好不好。"

"那也是自言自语吗？"

"不是，这些话是对你说的。"

东西瞪了我一眼，接着叹口气。

"真是的，找到横田先生是很好，但为什么要把金鱼一起带回来啊？"

我们还没把细节告诉东西。

横田先生溜出医院就是为了开金鱼摊。要是她听到这些的话，一定会更加目瞪口呆。

就在此时，听见水无小姐说："开田奶奶在那边。"

我抬起头，只见护理站前方站着一个身材矮小的中年男子。他穿着有点脏的Ｔ恤搭上短裤，就算客套话也很难称得上是干净的服装；我还在思索以前似乎在哪里见过这个人时，对方先跟我行了个礼。

"栗原医生，好久不见。"

他开口后，我突然想起来了。

他是阿常奶奶的孙子。这一个月来都没出现的孙子，却突然在周日晚上出现了。

东西立刻站起。

"开田先生，这么晚了您还来这里，怎么了吗？"

她虽没说出"不管我们打了多少次电话都不肯过来，现在怎么来了"这种话，但仍是隐藏不住惊讶。

"你们联络我那么多次，我都没来，真不好意思，护士小姐。"

男子老实低下头，客气地进入护理站，蹲在阿常奶奶旁边。

"奶奶。对不起。我一直没办法来探望你。"

原先沉迷于金鱼的阿常奶奶，这时也将视线移向孙子。总是板着脸的阿常奶奶，眉毛微微一动，表现出她的惊讶。

男子搔着小平头，毅然决然地告诉她："刚才节子姨婆来我们家。"

我脑中浮现白天来探望阿常奶奶的那名白发女性，脸上平稳的表情。

节子奶奶今天离开医院后，便直接去了孙子夫妻家。

"姨婆难得来我们家，所以我吓了一跳。"

从男子的语气听来，孙子夫妻和节子奶奶的关系似乎没那么亲密。节子奶奶原本就个性温顺，对于姐姐阿常奶奶的事情从不曾插嘴过问，更何况是亲自去孙子家拜访，这种事更是前所未有。

"她突然在晚上跑来我家，原本我还以为她终于因为你的事情发火了……结果她想说的并不是那些。"

"事到如今，这并不是我一个八十八岁的老太婆应该插嘴的事，但是今晚就看在天神大人的面子上，让我说清楚吧！"

据说节子奶奶坐在榻榻米上静静地这么说，接着有礼地低头告诉他下述这些事。

阿常奶奶的精神已经恢复很多，也可以重新进食；今天在医院，她问节子奶奶"我可以出院吗？"的事；还有孙子夫妻都不去医院，所以出院准备遥遥无期的事……

节子奶奶一定没有强迫他们，也没有责备他们，只是平静地说出这些事。

最后她说，"如果你们无论如何都不打算带她回家的话，"她停顿一下后再说道，"姐姐的年金全部给你们，我带姐姐回我家，可以吗？"

"我们真是败给她了，奶奶。"

孙子好不容易挤出声音地小声说，话中有坦率的感慨。

阿常奶奶动也不动地凝视着孙子的侧脸。

"姨婆说：不管医院里有多少温柔的护士陪伴着你、冷气多么凉爽，人啊，还是觉得待在自己的家里最自在。她说她还能动，会尽力照顾你的。"

孙子慢慢一字一句地说，说完后抬起头。

"听年纪跟奶奶差不多的节子姨婆把话说到这种地步，我突然觉

070

得自己好没用。"

男人粗壮的手紧紧握着轮椅的扶手。

"等你可以吃饭后，我们就回家吧！奶奶。"

意外的深沉声音响起。

即使声音中有些迷惘，却是能打动人心的温柔声音。

就连跟我们有点距离的横田先生和水无小姐都被吸引似的，凝视着男子的背影。

男子似乎忘记他被我、东西和御影小姐包围着，对娇小的祖母再次说道："我们回家吧，奶奶。"

吊挂在点滴架上的金鱼塑料袋仿佛在响应男人的声音般，微微晃动。

阿常奶奶凝视着孙子的脸好一会儿，终于缓缓改变表情。

我第一次看见阿常奶奶的笑容。

"实在太令人感动了，医生。"

横田先生的声音响遍整间病房。

确认好点滴后，我将视线转向他，只见横田先生眯起眼眺望着窗外黑夜。

夜色另一边的住宅区一角，可以看见朦胧的光芒。大概是庆典的灯火吧。或许是错觉，我仿佛听见庆典的音乐声。

"有时会深深体会到，那就是所谓的家人啊！"

他那句话仿佛自言自语般，并不特别期待别人回答。横田先生开心地眺望着夜晚的街道。

没多久病房的门开了，水无小姐走进来。

"栗原医生，氨的数值出来了。"

横田先生转过头来，对着接过血液检查报表的我问道：

"医生，氨是什么？"

"是可以作为肝性脑病变指标的数值。以弃治疗于不顾、还在那场庆典的热气中工作的你来说，算是不坏的数值。"

"你的说法真令人在意呢。"

水无小姐一脸认真地回答露出苦笑的横田先生。

"横田先生，好不容易下降的数值又上升了，这是毋庸置疑的。我们这次一定会确实为你进行治疗。"

"我知道啦。我也结束了一年一度的大工作。事到如今也没有理由跑出医院了。"

他的语气出人意料地干脆。

"对了，医生，我的金鱼不要紧吗？"

"阿常奶奶的孙子说他会负责照顾它们。"

听见我的话，横田先生满足地点点头。

真是个奇怪的金鱼摊老板。

我略做思索，接着向他询问我始终挥之不去的疑问。

"横田先生，我可以请问你一件事吗？"

"医生，什么事？干吗那么慎重。"

"我最棘手的事情有三件。"

听到我唐突说出这句话，水无小姐一脸讶异，而横田先生则冷静地看着我。

"酒精中毒、见鬼和捞金鱼。"

听见我毫无脉络的话，水无小姐面露困惑。

我继续淡然地说道。

"打从我出生至今，参加过的庆典屈指可数，其中捞金鱼时从未成功捞过一条。然而今天却是前所未有的大丰收，我觉得事有蹊跷。"

我静静地看着横田先生，他依旧面不改色，我无法解读他的想法。

一旁的水无小姐一脸不解地看着我。我不予理会，开口说道。

"……我忍不住想，其中必有什么机关。"

"真是骗不过你呢！"

横田先生突然平静地笑了。

"算不上什么机关啦。只要用我特制的纸网，再怎么外行的人，都可以轻易捞个五六条。"

他爽快地说出意味深长的事。

"特制纸网？"

"那是我儿子专用、不容易破掉的纸网。我不会让其他客人使用，不过今天特别优待医生。"

横田先生开心地笑了，但我和水无小姐当然笑不出来。反复思索着他脱口而出却令人无法置若罔闻的单字。

"儿子？"

"别那么惊讶嘛！你们不是也看到他了吗？"

听见他那句话的同时，脑中突然闪过一幕画面。

在横田先生的摊位前拼命捞金鱼的那名少年。提着装满金鱼的袋子，双颊泛红、挥着手的那名少年。

"我们每年只有天神祭那天可以见面。这是我和他母亲约定好的。她一年就给我这么一天让我们相见。"

我和水无小姐都无言以对。

横田先生若无其事地继续说：

"离了婚的妻子和即将升上小学二年级的儿子。只不过我儿子并不知道每年都会见上一次面的金鱼摊老板是自己父亲就是了。"

横田先生露出苦笑。

那张脸不是平常那个醉汉的侧脸，那笑容也不是偶尔显露出来略显凌厉的笑容，毋庸置疑那是走了将近五十年岁月、隐含着一个人痛苦过往的笑容。

"我的人生可说是乱七八糟，不过只要看见那小子那样对我挥手，我就会莫名产生一种一切都得到宽恕、心满意足的感觉。"

他的苦笑中有一丝难为情。

横田先生口中"乱七八糟的人生"究竟为何，我当然无从得知。一想到站在少年身后的母亲那略显僵硬的表情，便可确信他们之间的隔阂非比寻常。

就算我追问来龙去脉，他也不可能回答。即使他愿意回答我，欲理解他们之间的沉重心结必也相当困难。

人生不是三言两语便可交代清楚。要自己走过才能理解个中滋味。

"那是我儿子专用的特制纸网，所以即使是医生你连手一起放进水槽的那种技术，也能捞到那么多条。如果在其他金鱼摊，你恐怕连一条都捞不起来吧！"

"那不是诈欺吗？"

"是我偏袒儿子。"

横田先生晃动肩膀，开心地笑着。

但横田先生突然噤口，抬起靠在枕头上的头，对我和水无小姐深深一鞠躬。

"托两位的福，我今年才能平安见到他。谢谢你们。"

有好一阵子，横田先生就低垂着头，一动也不动。

晚上的病房终于逐渐恢复平静。

巡视完病房的护士一个个回到护理站。横田先生找到了，气氛不再紧张，感觉甚是平静。

"安全管理室室长殿下说了什么吗？"

听见我的声音，东西抬起头。

"其实也没说什么，他只说了一句话，'请帮我转告栗原医生，说他辛苦了'。"

"真令人不舒服。"

"他并不像你说的那么糟糕啊？"

东西看人的眼光比我好。我很想反驳她，但我想说的话只是自己的偏见，因此决定沉默。

"阿常奶奶那边定了一个目标，家属希望她下周末可以出院。如果她肯好好吃饭的话，她孙子决定当天会来接她。"

不愧是东西，工作迅速确实。

"阿常奶奶已经确定下周出院，横田先生也回来了，加上事务长的心情似乎不差，总之一切都有完美的解决。"

东西眯起细长的双眼微笑。她笑归笑，但注意到我一脸不悦又沉默不语，便收起笑容。

"你怎么了？"

"我没怎样。"

正如东西所言，至少院内的麻烦大致都解决了。那的确很好，然而对我而言，还留着极为重大的问题。

我瞥向时钟，时间逼近九点。

"东西，天神祭到几点？"

"天神祭？我猜应该到九点吧？详情我也不清楚……"

东西面露惊讶，听她这么说，我深深地叹了口气。

当然不管叹几口气，九点也不可能变成八点。我从胸前口袋取出手机，沉重地站起来。

丝毫没有半点风情的电话声在耳边响着。

我右手拿着手机，将左手的罐装咖啡放到嘴边。

我所在之处是医院后方的河岸。

现在也听不到傍晚时分听到的庆典音乐声，老梅树因河岸呼啸而过的风吹拂，枝丫不时微微晃动。

"辛苦了，阿一。"

第三次铃响之后，我听见了妻子的声音。

"对不起，小榛。我们赶不上天神祭了。"

"好像是耶。倒是阿一你还好吗？"

妻子担心我的声音令我感动不已。

清澈的声音不带一丝责备的语气。完全无责备反倒震撼我的心。我只能紧紧握着手机，用力点头。

"就算不好，只要听见你的声音，万事都会变好的。"

"那就伤脑筋了。"

她的回答中带着些许笑意。

妻子停顿一下，继续说：

"阿一，你现在有时间吗？"

"现在？"

奇怪的问题。

"五分钟就好。"

"五分钟的话倒是没问题……"

"你那里看得见天空吗？"

"天空？"

我所在的位置是河岸。只要稍微仰头，便能看见一如往常的黑色天空。

"我这里可以清楚看见一如往常的松本夜空。"

"那就没问题了。阿一赶上了喔！"

我无法理解她的意思，正准备问她时，视线所及之处突然被明亮的光辉占据。

我因讶异而屏息，随后"轰"的一声，震撼人心的巨大声响响彻四周。

我头顶上是被巨大的光芒之花填满的夜空。

是烟火。

"倒不如说你打来的时机正好呢。"

我听见妻子开怀的声音。

仿佛要掩盖过她的声音似的，"轰"的一声，夜空再次撼动。

紫色的巨大火花在夜空中绽放，我看得入神，紧接着又有一朵蓝色的巨大火花盛大绽放。

之后是一朵接一朵的巨大烟火。

每当一朵火花绽放，妻子便不断发出微小的欢呼声。我专心竖耳倾听她的声音，并凝视着光芒之花。

"阿一，我们一起看到烟火了呢！"

她的声音立刻被烟火的声音掩盖。

我找不到话语回应她。好不容易只说了一句话。

"……小榛，我实在服了你。"

"你说什么？"

"我说我会尽快回家！"

这次我清楚明白地告诉她，接着听见妻子开朗地回答我。

"那我先去泡杯好喝的咖啡等你回来。"

我将温暖的话语收入心中，抬头仰望夜空半晌，接着挂断电话。

不知何时，横跨河川的桥上都是看烟火的人群。有的人穿浴衣，有的人穿西服，每个人都仰望着天空。

观赏烟火的人群并非突然出现，一定是原本就在桥上吧。只是疲惫不堪的我看不见那样的风景。

我不禁露出苦笑。

"真是的，我实在服了小榛啊……"

我挤出声音低声呢喃，不知不觉间腹部深处涌起一股暖意。我做了个深呼吸，转过身去。

朝着医院后门走去的我头顶上，色彩斑斓的花朵一次又一次绽放。

我来到门前，再次仰望夜空，正好看见特大的柳树状烟火将夜空和城镇染成一片金黄。

第二章　秋季阵雨

大地泉涌，若悬白丝，游人纷至，络绎不绝。

　　平安时代后期编纂而成的《后拾遗和歌集》中，有着这么一首诗歌。

　　这是三十六歌仙其中一人，源重之到访信浓国汤之原时吟咏而出的诗歌。

　　歌中的"白丝"为汤之原别名，现在则与御母家、藤井合称为美之原温泉而广为人知。松本东方，从市中心驱车三十分钟左右，位于坡度和缓的西向高地斜面上，正是这座美之原温泉。江户时期与浅间温泉、白骨温泉齐名，呈现出欣欣向荣的景象，是代表信州的温泉地。

　　供人泡温泉的汤屋数量不多，但泉质良好。证据就是"白丝之汤"除了旅人不远千里来访外，也因为附近居民的惠顾，总是人声鼎沸。

"菊本旅馆"静静伫立在狭小的街道一角。

主屋构造是现在相当罕见的木造三层楼，经过多次增建，每栋建筑物不可思议地相连在一起。复杂构造让人一旦不小心踏足其中，便会不知自己身在何处。正可谓不华美但雅致、不绚烂但脱俗。

本庄医院举办宴会时，必定会包下那家温泉旅馆别厢的大宴会厅。

我搭出租车在温泉街下车，时间将近晚间九点。我收到通知说宴会七点开始，但是那时间我当然还无法离开医院，即使现在才到，也是我经过相当努力的结果。

九月秋季。

通常这时节已可感受到冬天的脚步，日落后便会瞬间感到寒冷的时节；但今年不同于往年，或许是还有暑气残留，宛如忘记吹熄的灯火般火红的彼岸花，还在街灯照耀下的温泉旅馆前方水路中摇曳。

我踩着踏脚石、跨过拉门沟槽请人带路，走着走着不知何处突然传来热闹的笑声。穿过细长的走廊，来到空间宽广、铺着榻榻米的大宴会厅时，宴会早就进入酒酣耳热。

大概有三十个矮桌杂然凌乱，穿着西装、便服或浴衣等装扮各异的人们，单手举着日式酒杯或玻璃杯觥筹交错，四处可见几个人围成一圈展开热烈讨论。

一部分的圆圈中也混着事务局或护士部门的护士长，但多半是本庄医院的医生。

"辛苦你了，栗原。"

最先注意到我并朝我举杯的，是静静坐在角落喝酒的进藤辰也。

这个男人喝得双颊通红，可谓相当稀罕，想必他喝了不少，多到足以使他满脸潮红。我在他身旁找了位子坐下，辰也立刻伸出右手，拿起餐点上附的酒器。

"工作都处理完了吗？"

"根本不可能处理完。急诊处来了一个气喘发作的人，却有原因不明的肝功能障碍。根据检查结果，我说不定又会被呼叫回去。"

"辛苦你了。真抱歉啊，我们可是玩得不亦乐乎。"

"你是今晚的主角之一，没必要顾虑我。"

辰也一边在我递出的酒杯中注酒，一边苦笑着。

"什么主角……我比较像是拖油瓶吧！"

"别闹别扭。那是不争的事实啊。"

"你还是老样子，损人时一点也不客气啊。"

"那也是不争的事实。对了，真正的主角呢？"

辰也以视线回答我的问题。

他的视线前方是宴会的上座。

喧嚣的噪音和不断冒出的香烟白烟彼端，可以看见穿着西装的老人悠然自得地正对着矮桌坐着。这名蓄着浓密白色胡须、风格十足的人物，正是人称"圣诞老人"的本庄忠一，也就是本庄医院的院长。一旁可见人称财政部的事务长金山弁二身影。一名身材高挑的女性，正与那两人相谈甚欢。

"那是小幡奈美医生。九月起赴任消化内科的新医生。"

听见辰也的话，我默默眯起双眼。

令人惊讶的是，医院为了解救因人手不足而即将崩溃的内科所找来的医生竟然是位女性。

"听说她来这里之前，一直在北海道札幌稻穗医院的消化内科工作。"

我略睁大眼睛。

"提到札幌稻穗医院，就ERCP（内镜逆行性胆胰管造影术）的领域而言，在日本也算得上是数一数二的医院。"

"好像是。也就表示她是站在第一线的老手。顺便告诉你，我刚才跟她打过招呼，她是个待人亲切又开朗的医生。"

"听说她已经行医十二年了……"

"没错，他们竟然有办法找来这么厉害的生力军。而且还是从九月这种尴尬的时期过来。就可以知道部长的影响力有多大。"

据我听到的传闻，都要归功于大狸医生的人脉。

能够突然找来行医第十二年的医生，代表着信州神之手的影响力确实不同凡响。

"栗原你还没正式跟她打过招呼吧？"

"在院内擦身而过几次而已，还没好好跟她聊过。但我可以感受到她那开朗的气息。或许黑暗混浊的内科气氛可以因此改变。"

"一定会变的。毕竟小幡医生经验老到、待人和蔼可亲，而且又……"

辰也一口干了杯中的酒，又补了一句。

"是个美女。"

我看了老友一眼。

他的个性老实与明智，会有如此轻率的发言实在太稀奇。他的侧脸与平常无异，但我想他一定喝醉了吧。

"你说得对。"我随便点头附和他，喝了口酒，嘴里随即充满芳香。虽然味美浓郁且甘醇可口，却不过分厚重。口感超群，可归类为清冽的酒。

这样的酒难怪辰也会喝得酩酊大醉。

"真是好酒。我第一次喝到这种酒。"

"是'福源'的纯米酿造生清酒，安昙野生产的。不错吧？"

突然有阵大笑盖过辰也的声音。

拍打肚子豪爽大笑的是大狸医生。他和小幡医生相谈甚欢，想必他一定非常开心。拍打肚子代表大狸医生心情愉悦。

小幡医生则是带着爽朗笑容，竖耳倾听大狸医生说话。

她脸上脂粉未施，随意将乌黑的及腰长发扎在颈后，未加装饰的素净样貌反而给人冷静沉着的印象。行医第十二年也就表示她已年届三十后半了，但至少从外貌看来很难推测她的年龄。面对眼前那群威严十足的本庄医院干部，她沉着稳重的举止毫无动摇，不愧是成熟的女性。

今夜医务室全体动员，正是为了给小幡医生举行欢迎会。

虽是周五，但平日晚上聚集了这么多医生前来，不用说都能知道她是本庄医院多么引颈企盼的生力军。

"不过，他们摆明了就是在假惺惺地阿谀奉承她嘛！"

我盯着辰也，只见老友脸上浮现苦笑。

虽说为时已晚，但事务局似乎在决定举办小幡医生的欢迎会时，终于发现他们并未为四月赴任的辰也举行欢迎会。今晚的宴会姑且名为"小幡医生暨进藤医生欢迎会"。实在无法否认其中那"顺便为之"的感觉，但这就是对待行医第六年的医生和行医第十二年的老手之差别。

"不过我四月来到这里时，医院上下正因内藤医生的事情闹得不可开交。把我的事情忘了也没关系。"

"岂可如此！你可是本庄医院唯一且珍贵的血液内科医生啊！"

"不敢当。"辰也耸耸肩。

"但是，真可用'诡谲'一言道尽眼前的情况。"

我边喝着酒、边看向上座。

主角小幡医生从之前便被圣诞老人抓着不放，两人频繁地敬酒交杯，我评为"诡谲"的不是这边。而是两人身旁的情景。

自始至终面无表情的财政部，面不改色地不断接下发出豪爽笑声的大狸医生所敬的酒。不管干了几杯，财政部毫无血色的脸上完全没泛红，宛如喝水般一饮而尽。而大狸医生则是满脸通红，愉快地抚摸肚子。看似完全相反的两人，唯一的共同点是他们的眼神仍清醒。我很清楚看似满脸通红的大狸医生其实根本没醉。

"真是诡谲的光景……"

我嘀咕着，身旁的辰也不知何时取出火柴，帮我那份餐点的火锅点了火。

"砂山还在工作吗？"

"比起砂山，你那莫名缜密细心过头的习惯才是个问题。"

听见我的发言，辰也露出讶异的表情。

"最近病房有个传闻，怀疑我们的关系是否有点危险。"

"我只是帮你的火锅点个火罢了，不会因为这样就变成情侣吧？"

"你少说那种恶心的话。就是你那轻率的发言，才会产生那些令人非常不愉快的传闻。"

见到酒醉忘我的辰也轻薄的言行，即使难得的美酒也令我有种反胃的感觉。

所谓"栗原与进藤疑似同志"，怎么看都像渴求传闻的护士们喜欢的话题。如果是东西的话，她的评价应该会是"还不是因为你们两个男人感情太好了"；但我身为当事人，我记得曾拿咖啡从他头上浇下，不记得曾有特别昭告天下我们感情有多好。

"我不知道原来本庄医院数一数二的怪人内科医生，竟然是个会在意舆论的男人。"

辰也看来并未特别在意，拿起桌上的酒瓶。

"如果缜密细心过头是问题，那我特地帮你留下的这些酒，还是别倒给你比较好吧！"

"我开玩笑的。我平常就很感谢你的细心周到。管他同志还是什么，想说就让他们去说。"

"你真是个跟酒扯上关系就会完全丧失节操的男人耶。所以，砂山到底怎么了？"

"有个大肠穿孔的病人来急诊。他现在差不多要进行开腹手术了吧。"

"原来如此，难怪没有半个外科医生在这里。太令人敬佩了。"

辰也轻轻耸肩，唐突地继续说道："这么说来……"

"我听说砂山搞不好得调回大学医院，你知道吗？"

晴天霹雳的消息。

"次郎要回大学？"

"你想看看，砂山已经在本庄工作四年了吧。现在被叫回去也不奇怪啊！"

"此话当真？"

"当真！"辰也说道，眯着眼睛看向我。

"砂山不在的话，就算是栗原你也会寂寞吧？"

"为何？"

我故意满不在乎地反问，辰也瞬间睁大眼，立刻莞尔一笑。

"难说，你觉得为什么呢？"

他那平静的笑容着实令人不悦，但一一响应反而更让人不开心，因此我置若罔闻。

宴席中单手拿着手机倏然站起的是心脏内科的自若医生。泰然自若的自若医生啃着餐点附上的玉米，边淡然地讲手机边走向走廊。或许又有心肌梗死的病患被送到医院了。这也是本庄医院宴会中常见的光景。

我喝光杯中的酒，拿着酒瓶的辰也不知何时又为我倒满了酒。

"伤脑筋啊！"

"什么东西让你伤脑筋？"

"这么多美酒，每次都得苦恼究竟要喝什么才好，不是吗？"

"说那什么违心之论……毫不迷惘，有多少就喝多少的人，正是你栗原一止吧！"

"……阿辰，你一旦喝了酒，就变得很会耍嘴皮子呢。"

"跟刚值完班、'飞车'棋步就会变得更锐不可当的你一样啦。"

我一时无法反驳，只能在心中咋舌并仰头喝酒。

我将酒杯放回桌上，吓了一跳，是因为原本应该坐在上座的女医生，突然端坐在我面前。

"栗原医生，我叫小幡奈美，请多多指教。"

嫣然微笑的眼中有着锐利的光芒，不仅只有温柔。

"久仰大名，只可惜还没机会跟你慢慢聊。"

她脸上挂着机灵的微笑，缓缓朝我酒杯里斟酒。我想回敬她的好意赶忙为她斟酒，但她轻轻举起一只手。

"抱歉，我不能喝酒。"

温柔地拒绝我。

"那么……"我拿起乌龙茶的小瓶子，形式上在小幡医生的杯子里倒了些茶。

她从远处看来是位纤细沉着的女性，但如此面对面时，便可看出她从容不迫的举止中，其实有着凛然坚毅。

她像是个看过各种非比寻常地狱光景的人物。提到医生，一路走来看到的净是狸猫或狐狸这类无异于妖怪的人，因此她对我来说也可算得上是种冲击。

"小幡医生，如果是从部长那里听来的传闻，请随便听听就好。"

我回应道，小幡医生手捂着嘴巴，发出小小的笑声。

"看来板垣医生真是一点也没变呢！"

我一时间不知如何回答，是因为花了点时间才想起"板垣"是大狸医生的本名。辰也代替我插嘴说道："小幡医生，你和部长是什么关系呢？"

"板垣医生是我当实习医生时的 oben。"

小幡医生干脆地回应，让我们吃了一惊。

所谓的"oben"是指导医生之意。

"那是板垣医生即将离开大学医院前的事了。当时我还是实习医生，所以已经是十二年前的事了。"

她不断抛出我们不熟悉的话语。

她口中的大学医院，不用说一定是指信浓大学医学部附属医院。大狸医生原是出自大学医院的人。这点和一开始便未进入医局而在本庄医院任职的我大相径庭。意即小幡医生是当时的实习医生。

"我们都是信州神之手的徒弟。请多指教，栗原医生。"

小幡医生细长的指尖轻轻拿起酒杯，嫣然微笑。

我决定以酒冲刷掉心中的困惑，慎重地接受她的敬酒。

头痛。

这个旁若无人的吾友，今天也一早就闯入我的脑中，随心所欲地作乱。就我而言，当然一点邀请这名可恶友人入内的打算都没有，然而他似乎拥有头盖骨的备用钥匙，总是满不在乎地穿着鞋踏进来，占据脑内。

总之我先从白袍口袋里取出止痛药放入口中。

这里是早晨六点的医务室。

黎明的窗外还有点阴暗，计算机罗列的医务室尚无人影。

寂静与止痛药是镇压头痛的最佳布局，对我而言再好不过。我又开始战战兢兢地输入电子病历。

就在此时，医务办公室的门突然敞开，巨大声响窜进来。

"噢，你怎么这么早就在医务办公室啦！"

响彻医务办公室的声音，又让我好不容易缓解的头痛发作。我手扶着额头，回头狠狠看向背后。进来的人不用说也知道是外科医生砂山次郎。"搞什么，我以为你铁定会在'菊本'喝到天亮，赶在即将迟到之前才会来上班的，没想到这么早就来了……"

"因为有病患吐血，所以我才被呼叫过来的。总之你小声一点！"

我蹙眉并低声回应。

昨晚在"菊本旅馆"和辰也举杯对饮多时，夜半时分才就寝，凌晨三点便接获呼叫来到急诊处看门诊。

前天晚上因气喘发作住院的病患，拂晓时在病房里吐血了。

"吐血？那是气喘病患吧？跟吐血又有什么关系？"

"就是因为不知道原因，所以才决定进行紧急内镜手术。结果是马魏氏症候群。病患最近似乎因为压力大、饮酒量增加，昨晚吐了两三次。这样的检查结果也能一并解释为何会有肝功能障碍，所以可以暂时放心了。"

我随口响应他，接着将今天第二颗止痛药放入口中。

所谓的马魏氏症候群（Mallory-Weiss syndrome），是指因为反复呕吐，造成食道与胃部交界处受损而引起出血的疾病。是大量饮酒后呕吐时常见的症状。

站在一旁不经意地偷看电子病历的次郎轻轻挑眉。

"病患是三十六岁的警卫啊？干这行压力一定很大吧！"

"跟一年四季脑袋里都是秋高气爽的你相较之下，我想普天下的百姓都可说是压力过多吧！"

"对了！"我看着次郎。

"我才想问你，结果你昨晚根本没有出席小幡医生的欢迎会是为什么？"

"大肠穿孔的手术结束后，又来了一个 Appendicitis（阑尾炎）。我也很想去'菊本'享受美食啊！"

虽然彻夜工作，但他"哇哈哈哈"大笑的模样完全没一丝疲劳。这名壮汉无穷无尽的体力，今天似乎也是火力全开。

接着次郎走进医务办公室一角的厨房，拿起咖啡杯。在杯中倒入大量咖啡粉与光看就让人想吐的大量砂糖，之后注入热水。只要喝上一口，就能连同疲劳和健康一起吹走的穿肠毒药"砂山特调咖啡"便大功告成。次郎开心地咽下这杯苦涩液体。我只能说他是名味觉异常者。

"一止你要不要也来一杯？"我姑且充耳不闻，忽略他的询问，故意炫耀似的从白袍口袋里取出罐装咖啡。

"对了，次郎。我听说你要调回大学医院，是真的吗？"

我问道，次郎满心欢喜地回答我。

"怎、怎么了，一止。你在担心我吗？"

"你用不着担心，我一点也不担心你。"

次郎眨了两三次眼睛，歪头不解。

我话中其实并没有什么特殊含意，因此继续说道。

"总之看你那样子，我想应该不是现在调动吧？"

"那件事八月谈过一次。不过似乎是取消了。难得这里有你和阿辰在。留在这里，我可是求之不得啊！"

"真遗憾。"

"嗯？"

"我在自言自语。"

我隐藏稍放心的感觉，不假思索地讽刺他。即使再怎么黝黑巨大又神经大条，但次郎这个男人所营造出来的气氛极其珍贵，是其他人无法取代的。

"对了，小幡医生是个怎样的人？我还没跟她正式打过招呼。"

"跟你不一样，是个兼具常识与社交能力的成熟医生，经验老到且待人和善，而且……"

"是个大美女，对吧！"

看见咧嘴一笑的黝黑脸庞，我心中产生了些许厌恶。

辰也喝醉后才说得出口的话，这名男子滴酒未沾竟就高声脱口而出。我不禁叹息并说道。

"而且似乎还在担任实习医生时，跟着部长学过。"

"那还真不简单耶！"

次郎的一言一语就像在慢性睡眠不足的脑袋里敲击铁锤般回响。我随便回了他几句，将罐装咖啡倒入喉咙中。

"那个人原本待在信浓大学的消化内科，对吧？"

医务办公室突然响起厚实的男中音。

我惊讶地转动视线，只见医务办公室深处供人假寐的沙发上，有个人坐起身来。是心脏内科的自若医生。行医济世三十年，心脏内科的超级老手且永远泰然自若的自若医生。由于天色微暗，加上沙发背对着我，因此我完全没发现他在那里睡觉。

"医生，不好意思。我没想到您在这里……我们吵醒您了吗？"

"没问题。"

那是自若医生的口头禅。

"反正接下来我得去晨间巡房，所以更没问题。"

我脑中浮现昨夜宴会酒酣耳热之际，静静离席的自若医生背影。

"昨晚又做了心导管吗？"

"深夜和破晓时，总共两名。"

"常有的事，没问题。"他理所当然地回应我。

心导管是心脏导管检查的简称，心脏内科只要有心肌梗死的病患前来就诊，无论什么时间都得立刻进行紧急处理。只有自若医生独自承担如此繁重刻苦的科别。

次郎一如往常，毫无顾虑地转开话题。

"医生您知道小幡医生吗？"

"如果没记错的话，我还在大学时，她正好担任实习医生，总是忙得团团转。她是个端庄秀丽又优秀的实习医生，因此上面的医生们好像也很关照她。"

他稍微停了一下，又补充一句。

"但是那之后已经过了十多年，她看起来却没怎么变。女性真是可怕的生物。"

这句评语究竟是意味深长还是毫无意义？实在是令人难以揣测。

看见从沙发上站起身来的自若医生，次郎举起手边的咖啡杯。

"医生您要不要也来杯咖啡？"

"不用。"

他的回答如反射般迅速。

"不用劳烦砂山医生之手。我自己泡就好。"

补充的话中有着难得一见的慌张，这其实是有原因的。

约莫是半年前的事，自若医生受到了剧毒"砂山特调"激烈的洗礼。

毫不知情地喝下次郎提供的穿肠毒药，因为那冲击性的味道而哑口无言的自若医生，从此之后，每次他看到次郎，眼中便会浮现些许不安，其中混合了敬畏和恐惧。神经大条的次郎当然完全没发现。

自若医生走向电热水壶，边取出杯子边说道。

"不管怎样，因为内藤医生的离开而遍体鳞伤的内科，终于可以东山再起了。"

回到沙发旁的自若医生轻轻举高咖啡杯，满足地喝下。

我也心有戚戚焉地点点头。

不愧是曾跟着大狸医生学习且还在最尖端的医院工作过，小幡医生是个非常可靠的消化内科医生。

不仅内镜的技术，夜间值班、一般内科门诊、病房管理等，每件事都处理得无懈可击。不只如此，一天的诊疗结束后，似乎还会关在内镜室中，不断研读文献或撰写论文。

对于彻底丧失活力的消化内科而言，这么一名人物的登场无疑是极强烈深刻，且大大改变内科原本积郁沉重的气氛。

"更棒的是医生平易近人、好说话，对护士而言也是不可多得的好医生呢！因为有时女医生比男医生更不好应付。"

东西清楚地说道。

这里是南三病房的护理站。

"所以小幡医生最擅长的那个超音波内镜检查是什么？"

"内镜前端装有超音波探头。即使从腹部表面的超音波检查看不见的细微病变，也能从腹部内侧检测出来的特殊检查。"

"那很厉害吗？"

"当然厉害。毕竟就现状来说，能够精准无误地操控超音波内视镜的医生很少。"

"是喔！"东西低声说，讶异地看着我。

"医生你不会吗？"

"不是会不会的问题，而是我从未接触过。这次配合小幡医生的到来，部长不久前买进了第一台。"

东西以难以言喻的视线，看着边输入电子病历边响应的我。

"怎么？"

"原来医生你看似万能，其实还是有所不能啊！"

"谢谢你对我的评价这么高，但是才行医第六年的内科医生，不仅称不上半瓶水，实际上只能算是独当三分之一面。在学超音波内镜之前，我该学习的技术还多得很。"

一般被称为"EUS"的超音波内镜，是近年来快速获瞩目的检查方法。然而因为内镜造价昂贵、操作者需要接受专门训练等原因，很难说是一项普及的技术。小幡医生正是那项技术的专家。

"顺便问一下，你刚刚说那个造价昂贵的内镜要多少钱？一百万日元？"

"至少比你的年薪还高。"

"……我把月薪听成年薪了吗？"

"你的月薪连没有超音波探头的内镜都买不起。"

"真是令人不愉快的话题呢。不过，有位医术精湛的医生愿意过来，对我们而言的确很开心。"

东西在说这些话时，护理站的电话响了。正好经过电话旁的水无小姐适时接起电话。她说了两三句后，回头看向我们。

"主任，急救病房的吐血病患，好像等一下要上来了。"

"罹患马魏氏症候群的三十六岁病患对吧？我已经听说了。你可以帮我接下传达的注意事项吗？"

"是。"水无小姐以活力十足的声音响应。

东西看向我。

"那名病患麻烦吗？"

"就我跟他谈过的经验，觉得还算是个正常人。"

"三十六岁的正常人会喝酒喝到变成马魏氏症候群吗？"

"你指出的点都很正确呢！据他本人所说，似乎是因工作不顺，一晚喝掉一瓶威士忌。"

东西微皱眉头，叹了口气。

"我只能祈祷他不会像横田先生一样突然搞失踪就好。"

就在我们进行极其消极的对话时，铃声大作，同时护理站前的病床用电梯门打开。我们话题中提及的病患被人用担架床送上来。

病床上的男性移动视线看着我，向我轻轻点点头。自然鬈的黑发里夹杂着醒目的银丝，消瘦的脸颊毫无光泽，脸色苍白。才三十六岁，但眼神中隐约可见对生活疲惫、看破红尘的感觉，乍看之下给人年过四十的印象。

我走向走廊，靠近担架床。

"你觉得怎样？"

"大致上稳定多了。多亏了栗原医生。"

虽然脸色欠佳，但应答称得上稳定正确。

"气喘的情况大致上还好，但肝功能障碍很明显。需要观察一段期间，等病状稳定后，大概几天就可以回去了。"

"不好意思……"

男人再次微微点头行礼。

送病患上来的护士还在跟水无小姐交代注意事项。正好走到走廊上的东西和病床上的病患打了个招呼，却在经过时突然停下脚步。我略感讶异，回头一看，只见冷静沉着的主任护士难得地睁大细长的眼睛，站在原地不动。

我还来不及问她"怎么了"，东西张开薄唇。

"阿信……"

她以我早熟悉的声音，说出我不熟悉的话。

仿佛响应她一般，病床上的男子微微歪过头。

他的视线在空中彷徨地来去，最后停在东西身上，眼里满是惊讶。

"直美……"

当我注意到他口中的"直美"是东西的名字时，东西走了几步，茫然地走近病患。

"你是阿信对吧？我就知道……"

因为行事冷静而素有好评的东西，竟会露出如此惊讶的神情，实为稀奇。

病患与护士无视于站在两人之间的主治医生，相对无言，只是凝望着彼此。

短暂而不可思议的沉默中，我还在思索着究竟是什么情况时，白袍口袋里的 PHS 铃声大作。我接起电话，来电的是小幡医生。

先前已预定好今天上午由小幡医生来指导我操作超音波内镜。

对方以清晰的声音询问我："能来吗?"我立刻回答"YES"，随即转身离去。

毕竟我不能一直待在这里看着凝视彼此的直美和阿信。

冷静沉着的东西惊讶的模样，我以前只看过一次。

那是我在实习医生第二年时的事情。

某个睡眠不足与超过劳的日暮时分，我第一次产生阵发性心房纤维颤动，昏倒在走廊上时所发生的事。

忽然间心悸与作呕的感觉袭来，我直接双膝着地跪在走廊上时，东西一边发出近乎惨叫的声音，一边从护理站冲到我身旁，直到现在还记得她当时的模样。心律不齐的我反而被她苍白的脸吓一大跳。

这次东西惊讶的模样，是继当时之后印象最深刻的一次。

从他们彼此直呼名字看来，应该交情匪浅，但对方惊讶的表情与东西的反应，不禁令人有许多联想。当然不管我再怎么臆测，也不可能有答案就是了。

"栗原，看你一脸认真，在想些什么吗?"

突如其来的声音让我回过神来，只见小幡医生的笑脸近在眼前，我不知所措。

"看见别人的脸，没必要那么惊讶吧？"

"我惊讶的不是脸，而是距离。"

"呵呵呵！"小幡医生开心的笑声传遍整个房间。

我们所在的场所是位于内镜室后方的职员室。

这个房间以前被当作内镜团队成员的休息室，四处散置着庞杂的物品；但现在放着小幡医生的办公桌，整理得井然有序。

办公桌上堆放许多英语文献，两台并列的电脑屏幕闪烁着写到一半的论文，我对她的敬意油然而生。

想必小幡医生一定夜夜关在这房间和无数的论文搏斗吧。

"看你的样子，应该是在想女人的事吧？"

她笑着低头看我。

"这样不行喔！在我接下来要教你如何操作超音波内镜时，却净想着女人的事。"

"失礼了。"

"你不否认，表示我说对了吗？"

小幡医生觉得有趣地笑着，然后迅速拉开办公桌旁的抽屉，拿出一个拳头大小的红色物体。然后直接走向房间后头的洗脸台用力刷洗，接着大咬一口。

我看得目瞪口呆，反而是小幡医生惊讶地看着我。

"怎么了？苹果有那么稀奇吗？"

"不，稀奇的不是苹果……"

"我老家在饭田，是种植苹果的农家。从这个时期开始，我都会收到家里送来的大量苹果。你要不要也来一颗？"

她发出清脆的声音，一边咀嚼，一边又从抽屉里拿出一颗红色苹果。

我原以为她是现在罕见、行为举止符合常识的医生，但她真不愧是大狸医生的徒弟，似乎也是个奇特之人。

小幡医生似乎擅自解读我惊慌失措的心思，她边啃着苹果边说。

"只要用水洗干净就没问题了。我认为现在那种以为什么东西都要消毒过才安全的风潮才奇怪。"

"基本上只要清水洗净就好。"她冷静回应，并放了颗苹果在我眼前。

"这是今年的'秋映'。味道非常好。"

"秋映？"

"信州产的苹果。你连这个也不知道吗？"

她一脸颇失望的表情。

"看来在我指导你操作 EUS 之前，得先教会你其他事情才行。"

可以的话，我真希望她从 EUS 开始教我。

这位开朗的医生一如往常，完全不在意我的为难，瞬间就吃完一颗苹果。

"那么，我们开始吧！"

说这句话的同时，她顺手将苹果核往上一抛，划出一条完美的抛物线，飞入房间角落的垃圾桶。

她给人的印象千变万化，真是位不可思议的医生。就在我正思索改天再提醒她厨余垃圾分类的事时，小幡医生早已轻轻晃动着绑好的头发，转过身去。我连忙站起来。

因为病房的灯切换成夜间照明，四周突然变暗。

此时我正在病房护理站输入病历表。

时刻是晚上九点。就在不久前，日班的护士开朗地说"大家辛苦了"便离去，夜班的护士则纷纷出去巡视病房，四周瞬间杳然无声，就连无声闪烁的电脑屏幕也被静谧包围。

宁静无声空间的另一边，突然听见微弱却令人觉得痛快的"砰砰"声，我从电子病历中抬起头。

"喔，小栗子，工作到这么晚，辛苦了。"

一如预期，出现的是大狸医生。他边拍打大肚子边走进护理站。自从小幡医生过来后，听见这拍打肚子"砰砰"声的机会增加不少，的确令人开心。

"病房的状况稳定吗？"

"很难得的三十二个人全都很稳定。医生您才辛苦，这么晚还在这里，怎么了吗？"

"不辛苦，我只是好奇想来看看她的情况如何。她工作表现得还好吗？"

他再次"砰"地拍了肚子一下，坐在我旁边的椅子上。

"小幡医生刚才正好出去巡视病房了。"

我看向阴暗的走廊，但从这里看不见人影。

"虽然医生某些地方多少有点奇特，但关于内镜可说是……"

"笨蛋，没有人问你小幡的情况。"

听见这样的回答，我也不禁停下输入电子病历的手，转头看我的指导医生。

"她是我找来的人，轮不到你对她的工作内容插嘴。"

我对于那坚定不移的信赖感，感到些许羡慕，但我感到困惑的是其他部分。

"如果您问的不是小幡医生，那是问谁？"

"我问的是东西。"

我大吃一惊。

大狸医生不怀好意地露出笑容，压低声音说道。

"昨晚东西的'男人'住进医院了，对吧？全医院都在谈论这件事。"

他举起大拇指，发出龙心大悦的笑声。

一如往常，消息真是灵通。

但所谓的传闻，散播的速度本来就比流行性感冒还快。白天的事情，大狸医生不知道才奇怪。

"你也知道，到今天之前，东西的私生活一直是个谜团。对了，听说对方三十六岁是吗？东西二十九岁，表示两人相差七岁耶！这可是大事一件，所以全医院的护士都屏息以待，默默关心着他们的发展。"

他以比描述病患病状更热切的语气说。

"小栗子，你看到了吧？传闻中那个绝对有隐情的一幕。"

"看是看到了。"

"无论病患病情急转直下，还是病床全满，永远都沉着以对的美人，竟然默不作声、呆若木鸡的模样，我也好想看看啊。"

"那不是什么太好的兴趣呢。"

"你又来了，一副看透世事的态度。所以，东西有跟你说什么吗？"

"根本没机会听到什么，因为小幡医生找我，所以我中途就退场了。"

"小栗子你这样不行啦！真的不行啊。"

他变成很受不了我的表情。

大狸医生极擅长营造这种气氛，常使听话的人产生自己真是笨蛋的感觉。

"我不行吗……"

"不行不行。你老是这样，就算再怎么会治疗胰脏炎或胃溃疡也不行。我说你啊……"

他突然靠近我说道。

"面对因倾心于你而无法迈出步伐投向下一个男人怀抱的可怜美女护士，你这事不关己的态度就不行了。"

"部长，请问您说谁倾心于谁？"

突然听见背后传来冷冰冰的声音，我和大狸医生僵硬无法动弹。

我倏地转动脖子回头一看，不知何时我们谈论的病房主任已经将手插在纤纤细腰上，冷眼睥睨着我们。

只见一向豪放磊落的大狸医生很罕见地眼神在空中游移，边说着"喔，东西，好久不见，你最近好吗"等莫名其妙的话回应她。

"托您的福，我很好。请问您刚刚提及全医院都在讨论的传闻是什么？我可是第一次听到。"

虽然她的薄唇露出微笑，但眼神没丝毫笑意。难得看到东西心情如此恶劣。

"小栗子，我们刚刚在聊什么来着？"

典型的乱来，我当然不可能答得出来。

一时间气氛尴尬，紧接着大狸医生突然从白袍口袋中取出院内PHS站起。

"喔，糟糕！有人呼叫我！"

他单手拿着看起来安静无声的PHS，迅速走向走廊。轻声叹息的东西看着他的背影清楚地说道。

"院长，我可以先跟您说清楚一件事吗？"

大狸医生偷偷看着背后，东西双手抱胸对着他微笑。

"我才二十八岁。"

只有夜间照明的阴暗走廊上，大狸医生老实地点点头。

"抱歉，医生。"

在安静的护理站内，东西语带顾虑地说。

那是目送大狸医生离去后过了半晌的事。

当时我正在永无止境地输入三十二人份的电子病历，而东西在我背后将体温血压记录表上的信息打进电脑。

我转动视线，只见电脑主机的另一边，东西对我投以出乎意料的认真眼神。

我们之间出现带着异样紧张的短暂沉默。

先开口的是东西。

"关于今天中午的事情啦。很抱歉我在工作中突然乱了手脚。"

"工作中手忙脚乱，对我而言是稀松平常的事。如果要为那种事道歉，只怕以后连手忙脚乱的时间都没有。"

原本表情老实的东西微露苦笑。

"你还是老样子。"

她暂停了一下，接着说。

"那个人以前很照顾我。我会那么吃惊是因为我没想到会在这种地方遇见他。"

到底谁会无礼地称呼以前曾照顾过自己且年长八岁的男性为"阿信"？这是个相当困难的问题。况且谁遇见那样的人会如此手忙脚乱？这点也相当难理解。

"看你的表情，好像没办法接受我的说辞。"

"我是没办法接受你的说词。不过，这也不是我非得接受不可的问题吧？"

"过度兴趣缺缺也令人不舒服呢。"

"我并不是没兴趣，只是在克制着自己，不要做出大声说自己感兴趣的那种俗气行动罢了。"

东西露出略显惊讶的眼神，双手手肘撑在桌面上，接着将下巴放在手上，饶富兴味地微笑。

"所以你在担心我吗？"

"毕竟优秀的主任烦恼的模样，会给病房带来不好的气氛。"

"又说这种没意思的话。"

这种说法真过分。

但东西露出想探索什么、一副兴致勃勃的表情。

"那你不打算追问我各种事情？"

"如果我问的话，你就会一五一十告诉我吗？"

"我想想……"

出乎意外地，东西似乎陷入深思，将视线移向天花板。

她将白皙的食指放在下巴上思索了好一阵子，最后露出微笑。

"还是不能告诉你。"

她啪的一声盖上笔记本电脑，站了起来。

"反正没必要特别告诉你。"

她的话中找回些许开朗的感觉。

像是转换心情似的，东西大大地伸个懒腰，接着又补了一句"再说"。

"因为倾心于你而无法迈出步伐的美女护士，想保有一点自己的秘密嘛。"

她若无其事说完这句话，明明无法迈出步伐，却以饶富跃动感的脚步轻快地走出护理站。

不管东西内心受到多大的震撼，而我有多么头痛不已，在震撼与头痛缓和之前，名为社会的这列火车也不会为了我们延缓出发时间。

将人们的心思悉数堆积在车厢里，社会依旧不断按时运行。不仅如此，特快车或快车之类赶忙前往目的地的列车大受欢迎，小车站落得一个接一个被抛诸脑后的下场，正是名为现代的铁道。

在如此繁忙的时代，如在山中秘境车站般端坐，刻着固定时刻表的"御岳庄"，可说是极为奇特吧。

在那如秘境车站的寂静中，响起格格不入的轻快人声，是在北阿尔卑斯群山慢慢染上秋色的九月半早晨。

"早安，大夫。"

早上六点的御岳庄厨房。

我只睡了三个小时，在睡眠完全不足的状态下走出"樱之间"，咬着牙刷停在厨房的入口前。

站在瓦斯炉前的是一名将天生微鬈的头发剃得清爽整齐的青年。开火烧着茶壶的青年，将手上打开的书本盖在桌上，对我露出笑容。

盖在桌上的书是维克多·弗兰克的《夜与雾》。

"好久不见呀，大夫。"

我对那特色十足的语气有印象。虽对声音有印象，外貌却大异其趣。

就我所记得的，这说话语气的人是蓄胡、大白天就猛喝酒的"银杏之间"那名有气无力的学生。但眼前却是笑容充满活力的阳光青年。

我沉默地看着他，那名阳光青年露出苦笑回应我。

"大夫。两个月不见，你已经忘了我啊？"

"我没忘。只是你变太多，我很惊讶罢了。好久不见啊，屋久杉君。"

毫无疑问，他的确是两个月前出发前往屋久岛旅行的屋久杉君。

"我昨天从屋久岛回来了。大夫你要不要也来杯咖啡？"

我嘴上咬着牙刷点点头，屋久杉君利落地摆好咖啡杯，倒入咖啡粉并冲入热水。他的手法可谓利落。没有血气的脸颊晒黑些，有些许可评为精悍的魄力。

我正处于困惑中。

屋久杉君似乎注意到我的困惑，开朗地笑了。

"果然连大夫也会感到惊讶。昨天我遇见男爵时，他的反应也一样。他说了很难懂的话。什么君子三日不见……"

话说到一半，他侧着头。

"当刮目相看。"

他以开朗的声音响应："就是那句。"

"你已经跟男爵见过面了吗？"

"昨晚他说要庆祝我回来，帮我接风，带着我到处喝酒喝到半夜。害我烂醉如泥。"

"烂醉如泥的你看起来还颇有精神，更重要的是你竟然能这么早起。"

男爵此时一定在"桔梗之间"睡得跟死人一样。不，如果他有回到"桔梗之间"还算好的，可能走到走廊或厕所就很勉强了吧。

"今天一早在研习讲座有个报告会。昨天去跟讲座的老师打过招呼，老师完全不相信我去过屋久岛的事。总之他叫我在讲座的时候上台报告。"

他将咖啡放在我面前。

我刷完牙，喝了一口，味道出乎我意料。

"大夫，你觉得如何呀？我想应该是比不上榛名公主泡的咖啡，不过……"

当然连脚边都比不上。虽然比不上，但无疑是美味的咖啡。我将感叹说出口告诉他，屋久杉君露出害羞的笑容。

"我在屋久岛的那段期间，一直跟着担任山岳向导的人四处走，他最先教我的就是冲咖啡的方法。即使是速溶咖啡也能泡出好味道呗？"

"也能泡出好味道呗？"这样的说法，究竟套用在什么动词变化上才好呢？就在我正思考着这些无关紧要的事情时，屋久杉君话锋一转，反问我。

"大夫，榛名公主又出门去哪儿了吗？"

"小榛上周去了东京。预定停留两周左右才会回来，所以暂时不在。"

"这样啊……"他看起来颇沮丧。

"托男爵和公主的福,我知道了很多事情。所以我想早点跟她道谢……"

虽然他想感谢的人之中没有我,令我十分在意,但现在不是追究的时候。

"虽然我没学会什么新的东西就是了。"

他盯着盖在桌上的《夜与雾》继续说道。

"相反的,我散尽积蓄,千里迢迢去了一趟屋久岛,但如果说到自己有什么地方改变,大概只有因四处游走而体力变好了,以及变得比较会泡咖啡而已吧。所以老师要我上台发表,让我有些担心,不过我还是打算试试看。"

他的笑容看起来轻松愉快。

他看来已不是几个月前那个大白天就在御岳庄会客室里喝着威士忌的男人了。只见脚步虽然缓慢,但正在确实向前迈进的青年。

"活着真是不可思议呢!"

他那不着头绪的感慨,伴随着心有戚戚焉的感受,在我胸中回响。

我露出会心微笑,屋久杉君边喝咖啡边以云淡风轻的语气问我。

"大夫,学士殿下是个怎样的人?"

唐突的疑问。

我默不作声看着他,屋久杉君以老实的表情继续说道。

"昨天喝酒的时候，男爵跟我提到那个人。男爵说那个人直到去年都住在御岳庄，对他而言是最棒的朋友。"

"不是'对男爵而言'，屋久杉君。"

我慢条斯理地否定了他说的话。

"是'对男爵跟我而言'才对。"

学士殿下曾是御岳庄"野菊之间"的居民。

自称信浓大学研究所哲学科的研究生，拥有几乎可说是无穷的知识。银框眼镜下淡漠的眼神，态度超然，总是能够响应我和男爵任何异想天开问题的才子。然而事实上他是大学落榜、学历只有高中毕业、漫无目的各处流浪，最后定居在御岳庄的漂泊之身。

"男爵告诉我，活着并不意味着要搜集学历或头衔，而是将现在的自己所能做到的事，慢慢累积。"

"以一个悠然自得的贵族来说，他给你的建议还真是踏实啊。"

"他还说学士殿下就是活生生的模板，他持续着脚踏实地的工作，最后抵达了非凡的场所。"

突然觉得这句话震撼了我的心。

如此解释着因遍体鳞伤、筋疲力尽而离开御岳庄的友人，男爵温柔的目光在我心底深处回响。

"既然如此，那么你现在所走的路，一定也是有意义的吧。即使没有华丽的梦想与希望，只要行动便一定有意义。"

语毕，屋久杉君瞪大眼睛看着我。

"怎么了？"

"男爵也对我说了一样的话，大夫。"

我不禁露出苦笑。

我的苦笑中加入屋久杉君开朗的笑声。

事情并未获得解决。只要活着便不可能有所谓的解决。最重要的是，曾始终处于酩酊大醉、瘫坐屋内的屋久杉君，现在确实迈出脚步前进了。

"屋久杉君。"

我边喝着咖啡边徐徐开口说。

"要继续走完人生，需要两种东西。你知道是什么吗？"

我态度夸张地提问，青年露出些许困惑。

我不等他回答便继续说。

"就是往前走的双脚及稍事休息时喝的美味咖啡。我至少可以向你保证后者的质量。"

我喝完最后一口咖啡，对他说道。

屋久杉君大笑。

真可谓神清气爽的笑容。

"上台报告，我会加油的，大夫。"

"很好。"我点头后，突然不知从何处飘来一道甜美的芳香传进屋内。

我受香味吸引转头看向庭院，眯起眼睛看。

只见早晨的清澄阳光照耀下，桂花的色彩鲜明，因秋风吹拂而轻轻地左右摇晃。

榊原信一，就是东西口中"阿信"的本名。

他因为气喘发作住院，但隔天，症状几乎消失了。问题在于肝功能障碍，住院几天后的血液检查中也未见改善，并出现原因不明的黄疸。

"我觉得身体没问题了，呼吸也很轻松。"

病床上的榊原先生看起来状况稳定。

听诊上，他气喘的部分也没有特别的问题。

"可是为什么会变成黄疸？栗原医生。"

"不只黄疸，你的肝功能也在慢慢恶化。CT 之下没发现病变，所以现在只能说原因不明。"

我摆出些微不悦的表情说道，只见榊原先生轻叹一口气。

"我最近喝太多酒。是因为这样吗？"

"喝酒当然有影响，只不过如果是酒的问题，通常住院两三天就能改善了。你的情况是住院后还继续恶化。考虑到也可能是药剂的问题，所以我们先换药观察。"

"也就是说还要再住院一阵子，是吗？"

榊原先生小声叹息。

"有什么不便吗？"

"不，我的工作也只是派遣的警卫罢了。跟打工族没什么两样。"

他露出带着放弃的淡淡苦笑。

此时我眼睛突然停留在病床桌上的一本厚重书刊。现代式布面装帧，表面绣了金色的"Jean-Christophe"。

"《约翰·克利斯朵夫》是吗？你有一本好书呢。"

我问道，榊原先生的眼中浮现开心。

"这是我的爱书。医生你也知道这本书吗？"

"当然。这是罗曼·罗兰为了给全人类勇气，所写下的至高杰作，堪称法国文学的金字塔顶峰！"

"真不愧是医生啊。"

当然实情并非如此，然而特地回答他也很麻烦，所以我什么也没说便接下榊原先生递给我的书。

《约翰·克利斯朵夫》是描写某音乐家一生经历的一大巨著。有人说是以贝多芬为蓝图所写成的，但至今尚无定论。可以确定的是，这部作品是给予阅读者活下去动力最棒的长篇小说。

榊原先生拥有的《约翰·克利斯朵夫》是本有历史且别出心裁的珍品。对于将书籍当作消耗品般看待的今日，如此精致的装帧也少有了。

"真是如美术品般精致的一本书啊。不过怎么只有下集？"

"上集很久以前就不知道掉哪儿去了。这是再也买不到的精装版，所以真的很可惜。"

榊原先生小声地笑了两声，突然表情一变，像是下定决心般继续说道。

"直美她……抱歉，东西小姐是否说了什么？"

"'说了什么'是指？"

我看着他，心想自己的回答也实在挺坏心眼的。榊原先生露出困惑的表情。

"没有啦，因为自从我住院后，她没来看过我。"

"东西是病房主任，所以很忙吧。我会转告她，叫她来看你的。"

"不……不用麻烦。"

榊原先生顾虑地挥挥手。

"就算见了面，她也只会看到我这没出息的模样。"

"怎么会没出息？有气喘宿疾的人本来就会不时发作。人生痛苦的话，本来就会藉酒浇愁。你没必要引以为耻。"

我平静地回答，榊原先生略睁大眼睛，微微一笑。

"我很高兴能碰到你这么善解人意的医生，栗原医生。"

我听见他放心地吁了口气，并说出这句话。

"榊原先生人不错嘛。"

傍晚时分的病房，发现东西的我，开口说的第一句话就是这句。

"干吗突然说这个？"

"一点也不突然。因为你不去看他，榊原先生寂寞得很。我不知道你们是什么关系，但既然是久别重逢，至少去跟他打声招呼嘛。"

我迅速回答，东西反倒露出可疑的表情。

"你说这种话也未免太突然了。一定是他称赞你是个好医生，你就被捧上天了，对吧？"

一如既往，头脑灵活的主任。我完全无法反驳。

"不过，榊原先生真的是个好人喔！"

一旁略显顾虑地插嘴进来的人，是正在检查点滴的护士御影小姐。

"即使点滴插针失败，他也不会露出不悦的表情；在走廊上擦肩而过时，他也会面带笑容跟我们打招呼；总是静静地看着书……给人一种很绅士的感觉。"

她以仿佛做美梦般的大眼幸福洋溢地说道。

"不过那个人也有很随便的地方喔。"

这次开口的是正好回到护理站的水无小姐。

"昨晚熄灯后，他从病房消失了。"

这件事我第一次听说。

水无小姐叹口气，又补充道。

"幸好在我正烦恼着是否要联络医生时，他就回到病房了。他说他晚上睡不着，所以在院内散步……因为他什么也没告诉护士便擅自离开病房，实在吓死我们了。"

原来如此，那实在相当令人困扰。

原本端坐一旁，正在输入体温、血压记录表的东西低声说道。

"他从以前就这样了。看起来很可靠，其实个性马马虎虎的。"

听见这超乎预期且意味深长的发言，我和水无小姐同时转头看向东西。而东西丝毫不在意我们的目光，继续淡然地输入数据。

搞不清楚事情始末的御影小姐，依然双眼发光地说。

"我觉得那样也很棒耶。坐在病床上阅读那本大书的模样和迷糊的个性有种落差，让人想保护他。"

真是自说自话。

她口中的大书应该就是《约翰·克利斯朵夫》吧。我想起那本布面的精装书。

"我原以为他只是个酒鬼，没想到似乎还是个文学家呢。"

"那当然啰，因为他以前是学校老师啊。"

面对东西再次投出的炸弹，这次包括御影小姐，我们三人都大惊失色。

东西依旧淡然以对。

"他原本是音乐老师。以前似乎也会作曲，不过看他现在那样子……"

东西终于抬起头，对着惊讶不已的我们说道。

"没必要这么惊讶吧？"

"没必要这样吓我们吧？"

我光回答她这句话便已耗尽气力。

水无小姐战战兢兢地开口发问。

"但是，榊原先生说他现在在当警卫……"

"现在是警卫没错啊。他早就辞掉教师的工作了。我就读高中时，他是我们的音乐老师，也是我三年级的导师。"

东西整理好文件，在旁边堆成一叠后，看向不发一语凝视着她的我。

"我再说一次，你们没必要那么惊讶吧。"

"我们惊讶的并非榊原先生曾是音乐老师的事。我们惊讶的是原来你也曾有过女高中生的时代啊。"

"我生气喽。"

"开玩笑的啦。"我先填补我们之间的沉默,并继续问道。

"不过你竟然直呼导师'阿信',这样对吗?"

"那时的阿信还是二十多岁的年轻人啊。当时大家都那么叫他。"

先不论一切是否真如她所言,但突然占据我脑中的是高中生模样的东西与二十多岁的榊原先生。遑论前几天那意味深长的态度,任谁都会忍不住猜测他们之间的关系。

似乎也在想象相同画面的御影小姐,不禁面红耳赤,她小声地询问。

"主,主任……难、难道你和曾是老师的榊原先生发生过什么吗?"

我和水无小姐都不敢提出的问题,她居然能毫不顾虑地问出口。

"你的问题还真是直接。"

因为问题过于直接而不禁感到惊讶的东西,双手环抱胸前,露出深思的表情。接着侧头,停顿一会儿后说道。

"如果我说我们什么都没有的话,就是在说谎了。"

"咦!"背后传来微微的声音,回头一看,病房的护士不知何时已全部停下手上的工作,兴致勃勃地看着这里。

东西的手放在额头上叹气。

"想也知道我是开玩笑的。大家快点回去工作……"

就在下一个瞬间。

突然间，尖锐的病房警铃掩盖了东西的声音。

我们转过身看监视器，发现是脉搏异常的警铃。同时，跑向前查看监视器的护士发出近似惨叫的声音。

"十三号，VF（心室颤动）！"

她话音未落，我和东西早已冲出护理站。

深夜一点。

原本早该熄灯的医务办公室，那天依旧灯火通明。

在并排的电子病历主机中央，一脸疲惫地盯着屏幕的是辰也。

"感谢你出手相救，栗原。"

躺在沙发上的我听见老友的声音。

"获救的不是你。是你的病人。"

"即使如此，还是感谢你出手相救。我向你道谢。"

当天傍晚，发生VF导致病情急转直下的病患是辰也的病人。是一名因恶性淋巴肿瘤住院的四十多岁男性。

"因为最近他化疗没用，病况急速恶化，所以我才让他住院的，没想到竟会引起VF。"

"没人能预测到他病情会急转直下，你也没办法二十四小时陪在病患身边。我正好在那里，应该是他运气好吧。"

心室颤动是致死性心律不齐中的一种。就算幸运能立刻去除心室颤动，使心律及血压恢复正常，但只要处理的时间晚个几分钟，病患仍有可能会因此死亡。

"我想是胸腔内急速变大的淋巴结压迫到心脏，导致引起心律不齐。他的状况比你原先预想的还危险。"

我想起在紧急处理病人时，看似妻子的女性和大概还是小学生的少年，脸色苍白地站在走廊上。即使病人血压已经稳定了，女子依然守在床边，双手合十祈祷。

"这个病例很难处理。"

"虽然很难处理，不过只要能够控制住心律不齐的症状，我想对他试试看第三线化疗。我还没放弃他！"

以认真的眼神直视着屏幕的辰也侧脸，具备了符合"医学系的良心"这个称号的拼命与真挚。我只能默默点头。

"你这时间还在医院，不要紧吗？榛名小姐也会担心你吧？"

"小榛昨天又去了东京。好像是出版社说要出新的写真集。"

"恭喜她啊！那不是件好事吗？"

辰也面露开心，仿佛是他自己的事般。

"的确是件好事，但也拜它所赐，御岳庄现在变得像是断了弦的吉他。空有巨大体积却无存在意义。简单来说，就是我没回家的理由了。"

"还有。"我边说边从沙发站起，走向隔壁的主机。

"之前那名气喘的病患肝功能不好，让我很在意。"

我指的是榊原先生。

傍晚时东西的惊人之语虽然让人在意，但更令人担忧的是眼前肝

124

酵素和胰酶持续上升的悬案。我已经停止所有治疗药物，正在观察他的情况，然而数值还是有缓缓上升的倾向，黄疸也正慢慢恶化。

"CT下没有异常，所以我在考虑是不是要拜托小幡医生做EUS（超音波内镜）看看。"

"竟然有人在谈论我，真令人开心呢！"

听见清澈的声音，回头一看，小幡医生正好走进医务办公室。

辰也问她："这么晚了，有什么事吗？"她只是耸耸肩。

"今天换我留在急诊处值班。这家医院病患真是多到让人惊讶，工作怎么做都做不完。"

她淡然地回答，从提在右手的塑料袋中取出一颗苹果。她在厨房以清水冲洗苹果后豪迈地啃着苹果的模样，我还是无法习惯。我想在苹果产季结束前，她这奇特的行为还会持续一阵子吧。

"板垣医生也太过分了，一开始跟我说清楚这家医院工作量这么大就好啦。他一点也没变，每次都只说对自己有利的事……"

"他没告诉你本庄医院是间很忙碌的医院吗？"

"我只听说这里是间有各种不同病例可以看，能学到很多东西的医院。他还说这里是能让我充分发挥实力的地方。"

他的确没有说谎。

"虽然我知道这里是地区医疗的医院，只不过我没想到'各种不同的病例'，超过一半都是肺炎和心功能不全。"

虽然她一脸无奈，却不像有不满。她抗压性如此强，一定也是直接传承自大狸医生吧。

小幡医生边嘟囔着，边又从塑料袋取出两颗苹果摆放在我们前面。默默行礼收下苹果的辰也拿起苹果在厨房洗了起来。望着辰也的背影，小幡医生边叹息边发牢骚。

"真是的，忙成这样，论文根本就没有进度。我这个月内得投修正稿出去啊……"

"真不简单。你还在写论文吗？你说过你上礼拜才刚投一篇论文出去……"

"这种事根本不值得你们赞美。毕竟最新医疗瞬息万变，如果不继续研究，很快就会跟不上脚步。"

真是忠言逆耳。

我每天被日常业务追得喘不过气，只能得过且过。相反的，在如此忙碌不堪的医院，还能进行临床医疗与研究，小幡医生过人的精神才真是非比寻常。

我从辰也手中接过苹果，默默啃着。我品尝着苹果的鲜甜，有点勉强地改变话题。

"今年的'秋映'味道的确很好耶！"

话才说完，小幡医生反倒一脸哑口无言的表情。

"这是'信浓SWEET'啦！"

看来我本想躲开枷锁，结果却误踩地雷。

"栗原你虽然读了很多书，却没什么常识耶。"

先将常识的定义摆一边，我只听见毫不客气的话。

我放弃继续在地雷区走动，决定将话题转回榊原先生的检查上。

我出示病历表，并提及他的治疗状况，小幡医生头点了两三次后回答。

"啊，你说的就是东西主任的男朋友，对吧？"

看来传闻已在医院内发展成那样了。

"东西什么也没说。还有他们俩年纪差了八岁。"

"才八岁，又怎样。我以前跟大我十岁的人交往过呢。"

我和辰也惊讶地面面相觑。

小幡医生对我们的反应毫不在意，头也不回地说道。

"不过，检查一下也不会有坏处。"

我们俩费尽千辛万苦，还是跟不上她不断改变的话题。但小幡医生似乎就是那样的性格，她毫不在意我们的困惑。

"但是，我认为那个人可以不用检查。"

她又唐突地下了结论。

"医生，对于他肝功能异常的原因，你心里有底吗？"

"很难说。不过，我觉得暂时观察一阵子就好了。"

云淡风轻的回答，让人不禁怀疑她说这种话究竟有没有根据。

小幡医生将吃完的"信浓SWEET"苹果核投进厨房的垃圾桶，接着拿出咖啡杯，大把大把倒入咖啡粉。我还来不及联想在哪儿看过这似曾相识的情景，她便在杯里倒入大量的砂糖。

"小幡医生，你在做什么……"

"看也知道我在泡咖啡啊！前阵子砂山医生教我泡出美味咖啡的方法。吃完苹果后喝上一杯，简直是至高享受。"

她若无其事地朝倒入大量黑白粉末的咖啡杯里注入热水。

"砂山医生虽然给人不修边幅的印象，但令人意外的是他对味觉很讲究呢！他就是人不可貌相的典型。你们明明是同学却不知道？"

我终于深切体会到一样米养百样人了。至少我从没想过竟会遇见对剧毒"砂山特调"有如此评价的人。

我与辰也再次面面相觑，就在此时，小幡医生的PHS铃声大作。

"喂喂，我是小幡。新病患是吗？我四十秒内过去，等我。"

她一口气喝完杯中的剧毒，举起一只手说："我走了！"便直接走出医务办公室。

留下的只有寂静。

简直就像台风过境后的感觉。

我离开医院时已是深夜两点多。

今晚云层很厚，月影朦胧。然而堤防道路沿岸的街灯看起来莫名灿烂，我眯起眼睛。丛生的芒草，将街灯下的河堤一带渲染成淡淡乳白色。风无声吹拂，宛如投入石子的水面，芒草丛生的河岸泛起涟漪。

信州的秋季，随着夕阳西下，温度骤降。当火红的太阳开始没入北阿尔卑斯山棱线时，世界便完全转变为夜晚，气温随着日落不断下降。

但对于一年到头都在空调完善的医院内工作的我而言，这种让人觉得难以招架的户外空气非常舒服，可以冷却恍惚的脑袋和浮躁的心。

我单手拿着在自动贩卖机买的罐装咖啡正准备踏上归途，突然看见芒草丛生的河岸升起淡淡的紫烟，于是停下脚步。

从堤防道路往下，位于河岸前端的长凳上，只见悠然自得抽着烟的急诊处护理长背影。

"外村小姐，值晚班的时候跑出来摸鱼，不要紧吗？"

听见我的声音，衔着 Philip Morris 香烟的外村小姐转过头来。即使是那不经意的举止，也有利落干练的美感。

"现在刚好是休息时间。这种时间才回家，真是辛苦你了。"

她轻吐出一口烟，难得露出疲劳的神色。

我就像是获得邀请般，走下石阶来到长凳旁边。

"我看你才辛苦，今天很累吗？"

"竟然会被你识破，看来我也老了。"

我苦笑着。

"季节转换之际，肺炎患者越来越多，本来就很忙。加上有烦恼的职员也越来越多。"

"因为对新人来说，工作到现在也差不多半年了。"

我露出苦笑，坐在看起来快要坏掉的长凳上，与外村小姐肩并肩。

"虽然东西装作若无其事的样子，不过她不要紧吧？"

我拿着刚打开的罐装咖啡，停下动作。

"如果我说不要紧呢？"

外村小姐露出很受不了我的模样。

"她什么都没说吗?"

"也不是什么都没说,不过她说那是秘密,不肯告诉我们。"

"傻瓜……"

"就是啊。与其一个人烦恼,不如跟我们谈谈……"

"我说的傻瓜是你。"

我因为这句不客气的话而抬起头,只见外村小姐卖弄般地叹口气。

她将抽完的 Philip Morris 香烟塞进携带烟灰缸内,并取出第二根点火。

"当女人告诉你某件事是秘密时,男人的工作便是不管如何也要打破砂锅问到底啊。"

"真是充满矛盾的要求耶……"

她蹙眉,叹息时呼出一大口白烟。

"医生你读过的小说多如山,却完全不懂女人心耶。"

说得真过分。

至少我从未听说过只要精通漱石就能了解女人心这种事。我再次确认,所谓的女人确实是非常难以理解的生物。

"不过,既然是她,我想应该没问题,只是她似乎很烦恼。如果改天心血来潮,你就陪她去喝杯酒吧!"

"我认为那样的任务,外村小姐你比较适合……"

"笨蛋,就是因为这种问题敏感,所以比起脑袋清晰的前辈,有点迟钝的同辈反而比较容易商量。不过说这么多，归根究底来说，那家伙对我还是有点顾虑。"

她不但说我是傻瓜笨蛋，最后还恣意对我加诸许多评论。

"接下来。"外村小姐衔着香烟站起来。

"我差不多该回去了，今晚出乎意外地忙乱啊！"

"好像是。"

我脑中浮现如风暴般转身离去的小幡医生背影。今晚似乎不可能是个平静的夜晚。

"不过小幡医生是个能干又好相处的人，护士们工作起来应该也很轻松吧？"

我们走回堤防道路，我丢出这句话取代闲聊，却得到意外的反应。

走在前方的外村小姐转过头，讶异地看着我。

外村小姐瞬间陷入沉默，接着缓缓吐出白烟回答我。

"医生你出乎意外地没看人的眼光耶。"

又是严厉的批评。

我正打算开口，外村小姐仿佛想先发制人地举起一只手并背对着我。

"算了，不是什么大问题。辛苦你了。"

我回过神时，只剩 Philip Morris 烟味还残留着。虽然心里不甚痛快，但也不至于特地叫住她。我目送着外村小姐离开，视野一角又捕捉到其他人影。

我正好瞧见一名身材高大的男子走进医院后门。

肩上披着羊毛衫的人是住院中的榊原先生。

晚间七点。

那是隔天内镜业务结束的时间。

自从古狐先生离开后，内镜的工作持续到九点、十点是家常便饭，所以即使如此也算是早的。多亏小幡医生的到来，工作结束的时间变早了。我拖着疲惫的步伐走向南三病房。

时间已属于夜班了，但东西照例还在护理站内忙碌奔波。我不禁怀疑她到底什么时候休息。

"辛苦了，检查终于结束了！巡房呢？"

"等一下才要开始。不过在那之前，我得先做件事。"

我不快地响应，东西敏感地接收到我声音中异于平常的气氛。

她微眯起细长眼睛看着我。

"有没有空的单人房？"

东西没有追问理由，看着屏幕立刻回答我。

"三〇二号现在是空的。"

"那就把病患移去那间吧。"

稍停顿的东西以沉静却清楚的语气回答。

"……榊原先生？"

我点点头。

我并不是没挣扎过。但他的行为不允许我们置之不理。我跟东西一起走出护理站，走向病房。

榊原先生的病房是双人房。

另外一床是位卧病不起的肺炎病患，因此就算晚上八点突然造访，他也不会有什么不满。

即使时间这么晚，榊原先生也一如既往靠在枕头上看书的读书型病患。

对于我和东西的突然造访，他吓了一大跳。

"晚安。栗原医生。工作到这么晚，辛苦你了。"

他虽然惊讶不已，但立刻变回平常和颜悦色的笑容。

他发现我身后的东西，眼中露出些许困惑，但没对她说些什么。

"榊原先生你才是，这么晚了还在读书，真是活力充沛呢。"

"因为除了读书，我没其他事情可做了。"

他正在阅读的是《约翰·克利斯朵夫》。合上的书籍表面，金色的刺绣在灯光下熠熠生辉。

"你身体还好吗？"

"不错，没有什么特别的问题……今天的血液检查结果如何？"

"恶化了。"

听见我刻意压低抑扬顿挫的声音，榊原先生表情变得有些沉痛。

"这样啊。听见这样的结果，我也开始担心了。"

"我也有同感，因此我不得不诉诸强硬的手段。"

他面露惊讶，仿佛在说："强硬的手段？"

"必须要请榊原先生跟我合作，可以吗？"

"那当然。我身为病患，如果有什么我做得到的，请你告诉我。"

冷静稳重且一本正经地回答。完全看不出在说谎的模样。完全看不出来才是最可怕的。

我稍微停顿一下，接着说。

"那么可以请你换一间病房吗？"

榊原先生大概没能正确理解我这个问题的意思。他稍微歪着头看向东西，但东西其实也不清楚状况。

"要我换病房吗？"

"没错。"

"那是无所谓，但要我现在马上换的话，可就伤脑筋了，我还得收拾行李……"

"行李我会让护士帮你送过去。你只要人过去就好了。"

我很快地说完，榊原先生的表情明显变得僵硬。

"不，行李我自己可以拿，再说也不是很多。"

"就算没有多少也没关系，让护士拿就好了。"

"可是，我不想因为那种事给你们添麻烦……"

"现在的状态持续下去才麻烦！"

我不禁以强硬的语调说出那句话。

站在我背后的东西虽惊讶，但由于不清楚状况，也只能保持沉默。

我趁榊原先生回答之前，又迅速地接着说道。

"你给我只身移动到隔壁的个人房去。藏在床底下的酒瓶全部放着，不准带走。"

榊原先生的脸色大变。

我可以听见背后的东西微微倒抽一口气。

沉默持续半晌，我静静地补了一句。

"如果你担心的话，你可以自己带着那本贵重的下册走。"

我迅速转过身。

视野的一角，桌上的金色"克利斯朵夫"几个字仿佛闪烁着冷冷的光芒。

一如我预期的，我们从病床下找出好几瓶小小的威士忌酒瓶。

全是医院附近便利商店所贩卖的商品。简单来说，榊原先生声称出院散步，其实就是为了去买酒。

"原来他的肝功能完全没有改善，是因为一直在偷喝酒啊。"

夜晚的医务办公室响起次郎惊讶的声音。

"我太吃惊了。他看起来完全不像会偷喝酒的人……"

低声嘀咕的是辰也。

"人不可貌相。看起来通情达理，其实是阳奉阴违。"

好不容易工作结束，但心情沉重得像是接下来才要值班般。

然而我也只能淡然地将先前发生的事记在病历表上。

"那你打算怎么办？栗原。"

"他是有气喘病史的酒精性肝硬化。也不能随便抽手或置之不理。

我只能好好判断，究竟是该让他转院去有精神科的医院，还是继续在这里治疗。"

"他没有家人吗？"

"他单身，双亲都过世了。"

我听见次郎和辰也同时叹息。

最后次郎起身走进厨房，过了一会儿，他拿了放了三个咖啡杯的托盘回来。

他说："暂时休息一下吧！"并递出剧毒，今晚我只能默默接下它，正所谓以毒攻毒。这样的日子，或许来杯"砂山特调"也不错。

就在我将杯子送到嘴边时，院内 PHS 铃声大作。

我几乎是在无意识中按下通话键，蹿入耳里的不是东西的声音。"我是水无！"声音中带着迫切。

"栗原医生，请你立刻过来。主任她……"

我将装了剧毒的杯子放回桌上，站起来。

"你到底在做什么啊。"

冷淡的声音，连病房外都听得一清二楚。

这里是榊原先生的新病房。

水无小姐和其他护士站在门口附近，但被病房内异样的气氛震慑住，犹豫着是否要进去。我探头一看便立刻明白。

东西站着，与坐在病床上的榊原先生面对面。她的侧脸有着前所未见的严肃，纤细的双臂还抱在胸前，直挺挺地站着，低头睥睨眼前那名男性的气魄与威严，会让人犹豫是否要开口说话。

"我再问你，你到底在做什么！"

"半夜擅自外出买酒，背着医生偷喝酒。"

伴随着淡然以对的声音，榊原先生露出自虐式的笑容，抬起头。

"我这么说的话，你就可以接受吗？直美。"

东西无动于衷。她眉头动也不动，只是默默地低头看着榊原先生。

我轻轻走进病房，之后便以眼神示意水无小姐关上房门，也要其他护士回到自己的岗位上。

"你一直过着那样的生活吗？"

终于打破沉默的是东西。

"打从我辞掉学校的工作后，一直都是这样。"

"你作曲做得怎样了？你不是说要写出世界第一的交响曲吗？写得怎样了？"

"你别说傻话了。"

小小的叹息中包含着只能称之为惨不忍睹的干笑。

"我以那种方式辞掉学校工作，我写的曲子谁愿意听？无处可去，也找不到地方工作。况且拖着这个只要稍微累一点、气喘就会发作的身子，想要作曲简直是白日梦中的白日梦。"

接在榊原先生左手的点滴瓶，在荧光灯的照耀下，闪耀着突兀的光芒。

榊原先生露出有气无力、隐含看透一切的笑容，看着东西。

"直美，这是我所选择的人生。与你邂逅并不是造成这一切的原因。所以你不需要觉得自己有责任。"

"……我一点也不觉得自己有责任。"

她的声音很平静。

反倒是榊原先生显得退缩地动了动肩膀。

"我啊……我只是因为你太可悲，而不知道该如何反应罢了。我真不知道为什么你会变成这样？"

她的声音听起来有点颤抖。榊原先生抬头看着东西半晌，但最后仿佛累了般叹口气。

"为什么呢？事到如今我也搞不清楚了。"

随着小小声的咳嗽，他的声音也中断，点滴瓶微微晃动着。

"不知不觉中就变成这样了。正如你所说的，我真的很可悲。但不管怎样，你成了一名护士，努力工作着。我则如你所见，变成酒精上瘾的酒鬼。我们的人生再也不可能有交集，事到如今……"

"你不是说过，就算逆风而行也要勇往直前吗？"

东西虽然颤抖却依旧清澈的声音打断了他。

"所谓的艺术家，就像即使风暴再大也永远指着'北方'的罗盘。当初说那句话的人，不就是你吗？"

榊原先生噤声不语。

"我不知道你的心现在朝着哪里，但是我这十年来一直向北方前进，从未迷失过。即使在波涛汹涌的海上，我也从未迷失过方向。你知道为什么吗？"

东西瞬间沉默，接着一字一句地说。

"因为你是这样教导我们的。可是你……"

她的声音中断。

更甚以往的沉默再次包围病房。

寂静的另一边，隐约听见有人经过走廊的脚步声。脚步声越来越近，接着渐行渐远时，东西伸出雪白的手，抓着连接榊原先生左手的点滴管。

"这真是太可悲了。"

我还在迟疑她到底打算做什么的下一个瞬间。东西突然用力扯下点滴。我根本来不及制止她。

被扯开的点滴管描绘出华丽的弧形，弹向病房的床。里头的液体在空中飞溅，闪闪发光。

别说是我，连榊原先生也讶异得哑口无言。

一瞬的沉默后，轻轻拨好发丝的东西凛然清澈的声音响彻病房。

"这里是医院，是许多人努力对抗疾病的地方。如果你无心治好你的病，那么请你现在立刻离开这里。"

沉默再次降临，隐约听见某处传来水声。

不知何时外面下雨了。

雨下个不停，仿佛每落下一滴，夜就变得更深。

"指向北方的罗盘是吗？"

榊原先生低声呢喃。

东西走出病房已超过三十分钟了，但榊原先生依然坐在病床上，动也不动地凝视着自己的脚边。

水无小姐在他旁边擦拭滴落的点滴液，并准备换上新的点滴。

"那是克利斯朵夫中的话吧？"

听见我的话，榊原先生终于抬起头。

"所谓的艺术家，就像即使风暴再大也永远指着'北方'的罗盘。"

在接连不断的逆境中，不屈不挠、高声讴歌自己应该前进的道路，那是克利斯朵夫用来描述并激励自己的话。

"栗原医生你真厉害，竟然知道这句话。"

榊原先生脸上浮现疲惫的笑容。

"这是我很喜欢的一句话。我很讶异，直美居然还记得。"

"我本来对现在竟然还有人读《约翰·克利斯朵夫》感到非常诧异，但听说你是作曲家时，我就明白了。比起别人，这个故事会在你心里引起更大的共鸣。"

榊原先生点点头。

窗户突然震动，大概是起风吧。绵绵不绝的细雨受风吹拂，弄湿了窗户的玻璃。

"关于刚才的事……"

我慢慢拨开胸中的迟疑，语带顾虑地开口。

"就我刚刚所听到的，听起来你似乎是因为东西才辞掉学校的工作。"

"不是的。"

“我想问的不是你所下的判断，而是发生了什么事。因为她是我非常重要的朋友。”

听见我的话，榊原先生目露些许怀疑，但最后还是微微点头。

“只能说是半真半假……”

他停顿一下后，继续说道。

“我是直美高三那年的导师。她非常崇拜我，我想她对我怀抱的情感恐怕不只是‘尊敬的老师’而已。”

榊原先生露出一抹害羞的微笑。在我看来，那才是这个人真正的表情。

“但我毕竟是个老师。况且她是高中生。我一直很注意避免让自己不小心跟她走得太近。但是唯独一次……唯独那次有了两人单独用餐的机会。”

换好新点滴的水无小姐静静站起，行了一个礼，什么也没说便走出病房。她一定是顾虑到我们才离开的。

“就在我花了整整三年好不容易终于完成交响曲的那天，甚至可以美梦成真登上某本杂志、获得发表机会的那一天。直美她坚持无论如何都要替我庆祝。我们当天晚上很晚的时候，去了镇上的西餐厅，在那里……”

榊原先生稍微蹙起眉头，立刻继续说道。

“被其他学生的监护人看到了。”

“只是吃个饭而已，不是吗？解释清楚就好了……”

“那间学校很严格。导师未告知监护人便带女学生出去用餐，这种行为掀起无法形容的巨大波澜。"

"教师生涯结束，作曲家的道路也被封闭了。"

他几乎就像自言自语般说了这句话。

"不过我并不后悔，医生。我从来不认为那是直美的错。"

榊原先生露出一贯沉稳的笑容。

"对我而言，那天晚上的确是非常特别的一晚。直美由衷为我感到开心，虽然我才刚写好一首曲子，但我已经可以听到下一首曲子的旋律了。我当时的心情正是如此。只是……"

榊原先生仿佛想遮住双眼般，冷不防地以手扶着额头。

"我遭逢挫折后，无法顺利东山再起罢了……"

人生不就是那样吗？医生……

沉静的声音这次终于褪去了虚有的装饰。

窗外的雨越下越大，风不时拍打着窗户玻璃。

时钟已经走到晚上九点了。

我无言以对。想要划分是非善恶，但里头包含太多课题。

"挚友奥里维因为万念俱灰，正打算放弃生命时，克利斯朵夫对他这么说道。"

我将视线转向东西转身离去的病房房门。

"忠诚的朋友，只要能与你一同哭泣，人生便有痛苦的价值。"

榊原先生移动手掌，微微仰望着我。

"我不知道'忠诚的朋友'这个形容正不正确……"

我暂停一下，轻轻吐了一口气。

"东西是真的哭了喔。"

再次刮起一阵强风，我听见小小的雨滴打在窗玻璃上的声音。

约莫晚上十一点，风势缓和。

秋雨虽逐渐变小，却仍下个不停，无声地浸湿路面。无风的黑暗中，绵绵细雨如薄丝布幕般摇曳，从天空落下大地。

离开病房的东西，不知去哪儿了，完全不见踪影。我帮榊原先生重新打点滴，之后便无事可做。带着徒劳感离开医院，踏上回家的路。

往北穿过雨中巷道后，便可见深志神社的鸟居反射街灯光芒，隐约露出轮廓。

发生这种鸟事的日子就去这片土地的祭神那里参拜，是我的习惯。每当发生问题就有人跑来参拜，想必神明也觉得困扰吧；但我只是一个无能无为的人类，所以也无可奈何。人与神原本就各有各的领域。

钻过湿漉漉的鸟居，穿过铺满石子的境内，走近本殿时，突如其来地响起"啪啪"两声突兀却清楚的拍手声，于是我停下脚步。

定睛一看，点着微弱灯光的拜殿前，有一个人正在诚心祈祷。深夜下着雨的深志神社，竟还有其他信众在此参拜，这可是前所未有的事。参拜者祈祷了很久，但就在我抵达拜殿前，对方正好转过身来，从石阶逐级而下。

那个人下来后不经意地在我眼前停下脚步。"哎呀！"我举起雨伞，正好与对方四目相交。

原来是东西。

她一定是没带伞冒雨走到这里。富有光泽的黑发完全被雨水浸湿，贴附在额头上。困惑地看着我的那对眼睛红肿，明显地显示出她刚哭过。

或许是哪来的预感，我居然一点都不惊讶，这倒让我感到意外。

寂静无声的树林中，神社境内只有雨声淅沥作响。

又沉默半晌，我慢慢递出手上的伞。

"在下雨耶，东西。"

"我知道……"

东西低声呢喃般说完话后，便呆站原地。

我半强迫地抓起她的手，让她握住伞。她的手像冰一样冷。

"你拿去吧！"

"我不用，这样你会淋湿吧。"

"没办法。这里有两个人，却只有一把伞。更何况看来这场雨暂时不会停了。"

听见我的话，东西生硬地微微一笑。她微笑的瞬间，眼中泛出泪水，东西连忙用手背拭去眼泪。

"对不起，医生。"

"如果你是指扯掉酒精中毒病患点滴那件事，你没必要道歉。问题在于当时是你还是我得负责扯掉他的点滴罢了。"

"你安慰人的方式还是一样奇怪。"

东西再次微笑，但这次的微笑没那么紧绷了。

"时间很晚了。要求神的话，我来就好，你赶快回家。"

"……我不要。"

我对这出乎意外的回答感到困惑。

"我帮你叫出租车吧？"

"医生你虽然读了很多书，却不懂人情又迟钝呢。"

最近好像才刚被谁说过一样的话。世上的女性似乎都对漱石的著作有着相当大的误会。

我突然觉得黑夜变得更加深沉，是因为原本应远离的雨幕再次增强。

东西突然做了个深呼吸，接着直视着我。

"唉，医生，可不可以陪我喝一杯？"

"现在吗？"

这样的邀约实在是太唐突了。

"深夜十二点，带着一个全身被雨淋湿、泫然欲泣的女人上门，却毫不起疑地欢迎我们的店家要去哪儿找？"

"如果是你，至少应该知道一家那样的店吧。"

她只是随口胡诌，但其实我已经想到可以去哪家店了。

"如果你不带我去，明天起我就不帮你泡咖啡了。"

"那就伤脑筋了。"

我皱起眉头，以手扶额。在病房工作时若喝不到东西的咖啡，将会是一件阻碍业务的大事。

我缓缓取出口袋里的手机。

"店开着才能带你去喔。"

"嗯。"东西点点头，现在的她跟平常那个总是威风凛凛的主任护士，可说是天差地别，看来情况完全失控了。

总之我先确认号码无误，再按下通话键。

店还开着。

居酒屋"九兵卫"位于从市区巷弄里的绳手街往北拐的一条小巷中，店面非常狭小。

浑身肌肉的老板默默提供客人日本酒享用，菜肴也非常可口，因此我常光顾。这家店通常晚上十一点左右便打烊了，但如果客人待到很晚，老板也会配合客人开晚一点。

今天正是如此。

踏入灯光已半灭的店内，客人只有坐在柜台一角的一位娇小女子。那名喜欢日本酒的女性偶尔会一个人光顾，是店里的常客，我在这里见过她不少次。

看见跟着我后面进门的东西，那名女性顾客只露出一丝讶异的表情，立刻若无其事地继续饮酒。

老板则是一如往常，眉毛纹丝不动地从店后方拿来一条毛巾，说着"请用"并递过来。东西以干毛巾擦拭头发期间，他又点燃已熄火的炉子，动作利落地为我们烘干衣服。手脚利落又不多嘴，真是难能可贵。

146

"你们要吃东西还是喝酒？"

厨房的火明明已经关了，却还不嫌麻烦地询问我们。

几乎可说是立刻回答。

"喝酒！"

如此回答的人不是我，而是东西。

东西滔滔不绝地说，似乎永无止境。

她喝了一杯又一杯，夜色加深，最后的客人都走了，但她喝酒的速度还是没变。

我没想到她竟这么能喝。

我只能彻底地当个听众。

她的话语中满是后悔、自我厌恶或其他数不尽的复杂情绪。

不知究竟过了多久。

"不要紧吗？"

我听见低沉的嗓音，抬起头来，只见老板平稳沉静的面容就在眼前。他肌肉结实的粗壮手臂正往杯里倒入满满的水。

我接过水杯，不经意地往旁边一瞧，只见到趴在桌上发出静静鼾声的东西侧脸。早已干的黑发垂挂在雪白的脸颊旁。

"看起来不像是不要紧。"

老板露出一丝苦笑。

我看东西的侧脸一眼后，抬头仰望老板。

"这件事别告诉小榛。"

老板听到这句话，露出有些意外的表情，接着莞尔一笑。

"栗原先生，这里可是居酒屋九兵卫喔。"

他只说了这么一句话。

老板在我常用的杯中倒酒。我举起他递给我的杯子。

总是平心静气淡然处之的老板说着"干杯，"回应我这个说出不说也罢的话、不知情趣的客人。

下午，一辆白色运送车滑进医院前的圆环内。

我和坐在轮椅上的榊原先生从有着整面落地窗的宽阔门诊楼层，透过玻璃静静眺望着这幅画面。数名护士与 care manager 冲上前引导车子的方向。秋天阳光灿烂的午后，就连运送车尖锐的警示声听起来都像某种旋律。

今天是个秋高气爽的大晴天。

三名老奶奶坐在圆环旁的公车站里，有说有笑，发出愉快的笑声。她们未搭上先前那班公交车，表示她们并不是在等公交车。闲话家常才是她们的目的。

"真的好吗？"

榊原先生平静地对我的提问点点头。

"这样就好。反正如果我就这样出院，一定会再度沉溺于酒精里吧。但是如果要继续接受治疗，我可没有勇气一直赖在直美工作的病房里。"

"而且如果她再扯掉你的点滴，我会很伤脑筋的。"

听见我的话，榊原先生微微抖动肩膀笑了出来。

榊原先生决定转院去松本市内的精神科医院。

关于他要继续在本院内科接受治疗，还是要转院去精神科医院，经过详细讨论后，他下了如此的决定。

"不过话说回来。"榊原先生侧着头，抬头看我。

"医生，要我坐在轮椅上也未免太夸张了。我可以走路啊。"

"你顶着蜡黄的脸跟我说这种话，一点说服力也没有。想反驳的话，等你脸色改善、不再蜡黄后，我再听你慢慢说。"

在严格的病房管理之下，自从他不再喝酒后，肝功能也未再继续恶化了，但是他现在的状况，很难说已经获得改善。晚上他会因为戒断症状而失眠，有时也会出现烦躁不安定的症状，他尚未恢复到能让人安心的状态。

"你转诊的医院是精神科医院，但也有特聘的内科医生。不需要担心。"

"问题只在于我能不能顺利戒酒，对吧？"

我默不作声地点点头。

这样和他说话，实在很难想象他会是在病房偷偷喝酒的人。让人无法联想，大概就是成瘾症最可怕的地方吧。

榊原先生仿佛在享受温暖和煦的阳光般，沉默半晌后，终于开口说道。

"医生，直美今天人呢？"

"她请假了。我也没在病房看到她。"

"这样啊……"

他看起来并没有特别沮丧。

"但是她有东西要我转交给你。"

听见我的话，榊原先生侧头，抬起视线。

我什么也没说，递出夹在腋下的纸袋，榊原先生默默接下。在打开纸袋的沙沙声响后，隐约传来倒抽一口气的声音。

榊原先生发抖的手中拿着一本厚重的书籍。

"这是……"

"似乎是你先前提过的，很久以前遗失的那本书。"

鲜明灿烂的阳光下，布制封面上的金色刺绣闪烁着柔和的光彩。

《约翰·克里斯朵夫》

那本书的上册。

"直美一直保存着它……"

"她借走你最珍惜的书，却没机会归还，她似乎一直挂在心上。"

榊原先生蜡黄的手轻轻抚摸着上册的金色文字。与反复阅读多次的下册相较之下，这本上册似乎被人小心翼翼地保存着，纸上没有皱折，也未见任何瑕疵。

我从白袍口袋里取出罐装咖啡，打开。

"东西告诉我，她很感谢上天能让她遇见你。"

"直美这么说？我对她根本没……"

"她说她是在认识你之后，才决心成为护士的。"

榊原先生轻轻睁大双眼。

"据说她是看着深受气喘所苦却还是拼命盯着五线谱创作的你，才下定决心的。"

这是那晚东西所说的话。

正因为遇到榊原先生，才让对未来没有什么远大梦想、只是爱慕着一名音乐家的东西，有了成为护士的具体目标。

东西心中的罗盘之所以能够坚定地指着"北方"，无疑是因为这名音乐家认真的模样一直在她的心中。东西总是临危不乱的态度中，确确实实还留着十前年的回忆。

榊原先生听了我的话，什么也没说。

他只是举起左手轻按着两眼眼头。

我在寂静中，默默喝着罐装咖啡。

"我想问你一件事。"

对于我的提问，榊原先生没回答，只沉默地催促我继续说。

"你说过，十年前你因为和东西见面的事，被迫从学校辞职时，完全没有辩解的余地，对吧？"

榊原先生微眯起眼睛，静静地点头。

"但是你说的和东西所说的话，似乎有点不一致。"

"不一致？"

"没错，你和东西私下见面的事被人发觉后，你并非马上被逼入没有余地辩解的窘境。相反的，你在应该解释的时候闭上嘴，面对校长和目击一切的那群监护人时，你没负起责任说出实情。导致情况每下愈况，学校方面也无法再包庇你，最后只能将你革职。我有说错吗？"

落地窗另一边，一名少年追着球跑过去。隔着玻璃隐约传来母亲叫住他的声音。背后则听见职员开朗的声音，对往来的病患说："请多保重。"

平静的日常风景中，榊原先生仍眯着眼仰头盯着我。

"因为我无法对自己说谎。"

他以微细的声音回答。

榊原先生吸了一口气，继续说道。

"即使能骗过所有人，我也无法对自己说谎。"

低沉深厚、甚至能打动人心的声音。

"存在于无数旋律中的些许不协调音，即使所有观众都没听到，我也无法置之不理。既然身为一名挥动指挥棒的人，即使所有人都无法听出缺陷的天籁，也应该全心全力面对它，不是吗？"

榊原先生缓缓将视线转回窗外，仰望秋天耀眼的太阳。

"我觉得我真的很幸运，能够认识直美。"

听见远处呼喊着"医生"的声音，原来是来自正在准备运送车的护士。似乎已经准备好，可以出发了。只见护士向我们跑来。

"时间到了，差不多该出发了。"

榊原先生慢慢转动轮椅。

阳光照在他背上，看起来仿佛他的背在发光。

他和跑向我们的护士愉快地聊了两三句，便立刻往运送车的方向前进。

看着他的背影，我以清晰的声音对他说。

"喔喔，吾友，难道你想说栽培树木需要浇水更甚于雨水、需要盆子更甚于土壤吗？"

听见我的声音，榊原先生倏然停下转动轮椅的双手。接着缓缓转头向后，以清亮的声音响应。

"睁大眼睛瞧瞧吧！眼前是广大的大地。"

语毕，榊原先生笑了。

他的大手仿佛要开始指挥交响乐团演奏般，大大向上挥动。

"后会有期。栗原医生。"

入口的自动门敞开，外头的喧嚣与冷空气流入室内。

我闭起眼睛，刹那间将自己交给流泻而入的日常旋律。

"重要的转院日不来送行也就算了，还请假，这样的行为真是不应该啊，主任！"

隔着玻璃目送运送车扬长而去，我边叹气边嘟哝着。

"不请假的话，就没办法好好目送他离去了啊。"

听见这淡然的回答，我立刻转身。

东西神不知鬼不觉地站在我身后。

她穿着黑色牛仔裤搭配蓝色毛衣，打扮相当朴素不起眼，双手插在口袋里站着。

柜台的职员讶异地看着她，因为很少有机会看到东西穿便服的模样。

"你有帮我把书交给他吧？"

"如果你指的是《约翰·克利斯朵夫》，那你不用担心。不过，我实在没想到你会是特地去借长篇文学来看的人。"

"我怎么可能会看。"

听见她满不在乎的回答，我不禁皱眉。

东西轻轻耸耸肩，理所当然地说道。

"书这种东西，借来之后当然就得归还。也就是说，我借它是为了制造跟阿信见面的机会。那本书厚得跟字典一样，我怎么可能看得下去。"

"这种话不值得你抬头挺胸地说吧。难怪那本书过了十年还是一点损伤也没有，跟全新的一样……"

"啊，你看你目瞪口呆的表情。为了不让它受损，我小心翼翼地保存，才能像新的一样，并不是因为我连一页都没翻开来看喔。"

我只得到莫名其妙的借口。

确认运送车绕过圆环，再也看不见踪影后，我转身向后。东西还在凝视着道路前方。

"难得的休假。你别一直待在医院里，好好休息吧。"

听我这么说，东西细长的双眼看着我，露出微笑。

"我会的。今天我会好好休息，然后明天再继续努力工作。"

"你还好吗？"

"不好，开玩笑的，我不会再说第二次了。"

出乎意料地，她的声音充满活力。

我看着她，东西露出浅浅的微笑，又补充一句。

"再说，我也不能继续让喜欢读书的怪人耍得我团团转了。"

"你这句话听起来话中有话。"

"我故意这么说的。"

她还是老样子，依旧是伶牙俐齿的主任。

我喝光手中的罐装咖啡后，静静走向内镜室。

此时背后传来一声，"医生，谢谢你。"

熟悉的声音说着不熟悉的话。

我不禁回头，只见东西直率地看着我。

我隐约看见她眼中那些无法言喻的情感，但我无法响应。一时间我手足无措，但我决定以一副自以为是的态度响应她。

"想道谢的话，就去谢谢克利斯朵夫吧！"

"才不要，我想谢的是栗原一止。"

再次听见机灵的回答，我不禁苦笑。若论动脑的速度，看来我是一点胜算也没有。

东西对我说："再见。"接着转过身去。

她走过大厅，穿过大门，走进阳光里。

我只能眯起眼睛目送她离去。

逐渐融入秋天阳光中的东西，步伐中一点也不失她应有的光芒，耀眼温柔又富有律动感。

第三章　冬夜银河

不经意抬头看见木制格窗的另一边，有东西飘然舞落。

轻飘飘的，看似樱花花瓣的白影一片又一片飘落，逐渐将黑夜染成雪白。我泡在浴池里仰望窗外，发现那是雪花，不禁发出叹息。

今年的第一场雪。

据说今年是暖冬，十二月初下了第一场雪，时间却比往年早。信州出生的人都说暖和的冬日才会下雪，眼前的景象或许正印证了这个道理。

我半出神地将视线从格子窗外的雪夜转向浴室内。

因为水蒸气而变得白茫茫的浴场，只有五组水龙头供人梳洗，空间并不大，现在只有一名黝黑的壮汉发出吵闹的声音洗着头。桧木制的浴池也不大。

浴池中不断流入水量多到有点令人有点困惑的泉水。就我看到的，浴池底部并没有洞口回收这些水，所以是毫无节制地放着水流。装在一旁的水龙头是调节温度用的，只要转开就会流出冷水的简单构造。

总之，整体上可评为简单朴素、淡而无味的景色。

"喔，什么时候下起雪来了？"

骤然传来的巨大音量，来自刚洗完头的次郎。

他拿着脸盆慢慢朝身上浇热水，说道：

"这水温真舒服啊！一止。"

大音量响彻整间浴室。

我默不作声地闭上眼，靠在桧木浴池上。

就在我刚靠上浴池的瞬间，感受到人烦闷的视线，睁眼一看，壮汉正以惊讶的眼神看着我。

"干吗？"

"你平常都会生气叫我小声点，今天怎么什么也没说？"

他在一些莫名其妙的地方倒是颇有自觉。

"今天很幸运，没有头痛。"

我又闭上了眼继续说："不过，知道下个月起就再也听不到你那粗野的大音量，我反而觉得珍贵了。"

他没回答。

我张开一只眼睛偷看，发现壮汉的表情有异。

他的表情泫然欲泣，似乎很悲伤，眼中泛着些许泪光。

"……真令人作呕。"

"你舍不得我走，对吧！一止。"

次郎大声叹息。

"再怎么样，突然要我一月起调去别的地方，实在太过分了。那不是下个月都得走了吗?"

"那是医局的人事命令，你也无可奈何。"

虽然我说话的口吻自以为是，但其实我所在的位置离医局人事正好是最远的。然而对隶属于医局的成员而言，无视医局的人事命令擅自行动，就好像漱石大师放任胃痛的老毛病不理硬要饮酒一样。简单来说，就是极为危险的行为。事后将会尝到苦头。

因此过了十二月，次郎将离开本庄医院。

"次郎。"

我再次看向格子窗外，对他说：

"今宵雪夜甚是美好。明日事暂且抛诸脑后，先来享受浅间的知名温泉吧!"

半晌都没有回答。

我将视线转向他，只见这名壮汉做着不符合他身份的事，静静地仰望飘雪的夜空，用力点了好几次头。

"过完年，一月时我就得回信浓大学了。"

大约两周前，次郎出其不意地对我们说。

当时我和辰也正在深夜的医务办公室内自暴自弃地对弈。

次郎一边冲泡他最擅长"砂山特调"，一边对惊讶不已的我们补充道："听说外科有一名女医生，今年做完就要结婚离职了。因为人手不足，所以叫我一月回去。"

"夏天时传出异动的传闻，原来背后有那个原因啊!"

听见辰也的话，次郎难得露出无精打采的表情，点点头。

"真是突然。"

"虽然事出突然，却是常有的事。"

"医局的人事命令本来就是那样。"次郎叹气回答。

时间已经到了十二月。

不到一个月，他就得调动了。

听见如此紧急的命令，提议要办一个小型欢送会的人，不用说，正是"医学院的良心"。虽说是欢送会，但我们并不想张罗一场热闹的酒宴送走这名壮汉。一来是没那样的精神，二来是我们根本没时间。

面对我"那怎么办"的提问，辰也提出的主意倒是真的很简单。

他说："我们去泡温泉吧！"

我们还在就读医学院时，曾三个人一起外出去泡温泉。虽说是"外出"，但去的地方不远。我们去的是信浓大学附近的浅间温泉。

"等次郎离开本庄后，说不定就没有机会一起去泡温泉了。"

辰也坦率地说出心中的想法，我完全无法跟他唱反调。

松本的奥座敷（位于都市内的温泉区）。

这称呼指的是浅间温泉。

据说这个称呼的起源，必须回溯至大和朝廷的贵族开辟此地作为别墅之用。

此地长年来以温泉疗养场而闻名兴盛，江户时期还设置历代藩主专用的温泉屋，历史相当长久。虽然古老，但这个以悠然缓慢步伐走到今日的城镇，四处可瞥见江户、明治、大正与昭和各个时代的残影，飘荡着既怀旧又新颖、难以形容的风情。

此处并非极尽奢华的温泉乡。由于原本是温泉疗养场，因此只有简朴的温泉屋整齐罗列，现在来访的游客较以前少，有着某种静谧的感觉。

但泉质不同凡响。

温泉乡数量众多原就是信州这片土地的特色，其中又以浅间的温泉最特别。不仅水质滑顺，柔滑浓厚的触感，让人同意其的确符合名泉之美称。静谧中还能有源源不绝的游客，一定是因为有据说可治百病的温泉。

在浅间温泉乡中，爬上山坡，位于坡道尽头的是"坂之汤"。

木造的三层楼，饶富古趣，挂在别有风情的建筑物上，只写着"坂"一个字的门帘随夜风摇荡。静静伫立于两栋钢筋建筑间的那栋楼房，宛如在熙来攘往的路旁静静打坐的僧佛般，有种庄严的存在感。

迟到的友人抵达"坂之汤"，是第一场雪开始飘落后不久的事。

"抱歉，我来晚了！"

伴随着喀啦喀啦的开门声，浴场里响起辰也的声音。

我和次郎一起看向入口，只见友人腋下夹着体积稍大的木桶走进来。肤色白皙的高挑身材出现在一片蒸气中，莫名形成一幅画的，正是进藤辰也这个男人。

"平常不工作的男人为了欢送次郎，竟突然变得这么忙碌啊！"

我在热水中抛出讽刺的话，竟得到他的苦笑。

"有一个病患出现心律不齐。花了一点时间。"

"是上次那个出现VF（心室颤动）的病人吧？"

"没错，那个人才四十二岁，还算年轻，但因为肿大的淋巴结压迫到心脏，有时会出现令人讨厌的心律不齐。只不过我还真没想到我离开医院的时间，竟会比你晚。"

"这是日常表现的问题。因为你老是把如月丢在东京不管，所以才会变得这么不走运。"

"栗原，你对那个不走运的朋友带来的礼物感不感兴趣？"

他一边说，一边将他夹在腋下的木桶放在浴池上漂荡。

我仔细一看，木桶中感情融洽地放着五六瓶容量一合的陶制小酒瓶。

一旁探头过来的次郎立刻高声欢呼。

我挑起一边的眉毛，接着咂了咂舌。

"算了，我也不是那么吹毛求疵的人。"

轻轻拿起木桶中的酒杯。

墨子曰："莫若法天。"

意即行事时不争，顺从公平天意而行才是最好的做法。这句话原本是用来提醒为政者的谆谆教诲，但也是通用于人生的箴言。

有一种酒的名字便是来自墨子的"莫若法天"一文。

"天法"。

这也是位于信州千曲川河畔的小酒窖之名。

喝下一口，嘴里满是甘醇芬芳，胃部深处跟着慢慢泛起暖意。

"真是好酒！但是'天法'的酿造期不是已经结束了吗？"

"不愧是栗原，我特地带这瓶珍藏的酒来，也算有价值了。"

辰也舒适地闭着眼睛泡在热水里，笑着。在他旁边的次郎高声说：

"阿辰，这酒真好喝耶。"

说完后，立刻又干了一杯，并对这酒啧啧称奇。

"不过带酒进来浴室，不要紧吗？"

"今天不要紧。我已经先跟老板娘说过，今是为了欢送友人的特别夜晚。"

我对开心欢笑的辰也继续说：

"她说今晚只有常客，所以可以尽情吵闹没关系。"

见次郎一脸讶异，辰也回答：

"栗原在学生时代就住在这家旅馆对面。'坂之汤'的老板娘从以前就很照顾他。"

"原来如此。所以是我在宿舍遇见他之前的事？"

"没错。"辰也笑着，也拿起酒杯。

医学院宿舍只有三年级以上的学生才能入住。我住在浅间温泉的公寓里，是一二年级的事。

我是搬进宿舍后才遇见次郎的，但辰也在那之前就常跑来我住的地方。

"栗原就住在附近，因为这样的缘分，所以常来这里的浴室泡温泉。我也有好几次跟着沾了点光，所以也认识老板娘。"

"难怪你们会知道地理位置这么偏僻的旅馆。这里的位置和外观都很不起眼，我不知道原来里面有这么棒的温泉。"

"虽然不起眼，但别有一番情趣。现在这年代，木造的三层楼几乎可算得上是保留等级的建筑了。"

"没错！"辰也点头附和。

装了陶制小酒瓶的木桶，缓缓在浴池里漂荡，往来我们三人之间。我看着木桶，不知何处响起众人的欢笑声。

大概是老板娘口中的常客在举行宴会吧。在如此古老的木造建筑中，隔音几乎是不可能的，但如海浪般不时阵阵传来的喧哗，比悄然寂静更有风情。

"话说回来，还真令人怀念啊！栗原。"

辰也一边朝着已经喝光的小酒瓶内窥视，一边说道。拜温泉的热气所赐，意外地很快就醉了。

"来到'坂之汤'就让我想起你以前住的地方，那里真是糟透了。"

"那可是房租只要两万日元的豪邸。没什么好挑剔的。"

"两万日元？真的假的？"

哗啦哗啦泼着水洗脸的次郎，睁大眼睛。

"那栋建筑物也很糟，不过你的房间特别夸张。我这辈子第一次

166

看到在四张半榻榻米的小房间里，堆放超过一千本书的男人。"

我默默地倾斜酒杯。

五瓶酒中有三瓶已经喝光了。

"一开始只有四面墙塞满书，没多久就没地方可放了，你知道栗原那时采取了什么苦肉计吗？"

次郎兴味盎然地询问有点多嘴的辰也。

"怎样？他堆放在走廊上吗？"

"全部都铺在自己房间的地板上。"

"地板？"

"对，四张半榻榻米的地板上紧紧堆栈了好几层书，最后堆到比走廊高三十厘米，他就在那种地方生活。"

我突然听见次郎的手"啪"地拍了一声。

"我听说过。就是传说中的'栗原的挑高地板'对吧。"

"没错。"

聊着那些不怎么有趣的话题，次郎和辰也同声欢笑。震天的笑声响彻浴室中，虽然只是些无聊的小事，也让人心情愉快。

我淡然地倾斜酒杯。

"然后，来那间'挑高地板'玩的这个男人实在无情无义，因为他觉得好玩就开始大声嚷嚷，在我房间打翻咖啡，害我的藏书变了色。"

"'有形之物总有一天必会毁坏。反正那些藏书的内容，我都装进脑袋里了，所以没问题。'这么说的人不是你吗？"

"那是因为你看起来太过意不去了，所以我才安慰你的。永井荷风的《四叠半》可是再也买不到的奇书耶！"

我狠狠瞪了他一眼，但辰也早已完全沉浸在身心舒畅的温泉里，满脸通红地发出笑声。然而他身旁大声附和的次郎突然压低笑声，缩起身子。

"怎么了？"我看他一眼，先前的朝气不知跑哪儿去了，黝黑的脸庞逐渐变红，看起来似乎很悲伤。

"我好舍不得啊，好不容易才能跟一止和阿辰一起工作……"

"这种事不值得你如此悲叹。虽说是调职，但信浓大学又不远，从本庄单程十五分钟就到了。"

"虽然近在眼前，门槛却无限高耸，大学医院就是这种地方。十五分钟的路程对我们而言，比常念岳的山顶还远！"

在东京经历过医局制度的辰也，吐出了真理。

因为看不习惯次郎悲伤的表情，我也觉得心烦意乱。不得已只好继续毫无意义地摆架子般说道。

"如果你有什么烦恼，只要用你天生的大嗓门高喊即可。就算人在大学，你的声音应该也可以传到本庄吧！"

次郎回答："谢谢你。"眼里全是泪。

我对壮汉那令人作呕的脸视而不见，再次举起小酒瓶，但全都已空空如也。

不知不觉中雪停了。

我们泡完温泉，来到"坂之汤"小小的大厅时，前面的小巷已变得略带雪白，却不见漫天飞舞的雪花。

我坐在沙发上眺望夜里的小巷，不知何时出来的老板娘为我们准备了三杯茶放在小桌上。

虽然说是老板娘，但已是弯腰驼背、有点重听的妻子婆了，完全不是那种活泼接待客人的类型，然而她总是穿着一身整齐的和服，无声无息地出现，完成无微不至的照顾后又悄然离去。这天也一样，我向她道谢，她脸上只浮现淡淡的笑意，便消失在旅馆后头。

"有空再来喔！"

我们离去时，她脱口而出的那句话依旧跟学生时代一样，圆润饱满的声音不可思议地残留心里。

"这里的气氛还是老样子，一点都没变。"

慢慢酒醒的辰也举着茶杯低声说道。

"说到一点也没变，从我还是学生时，老板娘的模样就没变过，这才是最令我惊讶的。她到底几岁了……"

"我也有同感，好像只有这里的时间是静止的。"

辰也说着说着突然笑了，是因为坐在旁边沙发上的次郎不知不觉中已经睡着了。

"看来砂山也累了。"

那是理所当然。

他除了得完成原本就忙得不可开交的外科工作之外，因为突如其来的人事调动，一定还得四处奔波完成住院病患的交接，并且一一跟门诊病患说明。

我不禁苦笑，又听见某处传来笑声。

声音比先前在浴室听时更融洽放松，笑声中隐约听见长歌的声音。现在这年代，宴会时还有长歌助兴，真是风雅。风雅歌声与刚收进胃袋里的"天法"芳香相辅相成，须臾间微醺的醉意又回来了。

在三味线"锵锵咚"的琴声空当，辰也突然说道。

"对了，栗原。"

语气听起来相当郑重其事。

"我听到小幡医生的传闻，有点令人在意……"

我瞥向他，先前迷蒙的醉眼中，不知何时已认真。

"我难得喝醉心情大好，你却端出一盘煞风景的菜肴。"

"有些菜肴，就是要在这种地方才端得出来。"

他苦笑，接着立刻收起笑脸，

"我听说小幡医生没检查急诊处的病患，就把那个人丢在急诊处一个晚上……"

"你消息真灵通。"

这回答也就等于答案是肯定的。

我拿起桌上的茶杯，轻轻啜了一口热茶。

小幡医生对前来急诊处就诊的病患，没进行什么治疗便置之不理，让病患等到早上，这件事不只是传闻而已。我能肯定回答那非传闻，是因为遭她置之不顾的病患不是别人，正是横田先生。

"就是夏天时来住院的那个酒精性肝硬化的病人，对吧？然后还从病房逃走……"

"没错，那之后他戒了一阵子的酒，不过后来似乎又开始喝了。导致肝性脑病变复发，又被救护车送进来。那时值班的正是小幡医生。"

深夜两点时被救护车送进来的横田先生，脑部已有重度病变，但小幡医生只指示护士给他一瓶没任何药效的点滴，并未进行应有的治疗。早上，外村小姐联络我，我连忙赶到急诊处查看，才发现横田先生意识完全没恢复，躺在门诊病床上昏睡。

我不禁感到疑问，但直到几天前的深夜才询问小幡医生这件事。

一如往常在半夜的内镜室中，单手拿着苹果、正在潜心阅读英语文献的小幡医生露出愧疚的苦笑后，点头承认了。

"抱歉给你添了麻烦。像他那种反复发作的肝性脑病变，我以为只要打一瓶点滴就会有所改善。是我判断错误了。"

她将吃到一半的苹果放在桌上的盘子里，

"如果早知道他是栗原医生的病人，我会更加注意的。"

"不是那个问题。"

"说得也是，不是那个问题。"

小幡医生笑说："我下次会小心的。"但唯一令我在意的是，我仿佛看见她眼中闪过一丝冷漠。

"结果病患还好吗？"

"反正也只是肝性脑病变而已，不是什么大病。如果不戒酒，我

171

们也无可奈何，不过经过液体治疗后，便有改善，所以就让他出院了。只不过我想他搞不好还会再来。"

我点着头，但似乎有什么东西卡在心中。

"你有什么在意的事吗？"

眼尖的辰也隔着杯子对我丢出这个问题。

我静静喝下一口茶，摇摇头。

"……没有，不是什么大问题。"

"小幡医生才刚来本庄，或许是因为超乎预期的忙碌，身心俱疲吧。"

"是'劝进帐'啊……"

我仰望天花板，脱口说出这句话，辰也像是受我吸引般也抬起视线。远处传来的长歌带着比先前更深沉的音色，渐入佳境。

"不愧是涉猎广泛的栗原。你也有传统音乐的相关知识吗？"

"我只是随便说说而已，长歌这种东西，听都没听过。"

睁大眼睛的辰也笑了。

"你还是老样子！"

我忽略辰也那很受不了我的声音，转动视线，本应是今晚主角的次郎，依旧一脸舒适地发出鼾声。

在他另一边的玻璃窗外，看见再次从空中飘落的雪花。雪花柔和地反射街灯淡淡光芒，虽已是深夜，路面看来却明亮发光。

对内科医生而言，冬季是非常痛苦的季节。

尤其是十二月，随着天气逐渐转为严寒，罹患流行性感冒或肺炎等呼吸系统疾病的病患激增，不分昼夜门诊总是客满的状态。

当然也波及夜间的急诊处门诊，即使已过深夜十二点，日期都变更了，但高高堆起的病历依然没减少的趋势。

"我去拿止痛药来给你吧，栗原医生？"

在诊间内压着头的我，听见外村护士长的声音。

她从傍晚五点便马不停蹄地工作，利落熟练的动作，丝毫看不见疲惫。这么说来，在注意力容易低下的这个时间带，职员们还能一丝不苟地对应急诊病患，一定是这位护士长领导有方吧。

"我两小时前才刚吃过 Loxonin（一种止疼片）。先不用管我，救护车那边的状况怎样？"

"突然胸口疼痛，意识似乎也不太清楚。根据后藤队长在无线电里说的，病患疑似有 AMI（心肌梗死）。"

我不得不叹息。

"AMI 的救护车一个小时后才到的话，我也爱莫能助啊。"

"因为是从池田町来的。这件事不是医生你该烦恼的。"

外村护士长若无其事的声音，给了我些许安慰。

池田町位于松本市西北方，以生产香草闻名。当地的特色是风光明媚，但救护车要从那里赶来市区可就有点远了。如果立刻处理尚可获救的病患，却得花一个小时才能送到安昙野来，实在是太过不可理喻，就算我再怎么吵闹，也不可能有个心脏内科医生突然降临安昙野。即使是本庄医院，也是靠着自若医生的力量，好不容易才能不靠外力帮助，自己苦撑着。

"先不管那个了，倒是救护车来之前，我希望你可以助我一臂之力。"

我回看着她，外村小姐叹气回答。

"刚才的病人怎么说都说不听，坚持要回家啦。"

我一边感受着头痛将会明显恶化的预兆，一边站起身。

病患叫作岛内耕三。

因为入夜后突然呕吐好几次，而前来就诊的八十二岁男性。

由于妻子早已离世，儿子媳妇也已撒手人寰了，所以是由孙子辈的男性带他来就诊的。

"爷爷，你别闹了，住院比较好啦，我很担心你耶。"

连处理室外都听得见的声音，来自他孙子、名叫岛内贤二的青年。

我往里面偷看，看见吊着点滴的岛内爷爷正襟危坐地跪在病床上。稀薄的头发全白，带着安详笑容跪坐床上的模样，给人仙人的感觉。但一看便知他全身都有黄疸症状，血液检查也确认他有高度的肝功能障碍，所以我不久前才刚跟他说明过要他住院检查。

看见我走进处理室，孙子立刻激动地说。

"医生，请你跟他说几句吧！我爷爷坚持要回家，讲都讲不听。"

孙子看起来是个怯懦消瘦的青年，相较于即使出现黄疸仍超然地正襟危坐的祖父，实在不怎么可靠。年约二十多岁，白皙的脸上还隐约可见十几岁少年的稚嫩。

病床上的岛内爷爷露出困扰的苦笑，

"大夫，我不要紧啦。我现在也不会想吐了，所以今晚就让我回家吧。我早上还得给佛坛上香。"

佛坛上供奉的不只是病死的妻子，还有因为车祸而英年早逝的儿子、媳妇。对岛内爷爷而言，那是每天必做的大事。

"佛坛的事我会打点好的，你还是乖乖住院啦！"

"贤二，你现在也很忙吧。我不能连打理老太婆佛坛的事情都交给你。"

"爷爷你以现在这种状态待在家里，我才更担心。你要是住院，也可以乘机戒酒，不是吗？"

又是酒。这阵子跟酒有关的病患多到让人沮丧。

"岛内爷爷，你平常喝很多吗？"

"跟以前比起来已经少很多了……"

我不想在显得有些困惑的青年面前，以太具压迫感的方式询问老爷爷，所以我把叹息藏在心中，再次让岛内爷爷躺在病床上，检查他的腹部。

相对于胸前的消瘦，腹部整体上有点胀。由于肝脏稍微肿大，可以确定喝酒造成了不良影响。我让他稍微侧躺，正想检查背部时，不禁大吃一惊，因为我的视线对上了他背上那条眼睛睁得老大的巨龙双眼。

"我爷爷以前好像混过一阵子……"

背后传来孙子犹豫的声音。我朝他一瞥，只用眼神询问他，一脸困惑的青年继续说道。

"就是那个……怎么说呢，'他掌管过一个组织'……就是那种感觉。当然现在已经金盆洗手了，我也只听他提过而已。"

我心想"原来如此"。听见这些事，我也只能默默点头。人的确是不可貌相。

"我认为与其三天两头就跑来看门诊，不如住院仔细检查比较好。"

"是吗？我觉得自己精神还不错啊……"

语毕，老人侧头继续说："而且我最近其实没喝那么多了。"

"以你现在的肝脏功能来说，就算你没喝那么多，其实也还是危险。"

"这样啊。"他再次轻轻侧头。

安详的样貌与超然的举止，看起来实在不像"曾掌管过一个组织"的人，但他背后的龙并不是我的错觉，所以应该是事实吧。即使在蜡黄的皮肤上，那条青龙的双眼确实还是炯炯有神。

"总之先去拍 CT，拍完后就直接住院吧。检查结果没问题的话，就可以早点出院啦！"

我说完，岛内爷爷露出更困惑的表情，但在孙子略显激动的声音下，他终于说出："好啦。"像是放弃似的点点头。

"岛内爷爷好像答应住院了。"

回到诊间的我，听见外村小姐较先前放心的声音，也听到她将罐装咖啡放在桌上的声音。

"你稍微喘口气，休息三分钟，再继续看诊。"

她的细心关怀实在令人感激。

护士的工作体系不同于医生，基本上晚间不算值班，而归类为夜班。

夜班只要晚上工作就好。值班则是得夜以继日地工作。不仅如此，值班制度最没人性的地方是：好不容易熬到早上，还是得继续坚持工作到当天晚上。也就是说熬了一个晚上后，一早仍得帮病人照胃镜，正是因为这个制度。当然，如果因为熬夜精神不济，检查时漏了小病变没看到，责任会归咎于医生头上，而非医疗制度。

总之，现在的医疗现场就好比只有口头上看似尊重地高喊着"医生，医生"，但其实在背后紧握拳头、伺机而动想打倒我们。

外村小姐的行动出自于她十分理解我们的苦衷与无奈，她的关怀顾虑显得极其宝贵。

我边打开罐装咖啡，边将视线放在收到的岛内爷爷CT画面上，然后不禁蹙眉。

"医生，怎么了？"

"他搞不好是胰脏癌。"

听见我的回答，身经百战的外村小姐也顿时噤口不语。

我再次检查CT，然后叹了口气。画面上胰脏的一部分明显肿大，并挤压到周围的器官。外村小姐从旁探头来看着屏幕上的画面，我轻轻指出病变的部分。

"胰头一带有肿瘤。这些肿瘤压迫到胆管，进而引起阻塞性黄疸。"

"也就是说，至少酗酒并不是他发病的原因啰……"

我对外村小姐的低声呢喃轻轻点头。

胰脏癌是愈后极差的疾病。更何况是八十二岁老人家的胰脏癌，我不禁心情沉重。

"不过，"外村小姐仿佛想鼓励我地说，"幸好确实诊断出病因了。因为三天前没抽血就让他回家了。"

"三天前？"

我忍不住看着她。

"三天前的晚上，他孙子就带他来就诊过一次了，也是因为呕吐……"

仿佛受她的话吸引般，我看着先前的电子病历，不禁轻皱眉头。

正如外村小姐所言，岛内爷爷三天前晚上的确来看过诊。

当时的诊断为"急性肠胃炎"。院方只开了一些整肠药剂，就让他回家了。

看诊医生那栏里填的名字是"小幡奈美"。

"栗原，辛苦了。"

傍晚内镜室的职员室，响起了小幡医生清晰的声音。

我才刚熬夜值完班的当天下午，正好是胆总管结石患者的 ERCP

178

（内镜逆行性胆胰管造影术）结束的时候。病例是二十八岁的女性，还相当年轻。年轻女性的 ERCP，发生 ERCP 手术后胰脏炎的频率相对较高，因此站在内镜医生的立场上，也较不愿接近这样的病例；然而小幡医生老神在在的样子，干净利落地除掉了结石。

"栗原，辛苦了。你正确无误的建议，帮了我一个大忙。"

小幡医生拆下绑在黑发上的橡皮筋，笑容满面地说。

"我只是照你交代的，送去进行透视摄影而已。"

"没那回事。不愧是坂垣医生一手教出来的，你的判断都很准确，所以我才能放心处理。"

听到别人的赞美虽然不会觉得反感，但看见她那无可挑剔的处理手法后，这句话听起来只像单纯的客套话。

我无精打采地回她一句"谢谢"，接着话锋一转。

"……岛内耕三先生？"

"他是四天前到急诊处门诊看病的病人，你记得吗？"

小幡医生嘀咕着"四天前啊……"，一如既往将手伸进装着苹果的桌子抽屉里。我感到些许困惑，因为她拿出来的不是平常那红彤彤的苹果。

而是黄色的果实。

"你的表情干吗那么奇怪？"

"你戒掉苹果了吗？"

"才没有咧！"

小幡医生回答，接着往下看了看黄色的果实，立刻哑口无言。

"栗原你真的很没常识耶。这是'信浓 Gold'，也是苹果。"

她在洗手台轻轻洗净那颗鲜黄苹果后，随意啃了起来。

"苹果根据种类不同，产季也先后不一。我什么种类都吃，不是只吃'秋映'而已。"

小幡医生要求的常识究竟为何，我还是没有头绪，但现在不是应该争论吃什么苹果的时候。我简短响应询问我"所以，你刚刚问什么"的小幡医生。

"岛内耕三先生的事。"

"我一个晚上看了几十个人耶！实在没办法记住每一个人。"

她打开电子病历，边输入检查结果边说道。

"他是因为呕吐前来就诊的老爷爷，由孙子带他来，表示希望可以让他住院。他昨晚住院了，但是在 CT 下，我诊断出他罹患胰脏癌。"

小幡医生停下刚开始打字的手，回头看向我。

今天早上送来的 CT 报告中，记载着"疑似有胰脏癌所引起的阻塞性黄疸"。检查结果正如我们料想的一样。

"血液检查也确认肿瘤标记上升，检查结果和 CT 画面一致。"

小幡医生微微挑眉，但立刻露出"我真是败给你了"的表情，并耸耸肩。

"哎呀，糟糕。我又漏诊了！"

她将拿在左手的黄色苹果放回桌上的盘中，叹口气。盘子旁的咖啡杯里装的应该就是剧毒"砂山特调"，但现在并不是在那点上做文章的时候。

"没错，是胰脏癌。"

她边拨起黑发边叹息。

此时水无小姐正好以澄澈清楚的声音高喊"小幡医生"，出现在职员室中。

"病人血压稳定下来了，可以送去病房了吗?"

"可以。虽然我觉得没问题，不过她罹患胰脏炎的风险很高，所以麻烦你两小时后帮她抽血。"

目送清楚回答着"是"并走出去的水无小姐离开后，小幡医生将视线转回我身上。

"所以一样身为神之手的徒弟，继先前那名肝性脑病变的病例后，你想给狼狈失态的前辈一些忠告吗?"

"我并没有那个意思。急诊处门诊原本就是诊疗急诊病患的地方。看见病人呕吐就一一怀疑是否罹患癌症，只怕会砸了急诊的招牌。"

"哎呀，真高兴你为我说话。前辈我松了一口气呢!"

她讪笑着。

她灿烂的笑容下，确实可见实际成绩和自信为她奠下基础，让她如此坚定不移。

"只不过……"

我暂停了一下，整理思绪。

"病人昨晚就诊时，胆红素高达十五。也就是说，他出现黄疸症状不是一两天的事了。"

"……你的意思是说，我看他的时候，他已经出现相当明显的黄疸了，对吧？"

她边叹息边说完话后，突然恍然大悟似的，以愤恨的眼光看着我。

"什么嘛！结果你还不是把我当成庸医！"

"你误会了。正好相反，其实我在想，你是否有其他用意。"

小幡医生皮笑肉不笑地嘴角浮现一丝笑意，如窥伺般看着我。

我发觉心中冒起鸡皮疙瘩，但依旧提醒自己要面不改色，维持超然的表情。

"可不可以请你把话说清楚一点？"

"横田先生那次，我想你应该是太疲惫了，所以才会误诊。但这次又发生岛内先生的事。于是我又想起之前住院的榊原先生。他明明出现胰酶异常，你却表示不需要进行 EUS（超音波内镜），是因为你早就发现榊原先生偷喝酒，对不对？"

一时半刻的沉默间，小幡医生依旧是那副皮笑肉不笑的脸。

她轻柔地整理好凌乱的黑发，接着问："你的意思是？"

"在我看来，我觉得医生你似乎意图逃避治疗病状与酗酒有关的病患。"

沉默再次降临。

隔壁的内镜室传来护士们手忙脚乱准备检查的声音。隔着一片墙，没人注意到我们正在进行危险的对话。

相对于努力维持面无表情的我，小幡医生只是凝望着桌上的苹果。

"我知道我的怀疑非常失礼,可像你经验这么老道的医生却坚持岛内先生的黄疸只是急性肠胃炎,怎么想都太不自然了。"

望着苹果的小幡医生依然沉默不语。别人说了如此重话却不反驳,就已经是大问题了。

"可不可以请你给我一个合理的解释?"

我觉得自己响彻室内的声音莫名高亢。

小幡医生终于缓缓旋转椅子,重新面向我。

她看了我半晌,微微叹息并翕动红唇正打算开口时,门咔嚓一声敞开,出现轻浮的声音。

"咦?你们在干吗?"

"结束了吗?二十八岁病患的ERCP。"

瞬间摧毁室内紧绷空气的人,不用说正是大狸医生。

小幡医生就好像什么都没发生过般,立刻拿起吃到一半的"信浓Gold"。然后将苹果堵住好不容易才开口的嘴,发出清脆的响声。

"没什么特别的问题。我跟栗原正好在休息。"

她笑容满面地回答。

"这样啊,辛苦你们啦!"

"坂垣医生您怎么了?不是紧急手术,怎么还特地跑来内镜室呢?"

"胆道学会发了文件来,想拜托你去演讲。因为文件送到部长室,所以我才想说过来通知你。"

小幡医生微笑说："谢谢您!"接着站起，看也不看我，便潇洒走出内镜室。我根本连叫住她的空档也没有。

我突然觉得自己宛如被孤身丢在荒凉的沙丘上，木然伫立在内镜室里，大狸医生一脸讶异地看着我。

"小栗子，发生什么事了吗?"

我盯着总是超然脱俗之姿的指导医生回答："医生，您是不是故意的?"

听我这么问，大狸医生只用平常那副深不可测的表情，拍拍肚子说："你指什么?"

夜半，我终于回到家，在御岳庄的"樱之间"前停下脚步，因为我在走廊一隅发现一个不熟悉的娇小身影。

圆影大小如手球般，看起来好像正在微微移动。

拜白天和小幡医生的危险对话所赐，身心皆疲惫不堪，所以我以为那是疲劳引起的幻觉，但并非如此。我眨了两三次眼，看到的还是一样。

那是一只猫。

从拉门缝隙间流泻出的灯光，照亮日本猫的半个身子，它蜷缩着身体。

我正感到惊讶，紧接着拉门敞开，睡衣上披着棉袄的妻子探出头。

"你回来啦，阿一。"

我还来不及回答"我回来了"，猫咪徐徐撑起上半身，发出"喵"的一声。发现猫咪的妻子对着脚边露出笑容。

"你也回来啦，勃朗尼卡！"

不知不觉间，御岳庄的居民似乎又增加了。

暖炉上的水壶仿佛和平家庭的代名词般不断冒出蒸气。

妻子纤细的手拿起水壶，缓缓将热水倒入小茶壶中。热水流出时发出啵啵的柔和水声，一旁已然完全放松的三色猫勃朗尼卡正在和妻子拿出来的小鱼干搏斗。

"身为医生却拒绝治疗一部分的病患，这样可以吗？"

妻子缓缓旋转小茶壶，讶异地看着我。

"实际上我并不确定小幡医生是否真的会对病患加以取舍选择。只不过那位医术无懈可击的医生，居然判断错脑病变的严重程度，也没发现黄疸，我不认为她会接二连三地犯下这种错误。"

"所以你才怀疑她是不是会筛选病患，是吗？"

"当然小幡医生并没有拒绝为病人诊疗。她执行了最低限度的处理，所以并未违反医生的义务……"

"但只有'最低限度'的话，可就伤脑筋了。"

我静静点头，拿起妻子摆放的茶杯。啜饮一口，略带甘甜、层次丰富的芳香立刻在嘴里扩散开来。

那是抹茶的茶香。

小茶壶倒出来的茶竟有抹茶香气，实在是不可思议。但无论是什么茶，在寒冬夜半时分，喝上一杯热茶暖和受冻的身体，确实是一大享受。

"不过那位小幡医生在护士之间的评价也很好吧？"

"没错。身为医生，她不仅经验丰富，也从不轻视医护人员之间的合作关系。而学会活动她也从不偷懒，总是拥有最新的知识和信息。几乎可以说是个完美得无法挑剔的人。"

"所以她犯的错才更令人介意，对吧？那样的好医生竟然会选择病人……"

"如果硬要挑她的缺点，大概只有对苹果的坚持很多这点吧。"

听见我的话，妻子露出些许惊讶，但没多问。

小猫勃朗尼卡终于吃掉小鱼干，打了一个打呵欠。接着便跳上跪坐的妻子腿上，理所当然地缩成一球。

"我才对这里的居民不知不觉间又增加感到讶异，没想到来了一个一点也不知道客气的家伙。"

"它是不久前屋久杉君从大学捡回来的。他说小猫躲在大学餐厅附近的草丛里发抖。可能是因为今年气温骤降，比往年更冷，所以它来不及找到栖身之处吧。"

妻子说完后，突然意识到什么的看着我。

"阿一，你讨厌猫吗？"

"我不是讨厌猫。只是看它好像跟你很亲昵，有点不快罢了。"

我淡然说出心中感受，妻子略显讶异，接着莞尔一笑。

"这么说来，今晚每间房的灯都暗着，屋久杉君和男爵都不在吗?"

"屋久杉君最近好像都窝在大学的研究室里。他还说下次可能会去东京的植物学中心进修。"

屋久杉君似乎已确实在自己的道路上迈开脚步。

"男爵呢?"我问,妻子又在我的茶杯里注入新的一杯。

"他之前说他要开个展。"

听到这个消息,我也大吃一惊。

妻子笑容满面地继续说。

"他说那个企划还没完全决定,不过长年累积的画作公之于世的时机终于到来了。真令人期待!"

妻子感同身受地开心说道。

原来如此,人就是这样,看起来好像停止不动,其实正一点一点地前进。

长途跋涉去了一趟屋久岛的屋久杉君是如此,一年到头飘忽不定的男爵也正确实前进着。若这么说的话,即将被叫回大学医院的次郎,新的行医人生也将累积更多经验吧。

各自不同的人生正各自旋转。

若问旋转的轨道前方有什么目标,那就太不解风情了。

"因为找不到想做的事,就什么也不做,这是猿猴等级的问答讨论。"

这是以前男爵对着终日酩酊大醉的屋久杉君所说的话。

与其只是嘴上挂着"路况不佳,找不到目的地",不肯踏出脚步而画地自限的话，即使再怎么崎岖险恶的道路，不管往左也好、往右也好，都应该跳上去打滚看看。听了男爵这番话的屋久杉君，超乎我们原有的想象，正顺利无碍地向前滚动。

正因为他滚动得意外顺利，所以说不定就连当初说出这番话的男爵也慌了阵脚。

想着想着，再回顾自己，似乎只有永无止境地在本庄医院来回奔波的自己，一直站在相同的地方驻足不前。

我看着杯子里，几乎下意识地脱口而出。

"我再继续这样下去，真的好吗？"

听见我说这句话的妻子露出略显讶异的表情。

"我到本庄工作已经第六年了。看见小幡医生拥有高超的内镜技术，并一直维持最先进尖端知识的模样，我就更觉得自己不争气……说不担心是骗人的。"

妻子仿佛承接住我丢出的话语，温柔地答道。

"我不知道医生的路该怎么走，但是……"

她稍微思考一下，继续轻声地说：

"不可心急。谨记，像牛一样，厚着脸皮前进才是最重要的。"

妻子清澈的声音说出我熟悉的名言。

"是这样，没错吧？阿一。"

我露出苦笑，看着妻子温柔的微笑点点头。

"小榛，你真了不起。"

"才没有呢。只不过，如果我们两人同心协力，就没什么好怕的了。你说对吧？"

听见紧紧握住拳头的妻子对我说出这些话，就连我响应她的声音都变得开朗不少。

"你说得没错，小榛。"

我轻轻倾斜茶杯。

我不禁讶异，因为在口中扩散开来的味道不知不觉中由抹茶变成煎茶。妻子并没有换过小茶壶，但茶汤的味道变了。

看见我的模样，妻子立刻明白似的回答。

"这是饭田产的'抹茶入正喜撰'。昨天我去天龙峡摄影时买回来的。这种茶既好喝又不可思议，总觉得喝下去精神都来了，对吧？"

妻子说完这句话后，像突然想起什么似的拍了下膝盖。勃朗尼卡只动了一下耳朵。

"对了！你的东西送来了。"

妻子说完，拉出放在旁边书架下的小箱子，放到桌上。边长三十厘米的正方形小箱子。我一看就知道那是什么。

"已经送到啦！还真快！"

"你订了什么？"

我兴奋地对妻子点点头，跟她说："你可以打开看看啊！"妻子立刻取出美工刀，利落地划开胶带、打开箱子。她一看，瞬间传来几乎像是倒抽一口气的声音。

她停顿一下，接着一脸心花怒放地看着我。

"不得了，阿一！"

勃朗尼卡被她的大嗓门吓了一跳，跳下她的腿。干得好，正如我愿。勃朗尼卡眯起眼看着独自讪笑不已的我，但旋即又一副百无聊赖的模样，蜷缩在隔壁的坐垫上。

妻子则是完全忘记了小猫的动静，慌张地说。

"这、这个，是怎么回事？"

"没什么。是我订的。"

妻子紧紧将小箱子怀抱在胸前，凝视着里头。

"你喜欢吗？"

"不是喜欢不喜欢的问题，这可是莱卡的M9-P耶！"

"樱之间"内响起妻子兴奋的声音。

妻子圆睁的杏眼不停在我和小箱子之间来回。见她那惊慌失措的模样，我不禁苦笑。

"我本来想将它当作圣诞礼物送给你的，但店家告诉我这项产品不是随时都有库存。我拜托他们一有货就帮我送过来，所以才会在这个时间送达吧。"

"这是给我的礼物吗？"

"当然啰。我没道理送莱卡给男爵啊。"

"但这可是非常贵的相机耶！"

"因为你之前说过摄影集即将完成，所以这也是庆祝你完成摄影集的礼物。"

听了我的话，妻子三度露出惊讶的表情。

浑圆大眼又睁得更大。

"你说过，这么一来那份重要工作总算可以告一段落了，对吧。传统底片相机该有的机种你都有了，所以我无从选起，不过你没有数字相机，所以我猜想，选这台的话一定不会有错。"

即使是提到相机只知道胃镜的我，也知道这台相机不是普通产品。M9-P在相机中属于相当昂贵的货色。但如果它可以为妻子带来如此灿烂的笑容，要我买几台都在所不惜。

妻子只是上下动动脖子，不断点头。

最后小心翼翼地将装着莱卡的箱子放回桌上，倏然移动到我身旁，紧紧钩着我的手臂。

"喂!"我说。她连让我移动身子的时间都不给我，就那样低着头好一阵子，接着终于抬起头，绽放出如花的灿烂笑容。

"下次我请你吃全世界最棒的菜。"

兴奋未减、泛红的脸庞上展现出全世界最棒的笑容。

我原想贯彻超然的态度，只可惜失败了，不禁露出微笑。

就在如此愉快的气氛下，我试着抚摸身旁小猫的头，勃朗尼卡瞬间对我露出怀疑的目光，但旋即发出撒娇的叫声回应。

"谢谢各位!"

我受那开朗的声音吸引，抬起头看，只见病房护理站前有个坐在轮椅上的瘦弱男子和看似男子妻子的女性推着轮椅，以及在两人脚边来回奔跑的少年所组成的一家三口。病房的护士们围绕着三人发出欢笑声。

大概是要出院的病患和家属吧。

初冬午后的阳光照进护理站前的地板，与开朗的笑声重叠，显得莫名眩目。正巧窗外也因连日降雪，仿佛撒上一层砂糖般闪烁着淡淡的白色光芒，简直就像在祝福即将离开医院的这一家人。

在有不少病患撒手人寰的内科病房，眼前景象可说是让心灵得到短暂喘息的时刻。

"那是进藤医生的病人！"

我目送那一家子离去，听见东西的声音。

"有一次他夜里VF（心室颤动）发作时，你帮我看过他，所以你应该还记得吧？"

"原来如此。"我想起来了。

他就是约莫三个月前，夜里突然心律不齐、一度徘徊在生死交界的病患。

"他要出院了吗？"

"怎么可能。是要转院去信浓大学啦。"

东西一边笑着对走廊上的那家人点头致意，一边说道。

"听说他的病要在这里治好相当困难。当他产生VF时，就连进藤医生似乎都曾考虑过要放弃治疗，但幸好他的病状逐渐稳定，所以决定趁现在让他转院。"

"什么治疗方法，连辰也都会犹豫？"

"好像是某种新药，不过听说现在只有大学医院能使用那种药。他的情况完全不乐观，但还有方法能治疗就算好了。"

正如东西所言，病患及家属的气氛确实非常开朗。即使未来还有与病魔缠斗的辛苦日子在等着，但只要有希望，或许就能形成一股极大的力量。

"看来辰也也相当努力呢！"

"对呀，虽然他还是一样，晚上打电话给他常常打不通，但关键时刻的指示又巨细靡遗到过分仔细的程度，所以还能掌控得住。"

"因为基本上他就是个无懈可击的男人啊。"

"附带一提，他电话打不通时的最后指示是'叩栗原医生'喔。"

我因这句意料之外的话，盯着东西。

"你没听说吗？因为你们两位的感情实在太好，所以在年轻护士间甚至有'栗原、进藤疑似同志'的传闻耶！"

"混账阿辰！越来越没工作时应有的节操了。"

我心中浮现的是，先前我提起这话题时辰也的回答。

"我不知道原来本庄医院数一数二的怪人内科医生，竟然是个会在意舆论的男人。"

他当时若无其事地说着那些话，殊不知原来是阿辰自己播的种。

"不过好不容易进藤医生终于融入本庄医院了，结果这次换砂山医生要离开，真令人舍不得。"

"舍不得？你想说开心，但说错了吧？"

"你又说那种话……"

"次郎离开后的空缺，医院似乎会派年轻医生来递补。就好像我们内科，自从小幡医生加入后，整个士气高昂啊。"

"小幡医生啊……"

因我这句没什么特别意义的话，出乎意料地，东西给了我一个不可思议的回答。

"怎样？你刚才那句嘀咕似乎别有含意。前几天你明明还大力赞赏她，怎么现在……"

"什么别有含意，别乱说。托小幡医生的福，病房气氛改善不少，也是事实。"

"那敢情好。"

她突然小小声地补了一句，"不过……"

东西眺望着走廊上的护士和那一家人。

"我有时会觉得怪怪的。"

"觉得怪怪的？"

"该怎么说好呢……对了，她脸上带着笑容，眼里却没有笑意。她明明待人和善可亲，却常瞬间给人难以亲近的感觉……"

她白皙的手指放在下巴上，稍微侧头。

"不过，所谓的医生，肩上都背负着人命，所以那样的反应或许是理所当然的吧。"

我抬头看着眺望走廊的东西那白皙的下颌，陷入沉思。

东西的评语，和我对小幡医生的印象是一致的。

基本上待人和善的小幡医生，有时眼中却会透露出冷漠的光芒。我既不清楚引发那道光的契机为何，且那道光线也未明亮到谁都能发现的程度。即使如此，的确有时会闪过一道冷漠的光线。前几天在内视镜室与她交谈时，我确实窥见了那道光。

我在心中默默叹息，不禁想起外村小姐以前说过的话。

我赞美小幡医生好相处时，急诊处护士长静静地说的话。

"医生你出乎意外地没看人的眼光耶！"

那句话仿佛越来越沉重。

我陷入深思半晌，突然间有个物体摆在我眼前。

伴随着浓郁咖啡香，同时将我拉回现实的是东西清晰的声音。

"难道你想说沉浸在阴暗的思索泥沼中，比勇敢挑战人生这场冒险更有价值吗？"

我略显困惑，抬头看向东西，只见她露出夸张的笑容俯视着我。

"真难得医生你陷入沉思不说话呢！"

"你读了《约翰·克利斯朵夫》？"

"阅读虽然跟我的气质不搭，但偶尔看看也很好。"

"好的不是你偶尔看书这件事，而是因为《约翰·克利斯朵夫》是本好书吧。"

"好啦好啦，关于劝人读书的话，你就适可而止吧。否则没完没了。"

东西露出微笑，利落地收拾起桌上的文件。

看着这幅景象，右手不自觉地从白袍口袋中取出我最爱的书《草枕》。

蓦然惊觉最近甚至连读书的余暇都没有。再这样下去，只怕原本就已忧郁不堪日子会让内心更加封闭。

我独自呢喃着："好久没看了，来重温名著吧！"一旁的东西目瞪口呆地看向我手中的书。

"那本书好糟喔，都破破烂烂了。"

"就算变得破破烂烂，也还是可以看。即使书角多少有些磨损，也不会损及漱石的名著佳文。"

"对我来说漱石磨损是无所谓，但医生你磨损的话，我就伤脑筋了。你在继续'人生这场冒险'时也该适可而止喔。"

听见东西开朗的声音，我再次苦笑。

我边品尝世界第二美味的咖啡，边望着《草枕》，终于找回活力。

暂时休息后，我就得出去巡视病房了。

疑似胰脏癌。

情绪激动回答我的不是岛内耕三爷爷，而是孙子青年岛内贤二。

"医生，是癌症吗？"

岛内爷爷的个人房中，响起青年激动高亢的声音。

"现在还不确定。但就 CT 来看，我们会怀疑是癌症。"

"果然是喝酒造成的吗？"

"只因为喝酒是不可能造成胰脏癌的。总之明天要做内镜检查，从胰脏发生病变的部位采集细胞。等确诊后，我们再来讨论治疗的方针。"

"要检查是可以，但我爷爷不要紧吗？我听说胰脏癌是种很严重的恶疾。"

相较于顿失冷静的孙子，岛内爷爷跪坐在病床上，态度从容不迫。

　　"医生。"

　　他抚摸着瘦骨嶙峋的脸颊，优哉地说道。

　　"我这把年纪罹癌，手术也很辛苦吧？"

　　"假设真的是癌症，现在尚未发生转移。我们也在考虑手术这个选项。"

　　"我这身老骨头还得切腹吗？摊上大事情了啊。"

　　岛内爷爷晃动消瘦的肩膀大笑。

　　"爷爷，这种事一点也不好笑。我听说胰脏的手术很辛苦。你身体本来就不怎么硬朗，不能乱来啊！"

　　他的语气不冷静，但说得倒没错。

　　"不过，我也差不多可以去找老太婆了。医生，该怎么办就怎么办吧！"

　　老人笑容满面却说出不吉利的话，但他眼里没一丝悲怆。我只有肃然起敬地点头答应。

　　低着头的老人背对温煦的夕阳，与其说是病人，看起来更像仙人般有着不可思议的气息。

　　走出病房后，我开始在白色走廊上跨出步伐，旋即叫住我的是追着我从病房出来的青年岛内贤二。

　　"医生，可以耽误你一下吗？"

他降低一些音量，走到我身边。

我以眼神问他："有事吗？"他看起来有些难言之隐。

"如果真的是癌症，能不能请你不要告诉我爷爷？"

我催促沉默的他说下去，孙子拼命选择词汇继续说道。

"我爷爷以八十二岁的人来说的确是很健康，不过你别看他那样，其实他身体很不好。毕竟他以前做过很多乱来的事……"

我猜他指的是背后那条龙吧。我本来就不认为他是个过着模范市民生活的人。

"更糟的是自从奶奶走了之后，他的精神也变差了。如果要接受那种孤注一掷的大手术，不如一开始就别告诉他罹患癌症，静静守护他，或许比较能安心。"

"我明白你的心情，但现在尚未确诊就谈到那一步，我认为太操之过急了。"

"说得也是……"

孙子轻轻点头，视线稍微往下垂，说道。

"他这辈子或许给别人添了很多麻烦，不过对我而言，他是我最重要的爷爷。如果他真的罹患癌症，我不希望让他太痛苦。"

孙子低头对我说："那就拜托你了。"然后回到病房。

岛内爷爷的儿子、媳妇因为车祸英年早逝。意即那名青年年幼失怙，是由祖父母一手养大的。照顾祖父勤快到让人有点困惑的程度，或许也是因为上述复杂背景所致。

不管怎么做……

我轻轻叹气。

这意味着，这名病患比我原先所想的更需费心对应。

"伤脑筋啊！"我边叹息、边走回护理站时，看见一脸困惑陷入深思的水无小姐。

这种时机不对且老是撞上尴尬场面的厄运，或许是"招人的栗原"特有的缺点，但我又不能视而不见。我询问："怎么了？"水无小姐放下心中大石似的开口。

"不好意思，医生，我想请你帮忙看一个人……"
她的模样略显急迫。

我跟着她走，最后抵达的是护理站附近的个人房。

躺在病床上的是意识模糊、出现黄疸症状的男性。腹部肿大，应该是腹水引起的吧。他戴着氧气罩，也接上了心电图监视器。

"这位病人是酒精性肝硬化。到今天早上为止他还能说话，可是从中午左右，反应突然恶化……"

我一边看着她递给我的护理记录单，一边询问。

"主治医生是小幡医生吗？"

"对……"

"联络她了吗？"

"因为她今天有内镜研究会，所以中午过后就离开了。她说晚上会回来，但刚才打电话给她时，电话不通。"

水无小姐略显犹豫地继续说道。

"小幡医生事前告诉过我：演讲时不能接电话，所以如果病人的状况骤然改变，总之先找栗原医生商量……"

我顿时觉得无力。

看来辰也也好，小幡医生也好，似乎都把别人当成有求必应、予取予求的便利屋了。然而事实上，碰巧出现在病房的人正好就是我，不得不说他们两人的解读皆准确无误。

"给我看点滴的内容。"

听见我的话，水无小姐立刻递出记录本。我大致上看了一下，小幡医生早就下过精细入微的指示了。

"小幡医生的指示很完美。没有特别需要我插嘴的事。"

我将记录本归还水无小姐，确认监视器上的血压与心跳。

"继续观察就好。联络家属来这里陪他吧！如果小幡医生回来之前，他的心跳降低，你再来找我，我会处理的。"

水无小姐回答了一声"是"便跑走了。

病患过世是两个小时之后的事。

我淡然地进行死亡宣告，送走病患及家属后，听见水无小姐小小声叹息说话的声音。

"明明有个病患命在旦夕，却坚持要去参加什么研究会，你不觉得小幡医生太冷血了吗？"

对于她那句单纯过头的情感发泄，我无法立刻点头同意。

无论如何，这件事的确并未引发纠纷，顺利落幕了。

然而，就在当天夜里，发生了一件无法轻易解决的纠纷。

电话打进来时，恰巧是我正准备踏上返家之路的晚上十点。就在我正要离开医务办公室的刹那，院内 PHS 突然铃声大作。

原本也想过要当作没听见，直接离开医院，但是那样的小动作不仅会让问题延后、悬而未决，更常演变为麻烦发生的原因，因此我不得已只好接起电话。

"一止，你现在方便吗？"

电话里传来了壮汉外科医生略显迫切的声音。

"方不方便要等你说了之后才知道。怎么了？"

"急诊处有一个吐血的病患来就诊……"

我拿着 PHS，看向贴在墙壁上的值班表，今晚在急诊处值班的人是次郎。但是今天负责内镜的不是我。一向迟钝的男人却罕见地正确解读出我那一瞬间的沉默。

"我知道今天负责内镜的人不是你。"

"既然你知道，那就联络小幡医生啊。虽然她说下午要去研究会，不过应该已经回来了才对。还是说你想趁调回大学之前，把握机会努力整我？"

"我打过电话了。"

"很好。她在医院里吧？"

"她在。她也来急诊处露过面，不过她告诉我：到早上之前，总之先输血观察情况就好。"

"……我不确定那样的处理够不够，不过既然主治医生都那么说，应该就可以吧！"

"病患送进病房后，血压立刻掉到九十上下，又吐血了。"

这下我真的词穷，不知如何回答了。再加上我能感受到次郎语气中有着平常没有的紧迫。

我正在思索"到底什么情况"时，次郎继续说道。

"顺便跟你说一声，病患姓横田，平常都是你负责他的门诊……"

"我现在就过去急诊处。你等我。"

我叹着气回应完后，再次拿起刚才脱掉的白袍。

"医生，血压九十五！"

"血压能维持在一百之前，继续注射L-乳酸钠林格尔！"

"输血呢？"

"继续输血！到早上之前再输两个单位。"

"除了那些之外，我们另外还有两个单位的血。"

"很好，那就先帮我保留下来。"

内镜室中，充满紧张感的护士声音与我疲惫不堪的声音来回交错。我边对着屏幕输入内镜检查结果，边向背后的护士们传达指示。

我正好以内镜做完止血处理，半夜被呼叫回来的内镜工作人员及急诊处门诊的护士，正手忙脚乱地在我背后来回奔波。

"抱歉啊，医生。谢谢你。"

沙哑的声音来自满脸是血的横田先生。因为进行内镜手术的麻醉还没消退，意识蒙眬的横田先生被移上担架床时，好不容易稍微清醒些。

"现在要向医生道谢还嫌太早。也是有人因为食道静脉瘤破裂无法止血，失血过多而死亡的。"

直言不讳的是急诊处护士长外村小姐。

"我已经不打紧了，护士小姐。"

"很可惜，决定你要不要紧的不是你，而是你的血压。"

我旋转椅子，转向担架床。

"如果你明年也想经营金鱼摊，这几天绝对要静养，而且以后再也不准喝酒。"

瘫软无力的横田先生说着："那可就糟了。"给了我一个苦笑。

"又变严重了啊！"背后传来熟悉的声音。

我回头一看，东西目瞪口呆地站在内镜室的入口。

"没想到主任竟亲自下来迎接病患，看来上面还是一样兵荒马乱啊！"

"跟医生你周遭相比，已经算是平静了。"

她简单回应我两句后，向外村小姐点头行礼。相对的，外村小姐脸上只浮现出意有所指的暧昧微笑。

"你比我想的还有精神嘛，东西。"

"我一直都很有精神啊，外村护士长。"

"那就好。因为大家都很担心你这男人运不佳的主任呢。"

"外村小姐，请别误会，并不是我的男人运不好，而是这世界上只剩下奇怪的男人！"

"原来如此，你言之有理。"

气氛紧张的现场，两名女性瞬间成立单身同盟。

我明明什么坏事也没做，却莫名觉得待在这里很尴尬。才猛然发现，在这吵闹的内镜室里，男人只有我和横田先生，其他全是女性。由于横田先生全身是血，才刚从麻醉中醒来，所以当然不可能帮得上忙，能够对抗古今无双的女性阵营者，只有勤勉诚实的内科医生一人。

"这场仗没有胜算啊……"

"什么？你说什么？"

"没什么。如果可以在横田先生血压下降之前，快点将他送到病房，我会很感谢你的。"

我有点自暴自弃地转开话锋，东西口中应着"好啦好啦"，边拉出担架床边说道：

"不过为什么是医生你负责紧急内镜？今晚的值班医生应该是小幡医生才对啊！"

她的每个问题都能一针见血。

"栗原医生是被拖下水的。"

带着苦笑为我解释的是外村小姐。

东西露出不可置信的表情，就在她欲言又止时，背后的门敞开，出现黑色壮汉的身影。

"抱歉啊，一止，多亏有你帮忙。病人先前在出血，对吧？"

"是静脉瘤破裂。从他必须输血到早上这点来看，状况的确很危急，不过你的判断正确无误。现在比较重要的是，急诊处没问题吗？"

"现在正好没病患。不过，等一下又有救护车要来。"

"不管怎样，"他说，看向躺在担架床上被推出来的横田先生，"多亏一止，他才能得救。"

他搔着头，态度直率地说道。为人坦率是次郎屈指可数的优点。

但次郎立刻又泄气似的叹口气。

"不过，小幡医生明明是内镜的值班医生，那样的态度实在太糟糕了……"

"真难得我可以理解你的心情。明天我会去跟她确认究竟发生了什么事，你可别把事情闹大喔！"

"就算叫我别把事情闹大，我也……"

次郎忽然住口，是因为内镜室里通往职员室的门突然敞开。敞开的门另一边，站着正在啃苹果的小幡医生。

内镜室瞬间鸦雀无声，小幡医生似乎也相当惊讶。

"咦？栗原，你在动内镜吗？"

响起与现场气氛格格不入、没有紧张感的声音。

她一定跟平常一样关在职员室里专心写论文，似乎完全没注意到外头水深火热的情况。

无论如何，她出现的时机实在糟糕透了。

次郎难得露出凝重不悦的表情。

我沉默不语，手扶着额头。

小幡医生看了我和次郎后，似乎也多少明白。

"总之，"她平静地说，"进职员室再说吧？"

纤长的手指指向房内。

桌上排列着五颗苹果。

全是鲜黄色的"信浓 Gold"。

我坐在沙发上望着那些鲜艳闪耀的果实。房间一隅，坐在椅子上的小幡医生略显疲惫地仰望天花板。拿在右手中的苹果只咬了一口便没再动过。

桌上的文献堆积如山、屏幕忽明忽灭，应该是撰写到一半的英文论文。

房内已不见次郎的踪影。

沉默中传来小幡医生的轻声叹息，我开口说道："我之前也问过。你究竟做何打算，请你给我们一个合理的解释。"

"没想到栗原你说话这么不留情。"

"因为你先对病患做了不留情的事。"

我说道，但小幡医生并未露出困惑，她依旧态度超然。

"我真的没想到他们会找你代替我动内镜手术。"

"我之前应该也说过，不是那个问题。"

"对喔！"

小幡医生轻轻耸肩。

"医生，我实在不懂你在想什么。"

不久前，次郎才用他天生的大嗓门呐喊了这句话。

"平常不管什么病患上门求诊，你都会亲切爽快接受，有时却会做出仿佛对病患见死不救的行为。我实在搞不懂你到底在想什么。"

"今天的事真抱歉。我原以为他只要输血就能撑到早上的。"

"如果只是为了今天那件事，我才不会说出那种话。这里可不是让你像小孩般任性说'我不想看酗酒病人'的地方。"

性格开朗的次郎表现出如此明确的愤怒实属难得。

据我猜测，除了横田先生和岛内爷爷的事情外，小幡医生似乎也很恣意妄为。

但次郎对小幡医生的应答不仅无法收拾事态，只会让事态更恶化。

"就算告诉你，你也不懂！"

她冷静坦然地说道。

连我也感到困惑，但更惊讶的是次郎。

我很少见他如此激动，但不久后院内 PHS 立刻大响，他被呼叫出去。因为他是急诊处的值班医生，如此发展也是理所当然。

拜他所赐，留在原地的我和小幡医生之间隔阂高筑，气氛不甚愉快。次郎现在一定也心怀怒气在急诊处门诊来回奔波吧，但毕竟在错误的时机高声怒吼的人是他，不值得我们同情。

"所以你的意见也跟砂山一样吗？"

小幡医生问我。

我回看她，事情发展至此，她居然兴味盎然地在期待我的反应。

这位医生跟我一开始对她的印象完全相反，是个相当狡猾的人。事到如今，我不禁佩服外村小姐看人的眼光。

我稍做思考后，姑且坦然回应。

"到今日傍晚之前，我的意见都和次郎一样，但我想法改变了。"

"你说这话真有趣。你要转向支持拒绝诊疗酗酒病患的我吗？"

"既然我已发现你并非以那种短视近利的基准工作，我当然不得不改变方针。"

小幡医生正想再啃一口苹果时停下动作，她眯起眼。我仿佛觉得她眯起的眼睛深处再次亮起那道锐利的光芒。

"怎么说？真令人感兴趣。"

"今天傍晚，我看了你的病人。就是那位酒精性肝硬化的病人。从点滴内容到向家属说明等大大小小的事，你所做的处理对应都无可挑剔，完全不需要我的介入。跟处理横田先生和岛内爷爷时的态度相较，简直是天壤之别。也就是……"

我暂停一下，看向小幡医生面无表情的双眼。

"病人是否喝了酒，不是医生你选择病患的基准！"

我得到的回答只有沉默。

我讨厌那种故意的沉默，于是又重复了前几天说过的话。

"究竟是怎么回事，可不可以请你给我一个合理的解释？"

小幡医生的右手握着咬过一口的"信浓Gold"，动也不动。不知何处隐约传来警铃的声音，或许急诊处今晚也是忙碌不已。

"……栗原你啊。"

小幡医生突然开口。

"果然是个很有趣的人。"

"这算不上回答！"

"我在称赞你耶。不愧是在板垣医生手下磨炼过的人。不仅具有观察力，更重要的是很爱多管闲事！"

"当自己敬佩的人做出无法理解的行动时，一般人都会想要知道对方背后的想法吧！"

缓缓响起啃咬苹果的清脆声音。

"'敬佩'是吗？真是我的荣幸。"

"但是，"她接着说，"理由对你和砂山来说太困难了。"

又是这句话。

这种打从一开始便放弃说明、自以为高人一等、敷衍了事的批评，我实在无法认同。

"也就是不值得你向我和次郎解释，是吗？"

"讲清楚一点，就是那样没错。"

撑着手肘、静静低头看着我的小幡医生，眼神中明确亮着那道冷漠的光芒。

那道光芒不同于小幡医生平常待人和善的态度，有着拒人于千里之外、毫不留情的锐利与冷漠。

沉默半晌后，小幡医生又若无其事地啃咬苹果。

我无言以对，只能看着她。

啃了超过半颗的苹果后，医生缓缓开口。

"今天你帮我检查的那名病人，护士有没有说什么？"

唐突地转回正题上。

"丢下命在旦夕的病患，参加什么研究会，真是个过分的医生。"

我想起水无小姐所说的话。我记得她还发出叹息。

我沉默不语，看着我的表情，小幡医生了然于胸地苦笑。

"你和砂山一定是那种如果有病患命在旦夕，你们会丢下研究会和论文不管，亦步亦趋陪在病患身旁的医生。想必就是你们这种态度，才会让病房的气氛变成那样吧？"

"你好像不是在称赞我们。"

"当然！"

小幡医生暂停片刻后，继续说道：

"我觉得你们蠢毙了。"

虽然语气缓和，措辞却非常激烈。

"你们看不起医生这份工作吗？现在的医疗日新月异，每个月都在不断进化。只要一瞬间稍有懈怠，自己所知的医疗技术便会落伍、跟不上时代。那也就代表着'无法给病患最好的治疗'，不是吗？身处如此严苛的世界，却选择陪伴命在旦夕的病患，只为了自我满足，浪费宝贵的时间、气力与体力的医生，在我看来只是令人无法置信的伪君子！"

我再次听见某处传来新的警铃声，声音越来越近。

"原来她是这么能言善道的人啊！"我心中冒出突兀的感慨。

"我们有义务永远提供最新、最棒的医疗给病人。你们是不是连那些最基本的事都忘了？"

"我不认为自己的知识是最新的。我没自以为是到那种程度，但关于学习我从未偷懒……"

"IPMN（胰管内乳头状黏液性肿瘤）每年的癌症发生率有百分之多少？"

她以冷漠的声音间不容发地问瞬间噤声不语的我。

"肝右叶切除术和扩大右叶切除术的差别为何？慢性胰脏炎病患中，吸烟者的癌症发生率是没抽烟的人几倍？"

我实在招架不住这些接连不断、咄咄逼人的问题。

"这些问题你都回答不出来，还敢做什么ERCP（内镜逆行性胆胰管造影术）？"

令我大受冲击的一句话。

这句话不仅激烈，嘲笑中还包含毋庸置疑的轻蔑，因此更是深深震撼我的内心。非但如此，她接下来说的话甚至比先前更苛刻。

"栗原，我对你很失望。"

我无声仰头，视线前方是小幡医生的笑容，一如往常地平稳和蔼，但眼神冰冷无情。

"你在板垣医生手下学习，因为那位鼎鼎大名的板垣医生对你另眼相看，所以我本来还很期待，想知道你是个怎样的人，结果你不过就是个机灵敏捷、内镜技术还不错，但随处可见的伪君子型医生罢了。"

小幡医生的手伸向另一颗苹果，灵敏地将苹果放在食指指尖上旋转。

"不过你不用担心，社会上充满你这样的医生。被日复一日的诊

211

疗追得喘不过气来、逐渐落伍赶不上最新讯息的医生。更糟糕的是明明已经落伍了，却坚信自己'做得到'的那群人。就知道依赖 CT 的结果，连超音波检查都做不好的医生，才把胆总管结石清掉、便以为自己 ERCP 做得很好的医生。像那样二三流的货色随处可见。明明每天都得从事如履薄冰般的医疗工作，却连一点自觉也没有，若无其事在冰上四处奔跑。反而是看着他们的我在担心，不知道什么时候冰面破了，他们会掉入冰水中。比起惊讶，我也只能目瞪口呆地看着一切。"

她深深叹了一口气。

"医生这份工作，无知便等于罪恶。我是抱着那样的决心在行医的。"

我不禁倒抽一口气。

我从未听过对医生职责规定得如此严苛的话语。

仿佛在嘲笑我紧张的模样，小幡医生悠然自得地又啃了一口苹果。

"……所以你就有资格选择病患吗？"

"我不认为我自己在选择病患。我只是不想浪费时间在那些把活命看得太简单的人身上而已。那些酒鬼爱怎么就怎么喝。那是他们的自由。"

"可是医生你倒是对今天过世的酒精性肝硬化病患，做了用心周到的治疗。你跟横田先生和岛内爷爷有什么……"

"那名病患自从遇见我之后，一滴都没喝过。"

我噤口不语。小幡医生毫无感动的声音填补了我的沉默。

"那名病患自从来过我的门诊后就完全戒酒了。遗憾的是他太晚戒了，但剩下的时间，他非常努力且认真地活着。既然他这么想要活着，我身为医生也应该全力帮他才对。那不是理所当然的吗？"

她的哲学无懈可击。

然而即使她的论点再怎么无懈可击，现实中的医疗却没那么简单。

"那么……像横田先生和岛内爷爷那样的人该怎么办？"

"看那些人是你们的工作，不是吗？"

她立刻回答。

"我认为像你这样的医生，看那些人就是你们存在的意义。"

我看着她，她脸上是怜悯的微笑。

"你懂吧？你和我立为目标及想去的世界是不一样的。你们这种人无法理解我的做法。"

我无言以对。

心中的喜怒哀乐都消失了。

只剩纯粹的惊讶。

并不单只是对眼前这名医生所抱持的严苛医疗哲学感到惊讶，也对不知何时已然忘却医生这份职责有多重的自己感到惊讶。

难以形容的沉默降临。

从那道沉默中救了我的是总令人不快地大声作响的电子音。不是我的PHS，而是小幡医生的PHS。

"喂。"医生响应，然后回答，"了解，我马上过去。"便挂断电话。

"抱歉，有病人突然出问题。"

话刚说完，她便将还剩下半颗的苹果扔进垃圾桶，站起身来。

"这些苹果，你想吃就尽管吃吧！"

她离去时，以无异于平常的开朗声音留下这句话。

当然我完全没有想吃的心情。

"白色的是北河二，旁边那颗略带橙色的是北河三……"

夜半回到御岳庄的我，听见与深夜颇不相称的开朗声音。

万籁俱寂的深夜时分。

平常早已熄灯的御岳庄院子里却明亮。

我拖着疲惫不堪的身子，从玄关走向院子。

一楼的走廊邻接细长的檐廊，可以从檐廊走进有数棵松树的中庭。小小的院子里有两个人影。

"你看，那是双子座。"

这么说并指向天空的是屋久杉君。最近每次见到他都活力十足，据说高中时期是天文社的成员，有着我们意想不到的爱好。

一旁的妻子往设置好的天文望远镜镜筒看着，对屋久杉君的话发出感叹。

我也停下脚步仰望夜空。

冬天的天空非常美好。空气澄净，比夏天清澈好几倍。更棒的是今晚既无云也无月，只有一片璀璨的星空。

我徒步从医院走回家，却没注意到这片星空，大概是因为我不仅是视线，就连心中也垂头丧气吧。

"北河二和北河三是感情很好的兄弟喔。"

屋久杉君活力十足的声音响起。

"但北河二因一场小意外丧生，看见独自存活的北河三悲恸的模样，宙斯决定让他们两人一起在星空中生活，所以将他们变成星座。"

虽然屋久杉君的头发又变长了，也随处冒出胡茬，但他给人的印象跟以前大相径庭。大概是眼中的光彩不同吧！他证明一个人的风貌会随着眼中的光彩而改变。

突然传来尖锐的金属声，是厨房里的茶壶水开了。妻子赶忙跑进屋内。看着她的背影便走进院子里，注意到我的屋久杉君以开朗的笑容迎接我。

"你回来啦，大夫！老工作到这么晚，真不简单耶。"

"你帮小榛上星座课吗？"

"算不上什么上课啦。应该说是报恩。"

"报恩？"我问，屋久杉君抚摸着变长的头发，羞赧地微笑。

"因为认识你们，我才能有所改变。如果没遇见公主、男爵和大夫的话，我现在大概还缩在暖炉桌里喝酒。"

他露出若有所思的表情。

"我不知道要怎样向你们表达我的谢意，所以想用我拥有的东西，一点一点向你们报恩。"

大笑的他眼中不见丝毫忧虑。

由于今晚的我完全失去霸气，因此跟半年前相较，我有种自己和屋久杉君立场完全逆转的感觉。

"小榛也很期待你说的事情。有时间再帮她多上几堂课吧！"

"我也很想，不过等到春天，我就得离开这里了。"

"离开御岳庄吗？"

"我不是农学院的吗？信浓大学的农学院从二年级要移到伊那去上。所以我只能在松本待到三月。"

"原来如此。"我立刻明白了。

信浓大学是现今已相当罕见的"章鱼脚大学"。

第一年所有科系都在松本校区上课，但以农学院为首，工学院、教育学院、纤维学院及不知道几个学院，从第二年就得各自移向位于不同城镇的校区上课。

"那也就是说只剩三个月了吗？"

"就是这样……"

受到仰望星空的屋久杉君吸引，我也仰头望向苍穹。

即使从街上也能看见美丽的繁星。

更何况已过两点的夜半时刻，顶上是几无云也无月的夜空。

我无法分辨出哪个是北河二，哪个是北河三，然而无数星辰一定都有各自的故事吧。正好与人数众多的医生都怀抱着各自的哲学一样，小幡医生激烈的言辞突然又在我心中翻腾。

我觉得呼吸困难，于是闭上双眼。

"你怎么了吗？大夫？"

我对他不经意的问题感到困惑，张开眼。

"你指什么？"

"我总觉得……你好像很颓丧。"

我一时间完全无话可回。

"是我的错觉吗……？"

听见他顾虑却又关心我的声音，我除了苦笑之外别无他法。

"真是君子三日不见，刮目相看啊！这句话简直是为你存在的。屋久杉君你说得没错，今晚的我确实非常颓丧。"

我将右手上的公文包往檐廊一抛，坐在一旁。

"你犯了什么错吗？"

我回答他："我没犯错。"个中隐情却一言难尽。

正因为是说不出口的事，所以郁闷才会盘踞胸口挥之不去。

我低语："该怎么说呢……"并继续说道。

"打个比方，我的心情就像以天动说为前提正在拼命探索科学，突然有人告诉我伽利略的地动说才是真理时那种感受。"

"那还……真是辛苦耶。"

"我这个例子举得不是很好。你就当作没听见吧。"

我苦笑说，反倒是屋久杉君露出认真的表情。

他搔搔头，突然冒出一句话。

"大夫，你知道哈勃吗？"

"你指的是因为望远镜而闻名的哈勃吗？"

"没错！"

屋久杉君咧嘴一笑，点点头。

哈勃太空望远镜是绕行于地球卫星轨道上的宇宙天文站。

"不过我说的不是望远镜，而是它名字的由来——哈勃博士。"

屋久杉君仿佛在咀嚼着一字一句般继续说道。

"爱德温·哈勃是二十世纪的伽利略。就像伽利略发现地球不是宇宙中心一样，哈勃证明了银河不是唯一的银河。"

屋久杉君仰望天空，继续说道。

虽然我不明白他究竟想说什么，但我可以感受到他想鼓励我的心意。

"在那之前，大家都以为地球所在的银河是宇宙中唯一的银河系。明知银河系之外还能看见些许星云，但大家都认为那些星云顶多只是几十颗星球所形成的集团，六十亿颗星球聚集形成的银河系在宇宙中是独一无二的。而地球则是那个特别的银河系中最特别的星球。但哈勃利用望远镜一味观察宇宙，证明了遥远星团中的每一颗星，其实都是银河等级的巨大银河系。"

他的声音中断，寂静降临。

仿佛连夜空群星都在竖耳倾听屋久杉君的讲解。

"很令人震撼，对吧？"

屋久杉君说道。

"光是我们这一条银河，不，不仅如此，对于连太阳系都出不去的人类而言，银河系的另一边竟然还有其他银河系。这消息让所有人茫然失措，哈勃一开始也跟伽利略一样，惨遭各界攻击与孤立。不过……"

屋久杉君回头看我。

"但我认为，其实大家应该都很开心吧？"

他带着如少年般闪烁生辉的双眼，抛出令人意外的一句话。

"大家都很开心？"

"因为这表示世界还很广阔啊！不管再怎么调查资料，不管再怎么试图厘清真理，我们这个世界的另一边，还有更宽广辽阔的世界。哈勃证明了人类就算再拼命也敌不过这个世界。你不觉得那是最Exciting 的一件事吗？"

Exciting，这个字虽然陌生，却不可思议地在我心中回响。

"我去屋久岛，看到了绳文杉，被那棵树无与伦比的魄力所慑服，顿时不知所措。不过迷惘逐渐转为开心，心想，若对象是如此非凡，我想认真地努力用功试试。"

屋久杉君依旧仰望着夜空，继续说道。

平凡的一字一句，得到二十岁青年的活力照耀，发出光芒爬上天空。

"所以啊，大夫。"他气势十足地转头看着我。

"如果有人拿地动说反驳你，你也不可以沮丧。你应该变得Exciting 才对。因为没有比新学问更有趣的东西了。"

屋久杉君突然发出"啊"一声，仿佛猛然回过神似的看向我背后。

我顺着他的视线往前看，将咖啡杯放在圆盘上的妻子，不知不觉间已坐在我们身旁。

"欢迎你回来，阿一。"

"我回来了。"我回应并看向圆盘，上头恰好有三人份的咖啡。

我几乎无意识地接下妻子轻轻端给我的咖啡杯。

从热情演说中回过神来的屋久杉君突然害羞起来，他降低声调。

"抱歉，我好像太得意忘形了……"

"屋久杉君。"

我感受着淡雅的咖啡香，说道。

"我要向你道谢。"

我接着对他说："谢谢。"他大为困惑。

"大夫，你干吗突然跟我说谢谢？"

"你怎么想都好。不管我说多少话向你道谢，那些话都不值钱，不过唯有心意例外。你就什么也别问，默默收下吧！"

真不可思议。

几个月前我们鼓励的对象，现在正在激励我。就连我也无法预测到如此奇妙的发展。何况对方还只是个二十岁的青年。身为三十岁的社会人士，不能不说这真是相当可悲的发展。

我不禁露出些许苦笑，但胸中感到一股暖意。

短短几个小时前，小幡医生那些苛刻激烈的言辞，现在反而在我心中转化成小小的火焰燃烧着。如冰刀般锋利的一字一句，带着温度渗透我全身。

"正如你所说的，这说不定是令人相当 Exciting 的事！"

我不禁点点头，将咖啡杯放到嘴边，舒畅的芳香和苦味在口中扩散。

小幡医生的哲学究竟为何，我还摸不清头绪。但正因为一知半解，所以逐渐理解的过程更令人期待。

"你还好吗？"

我用力点头回应妻子。

"抱歉让你担心了。"

"不想让我担心的阿一才更令人担心。"

妻子纤细的手突然握住我的左手，并牵起手贴在她的额头上。

我惊讶地说出"小榛……"，妻子打断我的话，她清澈的声音传入耳中。

"我在祈祷。希望我可以替你分担一半的烦恼。"

"那就伤脑筋了。如果连你也跟着烦恼，原本承受得了的事情也会承受不住的。"

"你放心。我可是出乎你意料外地坚强喔！"

妻子将我的手背贴在额头上，动也不动地专心祈祷。手背隐约感受到妻子的体温。

我再次体会到一个事实。

我真是全天下最有福气的人！

"喔，怎么，你们竟然在青少年屋久杉君面前如此不知羞耻地谈情说爱。"

突如其来的高声不用说也知道是男爵。

里面的"桔梗之间"拉门敞开，衔着烟斗的画家探出头来。

总是梳理整齐的男爵，今晚却穿着沾满颜料的工作服，手上拿着调色盘与画笔。看来他要开个展的事情不只是传闻。

"我总觉得最近御岳庄的风纪散乱，原来就是你们两个！我身为御岳庄治安维持部队队长……"

"男爵，等你完成你的稀世杰作后，我们来喝一杯吧！今晚我想开瓶珍藏的酒小酌。"

"你的心意值得嘉赏。那么就看在你这份心意上，今夜就无罪释放你们吧！"

他咧嘴一笑，从烟斗里呼出一口烟。

"喔！"我们移动视线，看向院子前方。

发出悠然自得的"喵"声，从篱笆缝隙中探出头的是那只前几天在"樱之间"一副旁若无人模样的三色猫。

"透纳，你也回来啦！要不要一起小酌？"

"透纳？"

"是我这只毛色亮丽的朋友大名。"

我还来不及回问他："它不是叫勃朗尼卡吗？"屋久杉君便提出异议。

"这小子的名字叫五车二啦，男爵！"

又一个新名字。

"我捡到它的那天晚上，一等星五车二正好在天顶大放光芒。"

"你要那么说的话，它来到'桔梗之间'的那晚，我正好完成了一幅透纳风格的杰作哩！透纳，你说对不对？"

"你会不会太牵强了？"

"男人天生就该态度强硬。"

究竟该叫透纳还是五车二，他们俩进行着没多大意义的对话。一旁，悄然站起的妻子抱着三色猫微笑。

"欢迎你回来，勃朗尼卡！"

男爵和屋久杉君对它的第三个名字大感不解。

两人还来不及发出抗议，妻子便将勃朗尼卡放在我腿上，站起身来。

"我去准备酒席，男爵大人。"

"你都那么说了，我也很难再开口提出异议。今夜就暂且叫它勃朗尼卡吧！"

"怎么可以那样？我还是觉得叫五车二比较好。"

"那么屋久杉君你就喝自来水吧！我可要好好享受榛名公主为我斟上一杯大夫的名酒！"

"我想起来了，我捡到这小子的那天晚上天空都是云，好像看不见星星耶！"

"识时务者为俊杰。知晓变通才是成熟的大人。"

他们俩顿时发出愉快的笑声。

正在一旁整理酒器的妻子一如往常，举手投足都美丽动人。实在看不出来她是用一句话就让所有人同意勃朗尼卡这个名字的铁娘子。

我坐在檐廊低头看着腿上的小猫。

刚回家的三色猫背上覆盖着一层薄薄的雪。我轻轻抚摸它的背，它舒服地眯起眼。

小猫先是眯着眼，接着又微微张开，好像在观察我似的仰头看我。

"你会帮我取什么名字？"

它仿佛在问我这个问题。

勃朗尼卡也好，透纳也好，五车二也好，我对这些名字都没有太多坚持。不仅如此，我觉得我也可以选择不要为它命名。

"还没有名字。"

当年那位大文豪饲养的猫应该也曾说过那样的话。

小猫仿佛早已看穿我心中的玩笑，它只从眯着的眼皮缝隙中对我投以一瞥，便闭起双眼，卷起尾巴蜷缩成一团。

背后传来男爵和屋久杉君欢乐的笑声。

妻子走进起居室，从堆积如山的医学书中，正确无误地取出藏着美酒的《户田新细菌学》书盒。

仰望夜空，只见五车二闪烁的御夫座正准备横渡苍穹之顶。

第四章　除　夕

信州山中有座由鹿指引人类发现的涌泉。

相传从前有个猎人追着一只鹿入山却迷失方向，猎人在深山发现滚滚涌出的热烫泉水。

故事后半段提到引导猎人入山的鹿其实是文殊菩萨的化身，他特地告诉虔诚的猎人深具疗效的泉水位置；虽然这样的安排略显矫揉造作而令人扫兴，但传说毕竟是传说，无须吹毛求疵。

总而言之，"鹿教汤温泉"之名便是来自这个故事。

这座古老的温泉疗养场位于松本与丸子交界的三才山中。

这里当然没有铁道。不仅没有铁道，光是要去最近的车站，无论走往丸子方向或是穿山行经松本，开车都要将近一个小时。

故事中那名信仰虔诚的猎人竟能走到如此的深山中，实在令人佩服，但即使位于交通不便的山中，还是盖了复健专用的医院，表示温泉的确深具功效。

在鹿教汤温泉乡，除了泡温泉外，还有值得一看的景色。

每年十二月底至一月夜间，以数不尽的灯光为这座白雪皑皑的温泉疗养场点缀梦幻的色彩。

那场例行活动正是鹿教汤的"冰灯笼"。

冰灯笼。

凿穿大小约莫三十厘米的圆筒形冰柱内侧，再点燃蜡烛，便完成正如字面描述的冰之灯笼。

沿路从鹿教汤温泉乡穿过汤端路，横越五台桥，直到石阶上的文殊堂为止，一路上两侧都有冰灯笼整齐排列，是鹿教汤的美景之一。

灯笼并无上盖。因此只要一下雪，烛火便立刻熄灭。遑论雨天，刮风的日子也不行。无论何种天候，都只能任凭烛火熄灭。

若是想眺望山景，微风徐徐的月夜更是美好。当然那样的日子，原本便寒冷的山间会变得更加寒风刺骨，但这片绝美风景绝对值得一看。

即使只是微风，烛光也会随风摇摆、飘忽不定。摇曳的烛火让冰柱散发出多彩的光芒。只要踏上横越树林的木造五台桥，当风吹来，火光便摆荡摇曳，宛如乘坐在横渡雪海的一艘木船上。

连接梦境与现实的山间行舟。

"阿一，你还好吗？"

隐约传来的声音，让我回过神。

在我身后正渡桥而来的是以细瘦肩膀扛着巨大三脚架的妻子。

"你好像在做梦，有种不可靠的感觉喔！"

站在我身旁的妻子，说话的同时口中呼出一缕纯白气息。

"我被眼前的美景迷住，看得出神了。有拍到好照片吗？"

"当然有。跟阿一在一起，手上还拿着 M9-P，千里迢迢来看冰灯笼。随便拍都是好照片，害我好困扰喔！"

她露出微笑并点头。

我想她一定很开心吧。因为冷空气冻得双颊通红的妻子，声音中有着平常没有的活泼。我已经好久没看到如此开心的妻子了。

"上次来看冰灯笼，已是两年前的事了！"

妻子不经意的呢喃中所包含的感慨，我也心有戚戚焉。

我和妻子第一次来看鹿教汤的冰灯笼是两年前，也就是我们结婚那年的事。举办婚礼后三个月，虽说新婚，但病患人数不会因此减少，因此忙碌的生活依旧，连好好聊天的时间也没有。我心想"再这样下去不行"，于是想办法带着妻子来到这里。

"我那时非常惊讶，没想到你居然知道这种地方。"

因为工作，鹿教汤医院的工作人员中有我熟识的人。我从那位朋友口中得知冰灯笼的事，半信半疑来到这里。

白雪皑皑的山谷壮丽风景，让造访此地的我看得出神。

"去年因病人一个接一个病情急转直下，所以没办法来啊。"

"今年不要紧吗？"

"今年有阿辰！"

"又是进藤先生。"

妻子呵呵笑着。

"他还有夏菜妹妹要照顾。所以不可以全部推给他喔。"

"阿辰坚毅不摧的性格可是天下第一。他不会因为我把事情推给他就倒下的。"

妻子再次轻笑，接着便往文殊堂的方向跑去。

看着妻子的背影远去，不经意地回头看向我们刚走过的五台桥。

整齐排列两侧的冰灯笼间，只剩下一对年轻情侣。这里原就不是人潮汹涌的地方，今晚气温更是跌破零下十五度，天寒地冻，因此往来的人流更是稀少。

但即使是凛冽的严寒，对年轻情侣来说根本不成问题。他们带着幸福的笑容，陶醉地相互依偎，每当简短对谈时，两人间便冒起白色的气息。

我蓦然听见开朗的声音，原来是一对带着孩子的夫妻走下木桥对面的石阶。年轻夫妻分站两旁，牵着身穿大红色滑雪服的小孩，优哉地走到木桥桥头。突然，他们脚边的孩子猛地向我冲来。她跳下最后的石阶，碎步跑过五台桥的冰灯笼间，朝我直奔而来。她每踏出一步，可爱的小辫子便摇曳弹动。只见女孩来到我眼前，停下脚步，仰头看着我。

"栗原叔叔！"

我大吃一惊。

"这不是夏菜吗？"

女孩又活力十足地喊了我一声"栗原叔叔"，接着转身朝木桥对面挥手。

五台桥的桥头旁，有个男子轻举着手。

那是她父亲进藤辰也。

我惊讶到几乎可说是"愕然"，并非因为受我所托接下看守病房重责大任的老友站在冰灯笼之间。我将那件事实置之度外，因为眼前有更令人大惊失色的景象。

一名窈窕纤细的女子一脸困惑地站在辰也身旁。

十分眼熟的女子。

或许是现在没机会在太阳底下挥拍打球的关系，她以前曾晒成小麦色的肌肤变得雪白。活力十足的模样收敛不少，看起来有点不可靠，但毋庸置疑的，那正是我等将棋社的学妹。

"如月……"

如月千夏五年前和辰也共结连理，婚后改名为进藤千夏。即使改了姓，也不会改变她的本质，因此对我而言她依旧是原本那个如月。

不知是否因为在东京的医院被呼来唤去，她给人的感觉由动转为静，但我不会看错的。

然而在她一旁的辰也不理会我的惊讶，他满面春风地笑着。

夏菜突然转身，再次跑向双亲脚边。刹那间，或许踩到冰块碎片，夏菜娇小的身体一滑并向前旋转。

我不禁发出"啊"一声，向前想抓住她，紧接着随着剧烈震荡，桥身大幅倾斜。失足滚下倾斜桥身的我，感觉到自己被抛向暗夜的山谷。

"啊啊啊！"我发出莫名的呐喊，无声跌落鹿教汤谷底。

"栗原，你能不能安静一点。"

我听见熟悉的声音，睁眼一看，眼前是先前正在五台桥对面如春风般微笑的老友面孔。方才的笑容消失了，现在脸上充满不悦。

我动也不动，只旋转视线观察四周。

越过辰也的脸可以看见天花板。我将视线右移，只见自己的手使劲抓着老旧沙发的一角。左边放着老旧的木桌，我正好呈现躺在木桌下往上看的姿势。

确认背后薄薄的地毯触感后，我终于明白自己跌落在医务办公室地板上。

"……阿辰，你没事吗？"

老友只对我投以冰冷一瞥，便转身看向电子病历表的屏幕。

"托你的福，我没事。我比较担心我那个半夜三点躺在医务办公室地板上惨叫的朋友。"

"……别担心！我没事！"

总之我先高傲地响应他，接着坐起身子。墙上挂钟像想起什么似的，响起三声沙哑的钟声。

我坐上沙发，映入眼帘的是桌上报纸的一则小报道。

"距离鹿教汤冰灯笼展示还剩两周，十二月三十日开始。"

这样的标题和去年的照片刊登在报上。

"原来如此啊。"

我豁然开朗。

深夜十二点，有名心功能不全的病患突然发生心律不齐。

追加点滴并向家属说明后回到医务办公室时，已是深夜两点。我还记得那之后我坐在沙发上拿起报纸，但后来的记忆模糊。我一定是在不知不觉间睡着了。因为在梦中大受打击，摔落地板发出哀号，所以还算不上三段式搞笑。

不幸中的大幸是没有被次郎或大狸医生看到我这模样。

我瞥向老友的背影，唯一一名目击者疲惫不堪地驼着背，正在输入病历表。仿佛感受到我的视线，辰也头也不回地对我说道。

"如果你想去看冰灯笼，就跟我说一声，我可以帮你看守病房一天。"

"有你这么一位善解人意的朋友，真是太令人感谢了。"

"但是。"辰也补了一句。

"你最好别再说梦话大喊那位朋友的'妻子芳名'了！"

"唔！"我一时不知如何回答，但立刻反驳。

"谁叫你一直把如月丢在东京不管，是你不好吧！和你们在鹿教汤不期而遇，就连五台桥也会吓到垮下来的。"

对于我那无谓的豪语，辰也只投以冷漠的视线。我强词夺理的狡辩，对这名冷静的血液内科医生根本行不通。

辰也小声叹息。

"我知道啦。我会转告千夏，以后出发去你的梦境之前，先回到我身边啦。"

今晚的辰也精神不振。他原本就不是次郎那种活力十足的类型，但今夜更加明显。理由绝非因为今晚值班这么单纯。

事态有点复杂。

"急诊处还是一样兵荒马乱吗?"

"幸好我不是'招人的栗原',前来医院就诊的病人并不多。不过……"

他停下正在输入病历表的手,又叹口气。

"的确是兵荒马乱。"

不忙碌的急诊处却兵荒马乱。

事出有因。

因为急诊处的外村护士长几天前便开始请假,不在现场。

表面上的事由是"病假",但实情没那么简单。

约莫一周前,小幡医生和外村小姐在诊疗的相关事务上发生正面冲突。

冲突的导火线是一周前有名男性因胃不舒服,半夜三点前来就诊,但小幡医生看也不看便将那名病患赶回去。

"若非重症病患,等天亮后再来就诊。"

这是小幡医生的理由,但就高挂"三百六十五天,二十四小时看诊"的本庄医院急诊处而言,这可是无法收拾的问题。

"我气的不是她把病人赶回去。"

隔天早上,仍然怒气未消的外村护理长,比平常更用力地深深吸入 Philip Morris 香烟,说出这句话。

"就算要赶病人回去,也应该先诊察过后再赶人啊!先诊察病况，等确定病人的问题用不着半夜求诊后，再臭骂病人一顿不就好了吗？"

先不论"再臭骂病人一顿不就好了"是否恰当，但外村小姐的话的确有道理。

"我非常了解你们值班有多辛苦，但是只要十名便利商店看诊的病人中有一名是真正的重症病患，就绝对不可漏掉那个人。所谓的急诊处，就是在那样的紧张感中执行勤务的。看都不看就把病人赶回去，实在没什么好说的。"

与叹息一起吐出的白烟，飘向河岸上。

"再加上她竟然对我说那种话……"

点燃外村小姐怒火的一句话，出现在小幡医生最后的应答中。

小幡医生语气强硬地对忍气吞声讲述道理的外村小姐如此回答。

"你区区一个护士，能不能别插嘴干涉医生的判断。"

急诊处的空气瞬间冻结，结果自不待言。

若将医疗比喻为人类，医生扮演的就是头脑。但光有头脑也起不了作用，因为跟别人握的是手，而负责走路的是脚。如果以右脚踹左脚，只会落得跌倒撞头的下场。

小幡医生的发言无疑正是如此。

"在大家拼命来回奔波的现场，听到她说那句话，我也就无计可施啦！"

外村小姐揉掉空荡荡的烟盒，仰望仍然微暗的早晨天空。

"真是累人啊……"

与白烟一同冉冉升空、感触良多的叹息，融入黎明尘雾中。

那天的隔日起，外村小姐的流感就"病发"了。

从那之后，急诊处职员对医生的态度便带着些许可怕的气氛。事发契机虽然是小幡医生个人的恶言相向，但不可否认的是不满情绪转变为对医生这一整个集团的反抗。

"我不是不明白外村护士长的心情，但只因为跟医生起争执就玩忽职守，实在不是一名护士长该有的轻率行为。工作滞碍难行到了极点。"

"她不是因为跟医生起争执才请假的，而是因为流感才请假的吧？"

"没错。她是因为跟小幡医生起争执隔天发病的流感而请假的。"

难得"医学院的良心"如此忿忿不平地说话。

"急诊处的气氛还是很差吗？"

"差透了。"

辰也从胸前的口袋中取出很久没用的戒烟烟斗衔在口中。

"我看帝都大学的吸烟室空气都比急诊处来得好！"

老友简直就像以前吸着 Seven Stars 一样，朝天花板大大呼出一口气。

"所以，充满正义感的栗原一止先生，你是再次过来向我进忠言的吗？"

对着电脑屏幕啃苹果的小幡医生，越过肩膀朝我一瞥，如此说道。

这里是内镜室后方的职员室。

深夜一点。

我从鹿教汤五台桥跌落山谷隔天的事。

好不容易终于结束病房业务后，我前去拜访小幡医生，虽已时值深夜，但她以仿佛才黄昏的专注力努力钻研难解的文献。

一旁堆积如山的书籍，标高比以往更高，朝四面八方冒出头来的彩色标签纸上写着密密麻麻的字。能够完成如此繁忙的医院业务，还能维持热心向学的气力，小幡医生果然不是普通人。

"外村小姐对你说了什么吗？"

"没有。不过急诊处的气氛变得一触即发，工作变得滞碍难行倒是事实。"

听见我的话，小幡医生小声叹气，并撩起黑发。

乍看之下她的神情似乎有些过意不去，但并非如此。她眼中隐约可见期待趣事发生的光芒。以前的我一定不会注意到这些事，但自从前几天她向我丢出那些激烈言词后，我反而看清这位医生的特质。简单来说，她是个非常狡黠且难应付的人。

但不管她是多么狡黠的人，今晚都无关紧要。

因为我造访她的理由，是明确的医学问题。

"我有一名病例想咨询你的意见。"

我说道，并取出我带来的CT及ERCP（内镜逆行性胆胰管造影术）X光片。小幡医生立刻收起眼里的兴味盎然，转为一名医生应有的眼神。

"八十二岁的男性，疑似罹患胰脏癌。"

"就是之前做过 EUS（超音波内镜）和 ERCP 的那名病人，对吧。他怎么了？"

"细胞检查的结果回来了，无法确认是否有癌细胞。"

这是岛内耕三的病例。

院方施行内镜检查，从胰脏采了一些细胞，但检查结果为阴性。意即我们无法确认是否有癌细胞。

"现在因为支架，黄疸已获得改善，全身状态良好，也没有明显的转移，所以我认为他适合接受手术，但问题就在于我们没有发现癌细胞。"

"细胞检查不能尽信啊！不是常常发生病患罹癌，检查结果却是阴性的情况吗？"

小幡医生望着 X 光影像说道。

言之有理。

"但是，"我试着反驳。

"肿瘤的尺寸这么大，但细胞检查和胆管活检都是阴性，我非常介意。再者，病患若要以八十二岁的高龄接受手术……"

我没有把话说完，是因为小幡医生正耀武扬威似的对我大大叹息。仿佛在对我说："你就是这样，所以我才说你不行啦。"她耸耸肩后说道。

"你的诊断呢？"

她询问的话语和视线，如锐利刀刃般散发出冷光。

我不能害怕，只能回应。

"我认为是胰脏癌。"

"癌细胞转移和血管浸润呢？"

"都没发现。"

"病人的全身状态如何？"

"状态良好。"

她暂时沉默一会儿，继续说道。

"这样还不做手术的话，岂不是犯罪吗？"

真是无懈可击的推论逻辑。若整理一下现有信息，便可明确发现根本没有选择的余地。

"接下来的部分就不是医学上的问题了，要看病患和家属怎么决定，这应该是你最擅长的领域吧？没必要问我。"

"我擅长的领域？"

"也就是说现在不是医学的问题，而是哲学的问题。"

我不禁有点恼怒。

"我的职业是医生，不是哲学家。"

"啊啊，对喔！抱歉啊，因为你拿那种太显而易见的事情来问我，我有点混淆了。"

她左颊浮现微微笑意说道。一如往常地毫不留情。她的不留情并不会令人心生不快。即使语气残酷、极尽讽刺之能事，但这个人总是正面迎击、绝不逃避。永远将最完善的医疗摆在无可动摇的知识与逻辑之前。

也就是说，身为一名医生，我远不及这个人。

小幡医生一边兴味盎然地望着沉思的我，一边问："吃吗？"并从抽屉里拿出苹果。

"不，比起'信浓 SWEET'，我比较喜欢'秋映'。"

"哎呀，你对苹果的鉴别诊断倒是进步不少嘛。"

"多亏指导医生热忱的教导。"

略带讽刺的话里，包含我真诚无伪的感谢，向她行了个礼。

正想直接退出职员室时，我的眼睛对上小幡医生意味深长的视线，因此停下脚步。

"怎么了？"

"关于外村小姐的事情，你没有话要说吗？"

聪明灵活的眼神中，隐约有着想要打听消息的气息。

"当然不可能什么也没有。关于那件事，我可是完全站在外村小姐那边。"

"可是平常嘴上不饶人的栗原你什么也没说。之前明明还那样跑来跟我开天窗说亮话的。"

出乎意料，她或许有点在意。

我稍微思考一下，静静开口说道。

"医生你到先前为止，不管有什么理由，不曾拒绝替病患看诊。你帮酗酒的成瘾症病人打了点滴，病患吐血，你也下达输血的指示。但是这次不同。你竟然看也没看，就叫表明有胃痛的病人回家。这么做，打从一开始就没有议论的余地。"

"你的意思是，就算对方是便利商店看诊的病患，我也应该竭尽全力？"

"没有诊察过，怎么知道对方是不是便利商店看诊。"

小幡医生仿佛被击中弱点般，睁大眼睛。

"你说过，如果是真心诚意面对生命的病患，你随时都愿意尽全力帮助他们。但是这次在我看来，你连判断的基准都没有便做出决定。"

"……"

"不管你拥有多少优秀的知识和技术，若不诊察病人，你那些能力根本无处发挥。我真的觉得很遗憾。"

小幡医生单手拿着吃到一半的苹果，若有所思地眯起眼半晌，最终将手轻轻放在眼旁，以沉稳的声音回答我。

"这次你真的……应该说，外村小姐说得或许没错。"

出乎意料，我得到了坦率的回答。

"我想我大概累积太多疲劳了。"

她切掉屏幕电源，舒适轻松地将背靠在椅子上，自言自语般说道。看着她的侧面，我突然发现了。

小幡医生的眼里飘荡着平常不见的疲劳感。我重新仔细观察，只见她束起的头发略显凌乱，脸颊似乎也消瘦些。

"你没睡觉吗？"

"论文写得正顺手的重要时刻，病房竟也乱成一团。因为两边都很重要，无法延后处理，所以就顾不了用餐和睡眠了。"

这样的逻辑未免太乱来了。

"不过我把自己搞成这样，还要你来担心我，看来是本末倒置了。这么一来，我欺负你时，也会变得没有说服力呢！"

"如果你有那种闲工夫耗费力气欺负学弟，应该把时间拿去用餐和睡觉才对。你的脸色很糟糕。"

"栗原，你不应该对女性说那种话。"

虽然她听得目瞪口呆，但似乎还有点在意那句话，她抚摸着没有血色的脸颊。

"不过，我会稍微注意的。我从没想过要讨人喜欢，但无法忍受被人批评为无能。"

几乎可说是冷静无情却威严十足的一句话。

我吞下对她的担心挂虑，取而代之的是郑重其事地告诉她。

"知道看起来所向无敌的医生，你也有不擅长的领域，我觉得安心多了。"

"不擅长的领域？"

"就是'良心'这块领域。"

小幡医生挑动一边眉毛。

"我在医学上和逻辑上都远不及你，但就良心的领域而言，我懂得好像比你多。"

"你真敢讲耶。"

她从容不迫的笑容中不禁掺杂一丝苦笑。

"既然都说得这么难听了，我就顺便再补一句，你应该尽早跟外村小姐和解才对。为了有效率执行急诊的工作，并确保充分的时间执笔撰写论文，我认为这是最合逻辑的结论。"

"你知道吗？栗原，脑袋太灵活的学弟，有时还蛮令人不爽的。"

"这句话达到了敝人想要的效果，敝人喜出望外。"

我失望地响应，这次小幡医生发出了小小的笑声。

那是无防备、极为自然的笑声。

胰头十二指肠切除术。

那是岛内爷爷需要接受的手术术式。

不仅胰头，还得大范围切除掉半个胃、十二指肠、胆管、胆囊，并重建这些部位才可以。在消化外科的手术中，也可算是重大手术之一。

"也就是说，诊断结果是癌症没错吧？"

岛内爷爷沉稳的声音响彻会议室。

我将视线从 CT 影像移至老先生身上，平静但明确地点头。

"我们的诊断是胰脏癌。但现阶段来说，是有可能完全清除癌细胞的胰脏癌。"

"所以你们是在告诉我这个老人，要我接受手术啰？"

岛内爷爷眯起白眉下的双眼，露出若有所思的表情。

他身旁的孙子岛内贤二则一脸凝重、沉默不语。

小心起见，在我们谈这件事之前，我已经先将祖父的病情告诉他了。

当我告诉他"是胰脏癌"时，岛内贤二的反应真是令人不忍卒睹。

原本便略显苍白的脸上顿失血色，甚至让人担心他是否会昏倒。但他还是故作镇定，以坚强的态度听完我的话，努力以颤抖的声音清晰地响应手术的说明。

"我爷爷承受得了那么大的手术吗？"

他以略显迫切的语气认真地说出一字一句。

"我很开心医生你替我爷爷考虑那么多，但我反对他接受那种孤注一掷的手术。治病固然重要，但我认为爷爷充满活力地活着也很重要。我说的话很奇怪吗？"

"不奇怪，但是……"

我尽量维持着平淡的语气，但我对他说了一句残酷的话。

"胰脏癌如果置之不理，大概只剩不到半年可活。"

"半年……"

孙子的反应只有无言以对。

"即使是我，也不知道什么是正确答案。要判断是否该动手术极为困难。但正因为如此，所以我认为应该向爷爷说明一切，并一起思考如何解决。"

我并没有否定"什么也不告知本人、在一旁默默守护着他"这个选项。实际上在某些情况下，经过深思熟虑后，我也会那么做。但这次不应该如此。并不光只是因为岛内爷爷还很健康。

我琢磨即将说出口的词汇，继续说道。

"我认为至少没必要让你一个人背负责任，做出如此重大的决定。"

青年贤二困惑地看着我。

"正因为责任重大，所以我觉得你跟爷爷两人一起承担，不是更好吗？"

或许是我的错觉，青年紧绷的脸看起来似乎稍微放松些。

经过半晌，青年静静地点头同意。

"医生，不能别动手术，吃药治疗就好吗？"

老人丝毫不受影响，以平静的声音问我。

真不愧是见过大风大浪的人。岛内爷爷即使看见"癌"这个字，也未露出一丝动摇。

"胰脏癌的化学治疗效果不好。况且可能在使用抗癌药物的期间，病况就演变至无法手术的程度。"

"也就是说，如果要动手术就只剩现在了，是吗？"

我默默地点头。

一旁的青年贤二仿佛在忍受着什么似的，一脸苍白地专注望着祖父的侧脸。

"如果不动手术，身体撑不了太久。但手术也有风险，说不定更危险。"

老人轻闭上双眼，如念经般低声说道。

"这可是相当困难的抉择啊，医生。"

沉默半晌后，老人睁开眼睛，带着微微笑意说。

"可以给我一点时间考虑一下吗？"

我只能点头响应他那轻柔的声音。

没有正确答案。

这就是医疗最困难的地方。

对八十二岁的老人进行大手术，是否会有好结果？谁也不得而知。

做出决断的是人，但那之后就是神明的领域了。然而在将生命交予神明之前，尽一切努力抢救生命则是医生的领域。

我一边对这无法得出结论的难题叹气，一边按下自动贩卖机的按键。

听见"喀锵"一声巨响，我不禁吓了一跳，转头环顾四周，但深夜的医院走廊空无一人。就算真有人在，我也不是在做什么坏事，用不着紧张。简单来说，我只是精神疲劳罢了。

我再次叹口气，捞起罐装咖啡，坐在一旁的椅子上。

向岛内爷爷说明病况后，我便去巡视永无止境的病房和输入电子病历，直到刚刚才结束。时刻将近午夜，日期即将改变。窗外洒进蓝白色月光，在静谧无声的走廊刻画出规律的几何学图样、描绘出宛如抽象画的世界。

"徒重理智易生冲突，感情用事反害己身。"

我突然想起这句话。

这样的夜晚，能抚慰我日积月累的疲劳和空腹感，不是索然无味的罐装咖啡，而是《草枕》的金玉良言。

无论我竭尽多少理智，再怎么感情用事，甚至是坚持己见、一意孤行，但还是"总之难在人世安住"。

写下这些名句的漱石，也是明知人世难以安住但依旧默默继续向前迈进的其中一名行人。就连明治时代的大文豪都能如此脚踏实地、不惜努力了，我一介信州的内科医生岂能哭丧脸净说些泄气话。

我鼓舞自己仅存的气力，干了罐装咖啡，站起身。

踏着月光描绘的几何图样穿过走廊，来到灯光熄灭的门诊大厅。正打算爬上通往医务办公室的阶梯时，感受到背后隐约有人的气息，于是我停下脚步。

我回头一看，是让人不禁觉得白天的喧嚣仿佛全是假象般静谧的门诊大厅。

月光穿透一直顶至挑高天花板的落地窗玻璃洒落一地，整座大厅仿佛清澈的水底般洒满蓝色光芒。

我轻轻眯起眼。

整齐罗列的门诊沙发一隅，有个小小的人影，那个人下巴靠在拐杖上，动也不动地仰望窗外的夜空。整齐的两列沙发和洒落一地的月光，以及挂着拐杖坐在角落、动也不动的老人。

眼前这幅画面的肃穆庄严，让人想到在教堂中诚心祈祷的虔诚信徒。

我不禁往前踏出一步，门诊大厅响起大得出奇的脚步声。

对方慢慢转头看向身后。

"哎呀，原来是医生啊！"

正如我预期，以厚实深沉的嗓音说出这句话并露出微笑的是岛内爷爷。

"工作到这么晚，辛苦你了。"

轻柔的声音响彻幻想的教堂。

"你睡不着吗？"

"不是，我只是莫名地受到月夜吸引才出来的。"

他缓缓将视线转回玻璃窗另一边的夜空。

"我不是因为舍不得这条老命，所以才不睡觉。老实说，活到这把年纪，就连想要再活久一点的念头也没有了。"

他对往他旁边坐下的我露出微笑，继续说道。

"更何况我长年以来过着黑道人生，给别人添了不少麻烦。我现在只能好好思考，对身边的人而言究竟什么才是最好的选择。"

"最好的选择吗？"

"如果我再活久一点，事情可以圆满收场，那当然很好。但如果我早点死就不会给人造成麻烦，那也很好。就是这么回事。"

他淡然说出这些话。

我心中只有困惑，也可说是惊讶。

岛内爷爷很烦恼。

但他烦恼的不是该怎么做才能活下去，而是在烦恼着该继续活在人世还是从容赴死。我不断思考他究竟进行手术才能活命，还是放弃手术才能活命？但老人从一开始便站在我思考的范围外。

"我唯一担心的是我孙子。"

他似乎未感受到我的困惑，老人露出苦笑并叹息。

"我孙子总是舍不得离开我这老头。他一定也给你添了不少麻烦吧？"

突如其来的偷袭。我虽然有些仓皇失措，但还是连忙回答看起来有点兴致盎然的岛内爷爷。

"我不记得他给我添过什么麻烦。反倒是你那位现在已经很少见的孝顺孙子，他处处为你着想，让只知道医疗的我反思不少。"

"他是个很善良体贴的孩子。"

老人微笑，对我的回答置若罔闻，他继续说道。

"他很小时就父母双亡。当时我还过着乱七八糟的生活，为了养育那孩子，下定决心金盆洗手。多亏我当时下了这个决定，现在他把我这个没什么出息的老人看得比父母还重，对我嘘寒问暖、无微不至。为了那么可爱的孙子，我当然想要再活久一点，但一想到贤二也已经超过二十岁了，我认为必须让他离开我这个老头才行。"

蓝色月光照亮结结巴巴说着话的老人侧脸。

世上的家属形形色色。

有的家属将高龄病人交给医院，很少来探病。但偶尔来露个面还算是好的，想跟家属讨论出院事宜，却联络不到人的例子也不少。

相较之下，岛内祖孙的关系给人些许奇妙的感觉，或可说是惹人喜爱。

"试着努力活下去也很好,不是吗?"

我几乎下意识地脱口而出的话,让岛内爷爷转过头来。

"如果你真的为令孙着想,就应该选择让自己活命的道路,不是吗?即使那条路崎岖险恶,不,我认为道路越是崎岖险恶越能让你选择了那条路的事实,在将来某一天会变成鼓励令孙的动力。"

老人睁大他的小眼睛凝视我。

然后他在沉默中,将手放在瘦骨嶙峋的脸颊上思索着。

"医生,你真是个怪人啊!"

老人说,浮现温柔的微笑。

"我还以为听我说了这些话,你会不高兴地径自深思,没想到你竟然把我这个没用的老头当成家人般,陪我一起烦恼。"

"对我而言最重要的事,不是岛内爷爷是不是没用的老人,而是你的病治不治得好。应该不用我多说吧。"

我停顿一下,继续说道。

"不管你背后有没有龙,胰脏癌的治疗是不会改变的。"

虽然想了很久,但我说出口的这句话,极为老套。

我还是老样子,越是重要时刻越说不出中听的话。我在心中叹息着"伤脑筋啊"时,突然瞧见身旁老人细瘦的肩膀微微晃动。正当我心想"哎呀"时,岛内爷爷似乎再也按捺不住,发出笑声。

"你这年轻人……不对,失礼了,医生你实在是个有趣快活的人。"

"比起被人评为'不快'，还是'快活'来得好，但是话说回来……"

"不，请别误会。我并不是在看好戏。事实上，我现在开心得不得了啊！"

"开心？"

"没错，开心！"

在月光渐亮下，老人愉快地笑着。

"治疗不会因为背后的龙而改变。原来如此，这实在是……"

话音中断，他发出"啊哈哈"的笑声。

笑声消失后，他伸出瘦骨嶙峋的手到我眼前。

"我可以拜托你为我进行手术吗？医生。"

中气十足的声音。

"我现在想再加把劲努力看看。栗原医生，你愿意助我这任性的老人一臂之力吗？"

他以清澈的眼睛凝视着我。

那与其说是老人的眼睛，更接近少年的眼神。至少不是打算从人生舞台退场的病人会有的眼神。

我轻轻握住他细瘦的手，他回握我的手强而有力。

"明天，我把你介绍给外科。"

我特意鼓足气力回答他。

次郎是个很忙碌的人。

原本就忙碌不堪的他，因为突如其来的人事异动，更是忙得团团转。

住院病患的交接就不用说了，还得向定期门诊病患一一说明。待四月新年度后，将会派遣新的医生来代替他，但一月到三月的期间，外科医生将会是少一个人的状态。相较于内科，外科人才济济，然而绝不可忽视体格、体力和工作量都比常人大上许多的次郎离开会带来的影响。

"一止，你说的是八十二岁的胰脏癌，对吧？"

夜晚的医务办公室里照例响起足以引发头痛的巨大音量。

我边咋舌边从电子病历中抬起头，原本怒气冲冲的气势减弱些。

因为我看见穿着便服的次郎，双手抱着巨大的瓦楞纸箱从里面走出来。

"我在准备搬家。得先把四年份的行李整理好才行。"

他发出"嘿咻"的声音放下瓦楞纸箱，接着拭去额头上的汗水。

通路一角已杂乱地堆着他先前搬出来的五六个瓦楞纸箱。他在一旁歪着头、以毛巾擦拭汗水的模样，宛如年轻的木匠工头，看起来像幅画。至少眼前这幅景色比他穿着白袍在院内四处走动的模样来得自然。

"学会刊物和书面文件多到跟山一样，光是要把那些搬出来就很累人。"

"你们外科的消息真灵通！我今天才刚把岛内爷爷转给门诊而已。"

"因为 PD（胰头十二指肠切除术）的手术件数就不多啊。这么大的手术，件数会变成测定医院外科实力的一项指标。也就是所谓的明星手术啊！"

他再次"嘿咻"一声抱起先前放下的瓦楞纸箱，堆到旁边的箱子上。

"而且还得先通知手术室才行，因为那么大的手术需要相当的准备。何况病人已经八十二岁了吧？"

"他年纪虽大，却老当益壮。"

"好像是吧。我听说他背后有一条龙的刺青，是个很危险的老爷爷吗？"

"那是往事了。你见了他就知道，我倒觉得他仙风道骨。"

次郎笑着响应"是喔"，接着坐到沙发上，但不知为何他看起来非常浮躁。

"怎样，被水无小姐甩了吗？"

对于我没特别意义说出的玩笑话，次郎的反应跟平常不同。他若有所思地回答。

"岛内先生的 PD 已经决定由我主刀了。"

我停下输入病历表的手。

想了两次刚才听到的话，接着转头看向壮汉。

"据说是我离开本庄医院的毕业考。刚才甘利医生联络我，要我展现在本庄担任消化外科医生一路走来的成果。"

他说的甘利医生，是外科部长。

那是不输次郎的黝黑肌肤、体格壮硕的医生。沉默寡言。偶尔会看见他在医院后面抽烟的模样，但他威严十足，给人的感觉像是身经百战的勇猛战士。

和超然物外、使用仙术的大狸医生正好相反，他对医疗那种不动如山的态度也是如此。

"你负责 PD 吗？"

"别露出那么担心的表情，害我也跟着紧张了。"

和他正面相视，我这才瞥见他不寻常的紧张神情。

这个男人就像以单细胞包裹着无忧无虑，送进烤箱烤得金黄酥脆，再淋上乐天派糖浆的超甜点心，现在的他的确散发出一股又咸又辣的紧张感。

"八十二岁的确是高龄，但他的心肺机能都相当良好。虽然他以前很爱喝酒，不过已经戒掉了。体格也算精瘦，上头要我试试看。"

次郎以比平常更快的速度说完那些话后，站起身到后面的厨房泡咖啡。

他在杯子里加入大量的咖啡粉和砂糖，也就是跟平常一样的"砂山特调"；但换成平常的话，即使我拒绝，他也一定会泡一杯我的份，然而今天他只拿着一杯回来。

"PD 手术对于腹部外科而言，可算是登龙门。我知道机会迟早会来，但没想到会那么快就让我主刀。手术日是平安夜。"

我没说出"那你就不能跟水无小姐约会了"这句话。

对老友而言，这是一场试炼。

内科的我虽然无法想象，但看着他的侧脸便能明白。他发出噪音整理办公桌，或许是为了分散内心的烦躁。

次郎注意到我默默看着他的视线后，露出伤脑筋的表情，

"所以就叫你别露出那么担心的表情嘛。"

"我才不担心你咧。"

面对特意清楚响应的我，次郎反而一脸困惑。

"甘利医生既然敢把手术交给你，就表示他相信你吧？所以我完全不担心。你最好把他的癌细胞清除干净，让他长命百岁。"

次郎响应"知道了"，用力点点头。

我将视线转回电子病历上，但由于背后变安静了，于是我回头看。

次郎坐在沙发上，看着眼前的办公桌，似乎在深思。或许他已经在脑中进行胰头十二指肠切除术了。

一声"麻烦大家了"后，拿起手术刀切开腹部中央。划下一刀后，换成电子手术刀，依序经过皮下脂肪、肌肉、腹膜前进，便抵达腹腔内部。当然重头戏接下来才要开始。

次郎单手拿着咖啡杯沉默不语，依照脑海里描绘的顺序一一进行。

我悄悄站起，以免打断老友脑中的手术。

次郎似乎连眼睛都忘了眨，动也不动地坐着。

最高气温在零度以下的日子持续着。

松本这片土地虽然夜间严寒，但白天气温会上升，因此如此寒冷天气持续实属少见。

有时白天阳光高照，但气温依旧只有零下两三度。堆在人行道两旁的雪因阳光照耀反射出刺眼光芒，完全没融化。雪被行人踩踏变硬转化成冰，反复之下使厚度增加，让反射的阳光变得更炫目。

即使如此，与温度跌破零下十度的早晨或夜间相较，白天的零下两度还算好，至少还可算是"寒冷"。一旦气温跌破零下两位数，变会由"寒冷"转变为"疼痛"，因此觉得冷还算值得感激。

在严寒的室外，我从本庄医院搭乘出租车前往位于松本市西方郊外的"干诊所"。每个月有一两天到那里帮忙照胃镜是我的工作之一。一想到本庄医院充满杀伐之气的忙碌生活，来到悠闲气氛的诊所进行检查可以转换心情，别有一番乐趣。

"喔，小栗子，好久不见。"

看准病人预约的胃镜检查结束时间，大声出来迎接我的是院长乾医生。粗得像毛毛虫一样的眉毛、叼着烟、口操关西腔的他，总是给人强烈的冲击。

他原本在本庄医院担任外科部长，和内科部长大狸医生互助合作，是长年以来支撑着地狱战场本庄的重要人物，也是唯一敢当着大狸医生的面称呼他"内科的大狸"的人，不过大狸医生也给他取了"外科的河马老大"的绰号。

他原本已经爬上副院长宝座，却在两年前突然将外科部长的位置让给学弟甘利医生，选择在这间诊所落脚。

"怎样，要不要喝杯咖啡再走？"

他边说边以粗壮的手臂向我招手，带我走进医院后头的院长室。

"今天是砂山进行 PD 的日子吧？"

走在我前面的河马老大大声问道。

"您消息真灵通啊！"

"之前甘利那位大叔打过电话给我。他说阿砂回大学之前，想要给他立功的机会。但又担心行医第六年就动 PD 会不会太操之过急。"

甘利医生虽有猛将风范，但绝非横冲直撞的人。反倒是很慎重的人。当他迷惘无法抉择时，绝不自负好胜，找河马老大商量是从以前就不变的情况。

"您怎么回答？"

"我不知道。"

"什么？"

"我跟他说我不知道。"

"哈哈哈！"他大声笑着。

"因为我只看过实习医生时期的砂山主刀的阑尾炎。他现在技术如何，我也没看过，所以我就回答甘利：'那种事我哪知道啊！'"

真是个粗鲁的人。虽然粗鲁，但声音很温暖。

"不过呢，"他回头看我，继续说道，"我告诉他：'我和你还是实习医生的时候，不是就已经切过胃了吗？'结果他竟然就擅自理出结论了。"

现在的时代已经跟河马老大医生和甘利医生当时不同了。虽然时代不同，但为医界着想的心是相同的。

重要的是，任何一名指导医生都是面带笑容的同时冒着冷汗，战战兢兢地培育后生晚辈。

如此主张的我也一样，我从大狸医生那里接受过的每一项指导，都有无法言喻的重量。虽说有重量，但真正的重量或许得经过岁月洗礼后才能体会吧。

"对了，小栗子。"

河马老大突如其来的低沉嗓音，将我从记忆中拉回来。

"你们内科不是也很辛苦吗？大狸之前跟我说了。他说好不容易找来的女医生做事胡来一通。他还叹气说医生都是些怪胎，很难应付。"

怪胎代表选手都这么讲了，我还能说什么。

我边以苦笑响应边踏进院长室，发现里头已有访客，于是停下脚步。一名身材高挑的女子悠然自得地坐在比想象中来得大的院长室沙发上。她叼着香烟，看到我未露惊讶，只是耸耸肩。

我轻轻以手按着额头问道。

"外村小姐，你在这种地方干什么啊？"

白烟冉冉升空。

"抽烟。"

她回应我一句再明白不过的话。

仿佛要盖过她柔美声音似的，我身后的河马老大对着护士大喊：
"喂，再拿一杯咖啡来给小栗子。"

"原来你的流感是出了本庄医院就不会传染的疾病啊!"

我在外村小姐对面坐下，忍不住讽刺了她一句。

外村小姐只挑起一边眉毛，再次呼出一口烟。气味跟平常不同，因为她抽的不是 Philip Morris 香烟，而是跟河马老大借来的 Peace 长烟吧。

"我今天正好退烧了。"

"竟然用才刚退烧的喉咙抽烟，这么轻率的处理实在不像经验老练的护士长会做的事。"

"我想再弄伤喉咙，好延后回去上班的日子。"

"急诊处的护士都一心期待你回工作岗位……"

我稍微压低声音并皱眉，外村小姐见状也只好收起轻浮的语气。

"开玩笑的。医生你不适合可怕的表情。"

"外村说得对。小栗子，别装出那种不悦的表情啦!"

河马老大也点了 Peace 长烟，一屁股坐在沙发旁的椅子上。受河马老大教训，我不得不收起拉下的臭脸。但是，"外村小姐你为什么会在这里?"

"来透透气。"

回答的是河马老大。

"外村是从以前就跟我一起在本庄工作的战友。她累的时候，偶尔会来我这里透透气，转换心情。"

听他这么说，我就懂了。

在我成为医学系学生之前，乾医生和外村小姐就已经在本庄工作了。现在虽然职场不同，但他们一起工作的时间恐怕将近二十年。

"再说乾医生开诊所时，带走很多老同事或学姐，所以对我而言，待在这里还比较自在。"

"所以很多留在本庄的老同事都说我这里像避难寺庙。"

将诊所比喻为避难寺庙，这可真是奇特的组合。

"最近除了外村之外，还有很多人来过这里。"

"我并不是因为喜欢才来的。"

"别摆出一副哀怨的表情嘛。所以当初我开诊所时，不是也问过你要不要一起过来的吗？比起在本庄四处奔走，这里的工作也轻松多了。"

"我不是为了轻松工作才成为护士的。"

她轻呼出一口烟，接着将变短的 Peace 香烟捻熄在烟灰缸。捻熄香烟的手立刻去拿放在旁边的 Peace 烟盒，但烟盒已经空了。

"喔，你今天也抽得这么凶。反正你难得来一趟，我去多买一些给你吧！"

听见这样的话，外村小姐不禁也慌了，但河马老大发出沙哑的笑声已走出去。

留在院长室的只有 Peace 香烟和微妙的沉默。

"真意外……"

我缓缓开口。

"外村，原来大家都很爱你啊！"

"'意外'这两个字是多余的。"

她轻叹气，拿起桌上的咖啡杯。

"医生，我先把话跟你说清楚。我是真的得了流感，也是真的今天早上才退烧的。因为最近忙得团团转，所以免疫力降低了。我预定明天就会回去工作。"

"太好了。在没有你的急诊处工作，就好像要我闭着一只眼照胃镜一样。"

"那什么意思？"

"就是真叫我做的话，我也不是办不到，只不过会很累，而且容易出差错。简单来说，就是别那么做比较好的意思。"

外村小姐露出些许苦笑。

"而且自你请假后，急诊处的气氛实在糟糕透了。"

"那也没办法。谁叫值班医生跟护士长起了冲突。现在想起来，我还是火大。"

"你区区一个护士，能不能别插嘴干涉医生的判断！"

我想起小幡医生的失言。

"小幡医生的发言有点超过限度了。如果你不生气，其他护士也不会善罢甘休吧？"

"我气的不是小幡医生。"外村小姐的视线落在咖啡杯上，"我气的是因为那点小事就失去理智的自己。"

对于她这个意外的回答，我只能沉默地看着她。

"我想你们当医生的一定也很辛苦，有很多事要忙。但处理你们交代的所有事之外，负责维持现场运作，则是护士长的工作。那些事我明明都知道，但还是忍不住对小幡医生发火的自己生气。"

"结果，"她又深深叹口气说道，"我对自己的不成熟感到非常失望。"

她的自我评价过于严格。但正因为她如此严于律己，才会造就现在的她吧。轮不到我发表任何浅薄的评论。

"啊啊，要是我当初也当上医生，就不用烦恼这种事情了……"

我反倒对她无意中脱口而出的怨言大感惊讶。

"外村小姐，你本来想当医生吗？"

"那是我高中时的目标。但要进医学院，英文、数学、语文、理化和史地的分数还有点不够。"

"小心起见，我还是问清楚你什么东西够好了……"

"决心！"

外村小姐爽快地回答，接着仰望烟雾冉冉上升的天花板。

她巧妙岔开话题，害我气势重挫，但我突然想到外村小姐和小幡医生几乎是同时代的女性。

年龄、性别皆同，但一个是医生，一个是护士，立场完全相反。如果外村小姐曾立志要成为医生，她眼里的小幡医生或许有不同的意义。

"不过，钻牛角尖实在不像我的风格。六根清净，六根清净。"

外村小姐突然念起经，并喝干杯里的咖啡。

看着她的我，有了别的想法。

如果外村小姐成了医生，在临床医疗的现场一定很具存在感吧。但是，正因为她是急诊处的护士长，所以才有很多人能在那极其恶劣的环境中坚持住，继续工作下去，这也是事实。别的不谈，我就是如此。我对她的感谢油然而生，只可惜无法轻易化为言语说出口。

因此我只能心怀感谢地补上这句话。

"请你快点回来吧！一直单眼操作胃镜实在累死人了。"

外村小姐看我一眼，露出微笑。

外头传来河马老大的笑声，瞬间冲掉我们短暂的沉默。墙壁另一边的笑声随着门扉敞开传进室内。

"外村，有客人。"

乾医生从口袋中取出他特地买回来的 Philip Morris 香烟，同时说道。

我和外村小姐转过头，正好看见前方有一名身材高挑的壮年男性走进来。

我低呼一声"啊"，和对方发现我并轻轻睁大眼睛，几乎是同时。

"真是稀客，本庄医院急诊处什么时候移师到乾诊所了？"

那是松本广域救护队的后藤队长。

我只看过他穿救护队制服的模样，后藤队长今天穿着鲜亮的黄色毛衣，笑容满面地站在面前。

外村小姐敏捷地单手接下河马老大医生抛过来的香烟盒，并以毫不客套的口气欢迎他。

"后藤先生，辛苦了，你也不简单，竟然知道我在这里。"

"我昨晚送病人去急诊处时，听说你请病假。既然如此，你会去的地方也就只剩这里了吧！"

"我很想反驳你，不过……"

"但我还真没想到招人的栗原医生也在这里。我看我还是趁自己被卷入骚动前，赶快退场比较好。"

"我也想反驳，可以吗？"

我忍不住插嘴，后藤队长愉快地微笑响应我。

"医生只是来兼差的。救护车不会追他追到这里的，所以你不用担心，队长大人。"

"那就好，不过看到医生的脸，就觉得仿佛听到警铃声，真伤脑筋啊！一定是职业病吧！"

"那只是耳鸣吧？后藤先生，你年纪也不小了。"

"这次轮到我反驳了。"

"抱歉，我得了流感身体不舒服，所以听不清楚。"

我们你一言我一语地轻松地聊着。

河马老大医生朝走廊大喊："喂，再送一杯咖啡过来给后藤老弟吧！"

不知不觉中，乾医生、外村护士长和后藤队长等地方医疗的老面孔，在院长室里围着桌子坐。

"所以内科那个姓小幡的女医生到底怎样？我听说她是大狸以前的学生，但是敢惹外村生气，一定是相当了不起的英雄豪杰吧？"

"就我所知，"后藤队长说道，"她是个待人非常和善的医生。对救护车的应对态度也不差，而且是个美女。"

"男人真的没有看女人的眼光耶！你们眼前明明就有这样的美女，却老是把目光飘向那个奇怪的女医生……"

"我可是站在你这边的喔！随时欢迎你来我们诊所……"

"我应该说过我不是为了轻松工作才当护士的，乾医生。"

外村瞪了乾医生一眼，后藤队长则继续稳重地说道，"乾医生，您随便挖她走，我会很伤脑筋的。如果外村小姐换来这里工作，救护车不就无处可去了吗？因为本庄医院的急诊处是外村小姐在管的。"

"哎呀，后藤先生你竟然这么会说话。"

"因为我的救护车总是朝着外村护士长而去啊。"

他那毫不害臊的话让我差点露出苦笑，但我忍住笑，因为我感受到后藤队长的话中似乎隐含某种奇妙的热情。

我正觉得奇怪，转动视线，看见外村小姐难得露出些许困惑。相对的，后藤队长依旧维持沉稳的笑容，凝视着外村小姐。

在短暂复杂难解的沉默后，外村小姐呼出 Philip Morris 的白烟。

"轻薄队长，你还真敢说呢！"

"我真意外，你居然说我轻薄。我的座右铭可是'于公于私都应该真挚以对'喔！"

表情复杂的外村和笑容满面的后藤队长之间，仿佛有肉眼看不见的东西往来。

我正想着"原来后藤先生还是单身啊"时，河马老大医生偷偷在我耳边低语。

“避难寺庙可以看见很多有趣的东西，你说对不对？”

河马老大医生“嘻嘻”笑了两声，立刻又摆出一副若无其事的表情，叼起他最喜欢的 Peace 长烟。

总之我沉默不语喝咖啡。但杯子早就空了。我倾斜早就没有咖啡的杯子，眺望着眼前早已年过四十的队长和即将步入四十的护士长。

而立之年的三十也不简单，但果然还是远不及不惑之年的四十岁。正因为有这些前辈展现充满魅力的模样，所以才有踏实工作度过每一天的价值。

“不可心急。谨记，像牛一样，厚着脸皮前进才是最重要的。”

我想起这句有名的佳句，然后依旧倾斜着空荡荡的咖啡杯，交互看着笑容满面的队长和叼着烟的护士长。

我从乾诊所回到本庄医院，已是太阳西下的傍晚时分了。

我回到医务办公室拿白袍，便直奔手术室。是为了确认岛内爷爷的手术经过。

我走到平常没机会涉足的手术室柜台询问护士，才知道手术还在进行中。

已过下午四点，表示手术已进行四个小时了。

手术依照预定时间进行吗？手术时间延长了吗？发生了什么事？手术顺利吗？我脑中不断浮现疑问，但我知道我不能打破砂锅问到底。考虑一会儿后，我在更衣室换上手术服，踏进不熟悉的手术区。我在入口的监控屏幕确认手术室，穿过充满清净空气的走廊，抵达我的目的地。我从金属门上的小窗往内瞧，看见包含次郎在内的外科医生们进行手术时心无旁骛的模样。

我来这里并无特别目的，只是受到双脚和内心驱使才走进来。

门的另一边是外科的领域。

那是手中没手术刀的内科医生完全无能为力的领域，但也不能因无能为力而故意兴风作浪。

外科和内科可说是马车的左右两轮，也可说是人类的双脚。右脚前进时，左脚就应该站稳地面。如果次郎前进，我就该默默停留。

我将心中的不安、期待及各种情绪按入白袍口袋中，背倚靠在厚实的金属门上。

再次换好衣服走出走廊时，我停下脚步，因为我看见岛内贤二坐在手术室前的长凳上，双手合十，专心祈祷。

"医生。"青年略显客气地叫我，同时站起身向我行个礼。我看向他那试着掩饰疲劳的直率眼神。

"医生，我爷爷有救吗？"

难以回答的问题，但我还是鼓起勇气响应。

"本庄的外科是最棒的团队。"

青年什么也没说，只是再次深深鞠躬。

傍晚六点。

结束巡房、回到医务办公室，环视室内，轻叹一口气。包括次郎，所有外科医生都不见踪影。

手术似乎还没结束。

"喔,小栗子,你辛苦了!"发出粗厚声音的是正看着电子病历的大狸医生。平常这时间他应该忙着开会或聚会,因此他坐在医务办公室里打开病历表研究,可说非常罕见。

拜他右手上那颗吃到一半的鲜红苹果所赐,眼前的奇景显得更怪异。托小幡医生的福,啃苹果的奇异行为似乎正流行。附带一提,前几天随处可见黄色的"信浓 Gold"泛滥,现在又流行回红色的。苹果似乎也有相当多不同的种类。

"砂山的 PD(胰头十二指肠切除术)情况怎样?"

他云淡风轻的口气中似乎隐含着担忧。

"我四点多去手术室时,手术还没要结束的样子。之后的手术经过我不清楚,不过'手术中'的灯还亮着。"

大狸医生低声说着"这样啊",以两根食指咔嗒咔嗒地输入电子病历。我朝屏幕偷看了一眼,结果大吃一惊。

"ICU 里有病患吗?"

ICU 即 Intensive Care Unit,也就是加护病房的略称。病房内管理病情极度严重的病患,因此主治医生的负担也相当大。甚至有时只要 ICU 里有一名病人,就会忙碌到几乎造成其他医疗业务停滞。我没听说大狸医生手上有重症病患的事情。

"她不是我的病人。"

大狸医生仿佛解读出我的疑问,他点击屏幕上方,叫出主治医生的名字。

"是小幡医生吗？"

"怎样，小栗子，你不知道啊？就是之前小幡做的二十八岁ERCP病患。她因为ERCP术后胰脏炎，一直住在ICU里喔。"

我又吓了一大跳。

这名二十八岁女性接受ERCP已是两个礼拜前的事了。处理过程只花了约十五分钟，没什么特别的问题，应该是顺利结束了。

"就算处理没问题也会发病，这就是ERCP术后胰脏炎恐怖的地方。不管是要开刀还是安装支架，会中奖的时候就会中奖。"

"她情况严重吗？"

"情况轻微就不会住进ICU了。"

大狸医生回答，接着咬了一口右手的苹果。

"看样子，小幡那家伙什么也没跟你说？"

"我完全不知道。她从两周前开始就一直独自管理ICU吗？"

"因为我们内科人手不足，没办法两个人一起看顾病人啊。"

他淡然说出的这句话，反而在我心里重重回响。

也就是说，小幡医生除了管理ICU的重症病患，还必须负责门诊和内镜检查、进行夜间值班，然后还得撰写论文。

几乎已超越人类的领域。

"病人状况很危险吗？"

"还好，胰脏炎已经稳定下来了。尿量不错，胸水也抽出来了。剩下的只有感染，不过她三不五时还会发高烧，所以不能大意。还得再加一把劲。"

"但是，"他边说边以左手从白袍口袋里取出贴着"小幡"贴纸的院内 PHS，"超人小幡似乎也因连日连夜的 ICU 管理达到极限。她哭着求我让她今夜休息一晚。"

我突然想起前几天我去找她商量岛内爷爷的事情时，小幡医生那莫名疲惫的模样。原来她说的"病房乱成一片"指的是这回事。

大狸医生发出"嘿咻"一声站起，移向沙发，

"小栗子你也留下来陪我接电话，好不好？ICU 里有重症胰脏炎病患，一个人顾着这里，我觉得好害怕啊。"

"医生，您说的话和表情不一致喔。"

咧嘴一笑的大狸医生边抱怨着"小栗子你好冷淡啊"，边从桌子底下取出将棋盘，自然而然地摆起棋子。

简单来说，就是"陪我下棋"的意思。

我看显示着六点半的挂钟一眼，然后在大狸医生对面坐下。虽说得去巡视病房，但也不是特别紧急的要件。更重要的是次郎的 PD 手术迟迟不结束，我的心情也跟着七上八下。

"小幡给我的贿赂。"

大狸医生一边排列棋子，一边指着堆在一旁的苹果。我默默拿起最红的一颗苹果。

"我让您一着棋吧？"

"小栗子，你这么游刃有余啊？"

"我好歹是将棋社的。"

"那就让我一着吧。"

大狸医生边说道边从我的阵中拿起"飞车"。不仅如此,他移走自己的"王将",把"飞车"升级为"龙"之后,啪的一声下在"王将"原来的位置上。

也就是龙取代了王。

"这是我的'王将'!"

"真是强而有力的王啊!"

"不过,还是比不上将棋社培养出来的'小栗子大王'啊。"

我瞪了他一眼,但其实并不介意,大狸医生露出令人猜不透的笑容,接着移动棋步。

我伸手轻轻按着额头,总之先移动"金将"好组成"橹"。

"小幡医生为什么放弃进入大学医院,去了札幌稻穗医院呢?"

我不在乎大狸医生不断逼近的先锋部队,我巩固防守阵势,稳住声音问道。

我以为自己已经尽量装得若无其事了,但大狸医生暧昧一笑。

"小幡对你说了什么吗?"

"您为什么这么问?"

"因为她刚来这里时,你什么也没问,不是吗?原本不会插手管那些闲事的小栗子,事到如今居然想打听小幡的过去,所以我当然会觉得你们之间有什么隐情啊。"

他还是一样敏锐。

"我得到相当严苛的批评。"

"反正一定又是'你身为医生应有的觉悟不够'之类的吧？"大狸医生大笑说，"真是个伤脑筋的家伙。"

他的手指将自己阵营里的"桂马"大大向前推动。一步坏棋。自毁防守要塞的大狸医生阵营，处处是可攻的空当，然而他的"王将"可以走"飞车"的步法，自由自在纵横往来四面八方，因此没有比这更加难攻的棋阵。

"那家伙进入消化内科时，我还在大学医院担任胆胰组，也就是ERCP组的组长。那时她在亲切温柔又胸襟广阔的上司底下，悠闲地度过实习生活。她本来就是个一板一眼的人，但没有现在那种老是带着刺的感觉，是个非常可爱的实习医生。而且她胸部又大，腿又美，所以上面的医生都很中意她。"

虽然他总是喜欢在认真的谈话中随意加入夸张不实的描述，但这些话只能置若罔闻。我边团团包围进攻而来的"角"，边询问。

"那个深受所有医生喜爱的女医生，突然在第三年辞掉大学医院的工作，去了札幌稻穗医院，我觉得其中必有蹊跷。"

"也是，想想的确很奇怪。"

"是不是发生了什么事？"

"当然是发生了事情啊！"

他随口说道，然后给我暧昧的一瞥。

"你想知道吗？"

我瞬间犹豫了。

"……如果我说不想知道，那是骗人的。"

"不告诉你！"

他不怀好意地笑着。

"如果你想知道的话，直接去问小幡吧！我可不想因为泄漏她的个人信息，而被小幡怀恨在心。"

我无动于衷，没有受他这句故意岔开重点的话影响。如果这种程度就受影响的话，我也就无法在大狸医生下走过这六年的漫长岁月了。

"我会的。"我站起身来，立刻转身走向背后的厨房，准备两人份的咖啡。

"对我而言，最重要的不是小幡医生的过去。重要的是对于小幡医生的批评，我该怎么做。她说过'身为医生，无知便等于罪恶'。我觉得她唤醒了我。"

"个性真认真啊……"

"您是指小幡医生吗？"

"我是指你们两个啦！"

大狸医生以滑稽的笑容迎接拿着两杯咖啡回到沙发上的我。

我默默地将杯子放在嘴上，速溶咖啡极为平淡的苦味在口中扩散。同样是速溶咖啡，次郎泡的难喝到极点，但东西就能冲泡出令人惊艳的味道。"真是不可思议啊！"我自言自语说着不重要的话。

"那家伙其实很老派。"

大狸医生低声说道。

他的手不知不觉中已离开棋盘，他虽然看着棋盘，其实是在看着虚空。

"别看小幡那样，她其实是个极为老派的女人。"

"老派，是吗？"

"她认真觉得要干医生这行，就要有奉献人生的觉悟，也就是所谓的'圣职'。她就好像现在这个年代，在名为医疗诉讼的枪弹四处横飞的战场上，还挥舞着日本刀应战一样。"

虽然是奇妙的比喻方式，但不觉得奇怪或不适宜。大狸医生对这名落伍的武士产生共鸣。不，不只是共鸣。大狸医生也是其中一名武士。而且还是为了实现自己的理想，不断在地区医疗最前线奋战的孤高武士。

"正因为这种无可救药的医疗现场，所以更需要那种人。那家伙手中挥舞的日本刀不分对象杀无赦。如果她认为那个人没有担任医生的资格，即使对手是我，她应该也会毫不客气地朝我砍过来吧。在这片屡战屡败的战场中，有那样的人在，反而让人觉得安心。"

我因为意料之外的话轻轻睁大眼睛，大狸医生一边将手伸向咖啡杯、一边瞄着我，补充一句。

"别跟小幡说我讲过这种话。"

"我才不会说。就算说了，小幡医生也不会相信吧？"

"原来如此，你说得没错。"

他笑着，再次拿起棋盘上的"龙"。

"不过，如果是外面飞进来的枪炮，我可以帮你们挡掉。小栗子你只要走你相信的路就好。只不过欲速则不达，千万别因为急着前进，结果害自己跌倒受重伤。”

最后他云淡风轻地抛出这句话，但慢半拍后震撼了我。就好像烟火的巨响比火光稍慢些才传入耳里，深深地、重重地、隆隆地在心里回响。

想想，大狸医生的战友古狐先生才过世半年。

大狸医生和古狐先生两名巨人携手支撑医疗现场的期间，已超越三十年。也就是我出生前，他们就已经在不断战斗了。古狐先生在那片战场上不仅失去右臂，而是突然失去右半边的身体。

至少他从未显露出巨大的变化，但医生承受的冲击必定大到无法计量。

“飞来枪炮，我可以帮你们挡掉。只不过千万别害自己跌倒受重伤。”

我感受到包含在那短短一句话中某种殷切的心愿。仿佛烟火的残响边还在震撼着空气，边逐渐散去。

短暂的沉默被医务办公室大门敞开的声音打断了。我和大狸医生转过身，但备感疑惑是因为门前站着一位不常见到的人。

“打扰到你们了吗？”

说着这句话走进来的是本庄医院检验科的技术组长松前德郎。他是这所忙碌的医院中一手包办所有检验工作的中央检验室组长，也是年资最久的老组长。看见以右手抚摸着童山濯濯的头顶，并略显顾虑地朝医务办公室里望的技术组长，就连大狸医生也不禁感到讶异。

“真是稀客啊，技术组长，难得你会来这种地方。”

"部长你好。砂山老弟还没回来吗？"

对这位老组长而言，壮汉外科医生也只能算是"砂山老弟"。

"如果你找外科的砂山，他今天有一场大手术……"

"我就是担心他那场大手术不知道顺利结束了没，所以才过来的。"

技术组长露出温柔的微笑。

我忍不住开口。

"组长你担心次郎的手术，所以特地来医务办公室？"

"对啊，虽然他是外科医生，但毕竟我们一起工作了四年。他以前常跑来问我一些无聊的问题，有时我觉得他跟我孙子一样。"

他说着并露出些许羞赧笑容的模样，跟平常总是默默完成工作的老组长给人的印象相去甚远。

大狸医生兴趣盎然地指着沙发向他示意。

"难得你来一趟。手术应该很快就会结束，要不要边吃苹果边等啊？技术组长。"

"这些'富士'看起来好甜啊！"

总是超然不羁、独来独往、不太参与我们的松前组长，今晚还是一样客气。就在他在沙发上坐下的同时，刚关上的医务办公室大门又敞开，这次走进来的是心脏科的自若医生。

自若医生看见松前组长似乎有点惊讶，但他默默一鞠躬后，环顾医务办公室一周，接着看着墙上的挂钟，皱起眉头。

"砂山的 PD（胰头十二指肠切除术）似乎还没结束，对吧？"

淡然询问的声音,让我们三人面面相觑。

"心脏科的大医生也在担心外科医生吗?"

"还称不上担心,不过……"

他将手指放在下巴。

"砂山医生是一起共度四年的朋友。我只是希望等他顺利通过甘利医生的毕业考时,能给他一句祝福而已。"

"朋友"这样的表达方式,听起来很有自若医生从容淡泊的风格。

大狸医生露出兴味十足的表情看着我。

"什么嘛,原来大家都深爱着外科的壮汉。"

"好像是。真是令人意想不到的发展。"

自若医生坐在松前组长旁边,朝桌上的苹果伸出手。

"是'富士'啊!"

他理所当然地回了这句话后,咬一口苹果。

就在我环视三人,正感叹难得一见的人都到齐时,医务办公室的门三度敞开。

大家都以为这次应该是次郎而转过头去,结果事与愿违,来人是穿着便服的辰也。因为大狸医生、自若医生、松前技术组长和我,组合奇异的四个人一起转过头,让辰也大吃一惊。

"怎么了?"

"没怎样。"

我回应他。大狸医生接着说。

"我才想知道阿进你怎么了?看你那样,是回到家后马上又被呼叫回来了吗……"

"不是，我回家是为了帮女儿洗澡。我只是觉得砂山的手术差不多快结束了，所以才回来看看……"

围着沙发坐的四人不禁彼此互看。看见我们的反应，辰也露出莫名其妙的表情。

"这么说来，几位医生齐聚一堂，是怎么了吗？"

辰也当然会觉得疑惑。

平常忙碌不已的这群人，竟无所事事地坐在医务办公室的桌子旁啃苹果。此时再加入辰也的话，就有四名内科医生和技术组长在此等待次郎了。这可是本庄医院开院以来的奇观。

"没什么问题。"

自若医生悠然回答困惑的辰也。

"进藤医生你也来一颗如何？"

"是'富士'吗？那我就不客气了。"

墙上的挂钟响了七次告知时间，钟声正好与辰也的句尾重叠。

"这么说来，今天是平安夜呢！"

冷不防的低语来自老组长。

自若医生接着他的话，目光转向辰也。

"进藤医生，这种日子你把女儿丢在家里，没关系吗？"

"不要紧。我女儿已经是跟她好好说会听得懂的年纪了，而且还有家母陪她，所以没问题的。倒是医生您不回家可以吗？"

"没问题。我跟家人说过今天是要欢送朋友的重要日子，家人不会有意见的。"

"因为医生你家的家教好像很严格嘛。"

"组长，听你这么说，你不怕孙子寂寞吗？"

"我希望他稍微感到寂寞也好，不然寂寞的都是老人……"

无聊的对话中有平静的笑声。

桌上还有好几颗苹果闪烁着红色的亮光。

我为了冲泡咖啡给其他几位医生，再次站起。

次郎主刀的胰头十二指肠切除术顺利结束，是约莫一个小时后的事。

圣诞节从傍晚开始降雪。

空气清澄的户外，街灯灯光照射下，雪花闪烁着光芒从天而降。

雪才刚下不久，屋顶和道路旋即染上一层白色，随着时间经过，整座城镇慢慢亮了起来。夜越深，城镇却越明亮，是下雪的城市特有的风情。

晚上十点过后我和妻子一起出门，踏过铺满小巷的白色地毯走向市区，我们要去绳手街附近的居酒屋"九兵卫"。

打开门，踏进温暖的店里，只见有十多个座位的柜台已经坐满一半的客人。客人多半是年轻情侣，一定是受到白雪圣诞的美景吸引才出门的吧。

我们向老板点头致意，浑身肌肉的老板略显诧异地欢迎我们。

"我应该有预约吧。没必要那么吃惊？"

"因为你照预约时间来，所以我才吃惊啊！"

老板在静静的笑容中加了一句。

"因为栗原先生公务繁忙，我还以为你该不会又被呼叫回去了呢！"

他敏锐地指出要害，我也只能苦笑。我在柜台前坐下，妻子边脱外套，边笑容满面地对我呢喃。

"阿一，不用担心。我觉得你今晚不会被呼叫回去。"

"……那可真是个好消息，你这么说的理由是？"

"没有理由。我就是有那种感觉，有那种感觉是很重要的。"

我看着妻子的笑容，也觉得今晚应该不会被呼叫回去。毫无根据的安心感油然而生，安心感招来愉快，我还没喝酒便已觉得胃部深处涌出暖意。

"但是栗原先生特地预约前来，还真是稀奇呢。有什么好事吗？"

"没有称得上好事的事……"

我轻轻以指尖挑起袖口上的小雪花，

"昨晚那个又黑又大又笨的外科医生成功完成一场大手术。今天是庆功宴。"

老板稍挑了一下粗黑的眉毛，交互看着我和妻子。他的眼神在询问我们当事人次郎不在的事。

我静静地补上一句。

"这么说是表面上的借口，其实我只是想来这里跟我妻子喝一杯而已。"

次郎从昨天就为了岛内爷爷的术后管理，一直窝在 ICU。毕竟是以高龄八十二岁接受 PD 手术，他的状态需要几天的集中管理。其实现在要举杯庆祝还稍嫌太早。

我没多加回应，老板也没再追问。他以右手拍打左手臂，对我们大笑。

"看来我得拿出我的看家本领才行喽。"

隆起的肌肉默默不语地强调自己的存在感。

妻子盯着老板结实可靠的双臂，接着双手用力握紧，发出开朗的声音。

"那就麻烦你了。"

次郎的手术并不简单。

不是技术上的问题，而是症状的问题。器官粘连的情况很明显，严重妨碍医生进行处理，是场相当困难的手术。

我回想昨夜的光景。

平安夜的医务办公室里充满奇妙的沉默。

大狸医生、松前技术组长、自若医生、辰也和我，因为这个组合缺乏共同的话题，没有比这情况更令人坐立不安了。大狸医生和我在下将棋，旁边的松前技术组长默默啃着苹果。自若医生原本在喝咖啡，中途闭上眼睛，如佛像般进入冥想的世界。他背后的辰也则是一如往常，冷静地看着电子病历。

到了晚上八点，满身大汗的次郎和外科部长甘利医生终于回到医务办公室。

手术成功。

最大优点就是体力无穷的壮汉几乎呈现放空状态，但我们一同起立迎接他的凯旋，并为他大声喝彩。顿时变得热闹非凡的医务办公室中，不知从何处拿出一箱啤酒的不是别人，正是大狸医生。他高声宣布说要直接举办庆功宴，其实看得出来大狸医生也是担心次郎手术的其中之一。

干杯后，开心地喝着罐装啤酒的壮汉老友侧脸，飘荡着颇具威严的外科医生风范。

甘利医生对默默看着他的我悄声说了一句话。

"他从头到尾都很专注，没分心过。栗原，你同学真是不简单。"

甘利医生将手指放在厚实的下巴上，露出一抹微笑。我向他鞠躬后，干了右手的罐装啤酒。这罐装啤酒可说是难得一见的美味。

"也就是说，砂山先生顺利通过毕业考了，对吧？"

妻子开朗的声音让我回过神。

"这样他就可以抬头挺胸回大学医院了。"

"就是说啊！阿一，你似乎很开心。"

"还用说吗？那个吵闹的壮汉要离开，没比这更值得庆祝的事了。"

"对啊，真令人开心。"

嫣然一笑的妻子还是老样子，比我棋高一着。我放弃反驳，拿起手边的"信浓鹤"放到嘴边。

不管怎样，次郎的测验结束也就代表岛内爷爷的治疗进行顺利。那是最令人开心的好消息。

老板说："两位久等了。"并递出盘子，我不禁睁大眼睛。盘中那些色彩鲜艳的装饰是火烤鲣鱼冷盘。

"虽然现在不是产季，不过我买到不错的鲣鱼。"

"老板，我有一件事想告诉你。"

我郑重其事地说，老板停下拿着菜刀的手看向我。

"我全世界最喜欢的食物就是火烤鲣鱼冷盘。"

老板点头说："这样啊！"

"阿一的老家在高知。那里的鲣鱼好吃得不得了！"妻子插嘴说道。

"原来如此，这样的话，拿出这盘不是产季的鲣鱼就更令我觉得丢脸啊！"

"没什么好丢脸的。决定食物味道的不只材料，还有厨师的心意和饕客的气魄。"

我一边响应，一边拿筷子夹起鱼肉，立刻明白这可是具丰富油脂的极品佳肴。咬下一口，冰得恰到好处的鱼肉上，冒出些许火烤的香气。这道佳肴配日本酒实在太合了。

"小榛，你知道吗？正统的火烤鲣鱼冷盘，不只要用火烤，还要用到大量的稻草。"

"稻草吗？"

"没错，先以木炭生火，然后在火中投入稻草火烤，才能产生独特的香味。类似烟熏的芳香，更能陪衬出新鲜鲣鱼的风味。盘子铺满切成细丝的洋葱，放上切片的火烤鲣鱼，再搭配大蒜和襄荷。在上头滴一滴柚子汁，蘸酱油做成的酱汁吃才是基本。"

"阿一，我真没想到会听到你说烹饪的话题。"

"我也有同感。或许是鲣鱼的油脂，让舌头变滑了吧！"

两人的笑声重叠，立刻充满阳光般的活力。

"只要吃到好吃的东西，就会充满活力呢！"

"没错！"我点头附和，接着移动视线，因为老板高举的手臂下，有樱花花瓣翩然飞舞。

那是一瓶以淡红色的花装饰标签、漂亮的四合瓶。

纯米吟酿"片野樱"。

"我没看过那瓶酒。"

"这是大阪的酒。不是那么普遍的产品，不过甘口的口感，味道相当不错。我认为它和鲣鱼很合。"

老板边说边在我和妻子的酒杯里注入这款酒。我喝了一口，丰富迷人的芳香和明显的甘甜在口中扩散。琼浆玉液入喉后，残留口中的后味清爽。微微吁出一口气的妻子，笑容中反映出她的满足。

在我说出"好喝"之前，老板早就从容不迫地将装在茶杯中的吟酿酒加热。

看来已无须赘言。我自然而然伸出筷子、倾斜酒杯，情绪高涨。桌上樱花飞舞，我顿时有种春天在严冬中造访大地的感觉。

"年底又要变忙了。"

我静静说道，妻子轻轻点头。

"你除夕要值班，对吧？"

虽说是一直都是这样，但今年又得在医院过年了。

我静静地以"片野樱"将差点脱口而出的怨言吞下肚。

每年都有好几千名医生在盂兰盆节、除夕和过年时，丢下家人待在医院。在医院里来回奔波、忍不住叹息、照顾某个病人，说不定还要拯救某个人的性命。

我一个人如此抱怨，对日本那些为自己工作感到自豪的值班医生实在说不过去。

"元旦那天，我会尽早结束工作，跟日出一起回家的。"

"我今年摄影的工作也告一段落了，所以我会在御岳庄等你回来。"

妻子以清澈的声音说，我点点头，并悠然地将酒饮而尽。

将酒杯放回桌上时，我觉得点缀四合瓶上的花瓣仿佛微微摇动。

信州东北有一块名叫上田的土地。

这里是从江户前往善光寺的北国街道沿途的宿场之一，自古以来人们的生活气息已四处生根，是座历史悠久的城镇。

这里有为数不少的温泉乡和神社佛阁，但上田最为人津津乐道的，应该只有"上田合战"这件事吧。生于此地、在此地筑城的真田一族以寡击众，击退两次渡河而来的德川大军。以千人小兵成功击退万人大军的六文钱旗印，至今仍随处可见。

曾是城下町的上田市，随着物换星移也在不断改变。

最显著的例子，就是新干线开通将历史和思古幽情一扫而空。上田城正面有索然无味的水泥干线横越，车站前则有四方形的商务旅馆粗暴地遮住视野。

突如其来的方便生活打垮日积月累的城市风情，不论哪个城镇都一样，一考虑到未来，不禁令人忧心。

便利能以时间来测量，但城市风情则无法用时间来测量。

既然两者无法并列，就必须在两者间取得平衡，然而现今社会只有方便生活快速在扩张势力。这世界总有一天会变成铺满量尺、正正方方的四角世界吧？

我坐在从上田回松本的车上，这些令人不快的想法充斥脑中。

那时我在位于上田市的医院值完日班，正要穿越三才山顶回到本庄医院。

日历上显示除夕，冬天的天空正在下雪。

白天去上田值日班，结束后直接回本庄医院值夜班，这是我在一年最后一天的日程。我开上早被雪花染成白色的国道，踏上回程，一旁可见到展示冰灯笼的鹿教汤温泉，越过三才山顶，回到本庄医院，正值值班时间前后的急诊处一如往常热闹非凡。

还穿着便服的我在喧嚷的急诊处前停下脚步，因为我在来回奔走的护士中，看见刚回工作岗位的外村小姐。

"我很开心你的流感痊愈了。"

外村小姐忽略我那句带有安心的讽刺，然后递给我两罐罐装咖啡。

"你先去休息一下吧！离你值班的时间还有十五分钟。"

"两罐咖啡是什么意思，要我比平常努力两倍工作吗？"

"才不是。"她指向随意堆放在急诊处走廊上的瓦楞纸箱。我眯眼细看，发现是一箱苹果。

"刚才小幡医生送来给我的。说是要庆祝我痊愈。总之你帮我转交一罐给她，当作她送我苹果的谢礼。"

"现在是什么情况？"

"别问我！"外村小姐只轻轻耸肩。

我看着那箱苹果，略显惊讶地说："真是麻烦的两个人耶。我认为在你们互送苹果和咖啡之前，应该还有其他事该做吧？"

"你是指带着笑容握手言和吗？根本没那么夸张。苹果我会请急诊处的大家帮我吃掉，小幡医生只要默默喝掉那罐咖啡，事情就算圆满收场了。"外村小姐态度轻松说着，丝毫不见前几天在乾诊所看到的疲惫模样。又变回平常那个镇定指挥急诊处的护士长。

"总之今晚就拜托你了，招人的栗原医生。"外村小姐留下慧黠的微笑，往护理站的方向走去。

我的视线落在手上的那两罐罐装咖啡，踏开步伐走向医务办公室。

除夕的松本在太阳西下后刮起暴风雪。

这里原本就不多雪，因此非常罕见。

随风降下的大雪转眼间将城下町染成一片雪白。

晚上约八点，急诊处门诊前那块"三百六十五天，二十四小时看诊"的大红色招牌，下方被积雪埋没，但也只是下方被埋了，二十四和三百六十五的数字依然在头顶上灿烂闪烁。在那块灿烂发光的招牌下是截然不同的奇异静谧。

早已习惯零度以下气温的人们，似乎对高度过膝的积雪很陌生。托这场大雪的福，产生奇妙的副产物，也就是便利商店看诊的人完全消失踪影，来看诊的是真的身体不舒服的人。

晚上十点，意即新年到来的两个小时前，人数原本就不多的病患也不再上门求诊，本庄医院急诊处也进入难得一见的寂静中。

"原来招人的栗原医生的力量还不够大，不足以在这场大雪中将病患引来医院啊！"

我对外村小姐莫名其妙的评论置若罔闻，然后背向急诊处。

白袍口袋中放着幸田露伴的《五重塔》。

意外降临的寂静跨年夜，我正盘算着先去医务办公室沙发上睡觉，然后看点许久没看的书。

电灯半熄的医务办公室里，有个人靠在沙发上看着电视。是谁呢？原来是小幡医生。

"哎呀，你还是一样，努力工作到这么晚啊！"

看见转过头的小幡医生，我不禁有点困惑。因为她其中一只手拿着罐装啤酒。

"我记得你之前在'菊本'好像说过你不能喝酒。"

"我是不能喝。所以想喝一杯时，只能喝这个。"

她嫣然一笑，眼里带着美艳性感。脸颊呈淡红色，眼睛微湿。简单来说，她醉了。罐装啤酒大概是前几天次郎庆功宴上留下来的。

"你在庆祝什么吗？"

"那个胰脏炎的重症病人，今天终于从 ICU 转到一般病房了。"

听见她那平常没有的开朗语气，让我不禁立正站好。

长达一个月的 ICU 管理终于结束了，也就意味着罹患 ERCP 术后胰脏炎的病人正逐渐恢复。

"辛苦你了。"

"累死人了。不过虽然辛苦……"她喝了一口罐装啤酒后继续说道，"只要病人可以恢复健康，再辛苦也不算什么。"

她仿佛自言自语般说，然后又慢慢倾斜罐装啤酒。

真是不可思议。

有时选择病患，有时甚至连看诊都拒绝的人，连除夕夜都住在医院里，为了病患的康复而开心，独自举杯庆祝。不管我们怀抱的哲学多不一样，我们的方法论有多不一致，但结果小幡医生和我想达成的目标是相同的。

"喝吗？"

我以"我还在值班"郑重拒绝她拿出来放在桌上的罐装啤酒，坐在医生的对面。

"招人的栗原值班时却如此轻松自在，是不是太难得了？"

"因为今晚冬将军比平常更跋扈嚣张。大雪停止前都会很安静。"

我说道，并从口袋里取出罐装咖啡。一罐放在自己面前，一罐放在小幡医生面前。

"给我的吗？"

"外村小姐给你的，她说是你送她苹果的回礼。"

我话才说完，小幡医生露出难以言喻的表情，一定是因为我脸上的苦笑吧。

"怎样啦！要我早点跟她握手言和的不是你吗？"

她微愠的模样有种少女气息，令我不禁微笑。我压抑着笑意，打开罐装咖啡说道："反正就让我们为你逃出 ICU 干杯吧！"

小幡医生瞬间露出困惑神情，但立刻苦笑举起罐装啤酒。

铝罐与铁罐碰撞毫无情调的金属声，听起来莫名地悦耳响亮。

"什么？你跟板垣医生打听我实习医生时代的事？"

"还算不上打听的程度。"

小幡医生的声音越来越疯癫，我则是始终冷静回应。

一旁的电视中，人数众多的女子团体穿着没品位的短裙在舞台上跑来跑去，唱着听不出来是日文或英文的语言。大概就是红白歌唱大赛吧。

窗外的雪变成几近暴风雪的状态，视野接近零，伸手不见五指。因为有双层气密窗，所以听不见声音，眼前景象仿佛充满噪声的电视屏幕。

"据部长所说，你以前在亲切温柔又胸襟广阔的上司底下，悠闲地度过实习生活。"

小幡医生睁大眼睛,露出目瞪口呆、无言以对的表情。

"他说得不对吗?"

"岂止不对,简直错得离谱。那是我最痛苦的一段时间。实习医生时代可说是我行医人生中的黑暗时期。"

她挥着手,嘟哝着:"啊啊,真不愿回想起那段日子。"

看见我惊讶的表情,小幡医生蹙起细眉。

"栗原你很幸运。可以在温柔的板垣医生手下学习。"

"那不代表我就不会怕部长,但他以前真的那么恐怖吗?"

"恐怖死了!我明明还只是个实习医生,但如果内镜检查时多花点时间,他就会在检查时冷不防走进检查室,狠狠地朝我头上打。要是因为吓一跳而转过身去,他又会怒吼:'哪个医生会在检查时眼睛离开画面的!'然后又是一下。"

"真乱来啊……"

"'魔鬼板垣'大名鼎鼎,连其他科的医生都知道。"

所谓的"隔壁的医院比外国还远",这就是大学医院制度。在彼此关系疏远的大学里还能超越科别驰名内外,他果然非比寻常。

"那时,胆胰组只有组长板垣医生、底层的我和副组长医生三个人而已。不过,副组长是个我行我素的人,我被板垣医生大吼大骂时,他也只是笑容满面地看着。实在是又痛苦又莫名其妙的两年啊。"

"不过呢。"小幡医生说道,她看着喝光的啤酒罐里头,声音稍微低了些。

"板垣医生的内镜确实是神技。你待在本庄医院或许没什么实际感受的机会，但大学医院不同，不是会有长野县众医生束手无策、医治困难的病患被介绍过来吗？即使是那种难度极高的病人，只要到了板垣医生手中，就没有所谓的不可能。他一定会尝试各种方式做出结果。现在想起来，还是厉害到让人起一身鸡皮疙瘩。"

她靠在沙发上回忆往事，接着嫣然一笑。

"虽然说是黑暗时期，但对于还是实习医生的我而言，说不定也是黄金时期呢！"

即使魔鬼变成狸猫，但神之手的精湛医术依旧不变。

最近我也慢慢有机会处理困难的病例了，但当我遇上阻碍时，只要交给他，神之手仍然是平常那个妙手回春的神之手。

能在大学医院使用最尖端的设备学习神之手的医术，对小幡医生而言，或许的确可说是黄金时期。

"但是你中途舍弃那段黄金时期，我觉得很不可思议。"

小幡医生对我不经意的问题眯起眼睛。

她脸颊上的淡红色似乎变得有些苍白，是我的错觉吗？

"如果这个问题太过深入，我们就换个话题吧！难得可以干杯庆祝……"

我感受到地雷的气息，正准备撤退时，小幡医生冷不防地对着我发射迫击炮。

"因为我丈夫死了。"

简洁有力的一击。

虽然简洁，但那短短一发炮击声如雷鸣般响彻四周。

我看着小幡医生，接着垂下目光看向手上的罐装咖啡，然后视线又回到小幡医生身上时，我才开口。

"对不起。换别的话题吧……"

"我还是学生时就结婚了。他是我学生时代在联谊会上认识的上班族，大我十岁。"

"噗咻"一声没有紧张感的声音，是小幡医生打开第二瓶啤酒的声音。

"他是个身材高大、温柔体贴、聪明的完美男人，我甚至觉得自己配不上他。我还是实习医生时，他因为胰脏癌过世了。"

在开着暖气的医务办公室，我仿佛感受到温度直线下降。

我无言以对，只能沉默不语。

小幡医生对着不知所措的我说："这些事没什么好隐瞒的。"又继续说道，"那是我结婚第四年的事。我丈夫突然没食欲，变得食不下咽。我观察了一阵子，但他的身体状况急转直下，所以我决定带他去医院。照了胃镜和超音波，主治医生的诊断是胰脏囊肿。"

所谓的胰脏囊肿，就长在胰脏上的一种水泡。

长在肝脏上就是肝脏囊肿，长在肾脏上就叫肾脏囊肿。大部分的囊肿多半是没有大碍的病变，但若长在胰脏上就不单纯了。胰脏囊肿中隐藏着微小胰脏癌的情况极其罕见，但仍有机会发生。

"主治医生的指示是半年后再检查一次。那之前不需要特别的处置，但我丈夫的身体还是不见好转。大约三个后月再次到医院就诊，我强迫医院帮他拍了 CT……"

发出咔沙一声，小幡医生手上的啤酒罐稍微变形了。

"结果是正在恶化的胰脏癌。"

她再次将扭曲的罐装啤酒靠到嘴边。

"我连忙让他住进大学医院，开始抗癌药物治疗，但毫无效果。仅仅一个月，他就撒手人寰了。"

电视上正播放似乎听过的老演歌。穿着和服的女性哀痛的歌声，飘过早已变空的罐子上。

"我到现在还无法原谅当时的主治医生。"

这次她的声音里有种热度。

小幡医生的手使劲一捏，将本来还看得出原形的空罐用力捏扁。仿佛对自己捏扁罐子的行为感到讶异，她看着自己的手，并将捏坏的罐子放回桌上，继续说道。

"胰脏囊肿需要注意的病变多如一座山，但我当时还没什么医学知识，只能眼睁睁看着他生病。没知识的医生很容易变成杀人凶手，我就是活生生血淋淋的范本。"

"所以啊。"她轻轻拨起刘海，仰起视线看向空中。

"我下定决心，绝对要成为一流的医生。俯仰无愧于任何人，也会伤害任何人的超一流医生。因此，我才决定去在日本的肝胆胰脏科领域中属于顶尖级的札幌稻穗医院。"

她略显疲惫地叹气，仿佛眺望远方似的眯着眼。

脸上浮现痛苦的微笑。勉强的笑容是为了一口气将难以形容且数不清的激情压抑在心底。

"医生这份工作，无知便等于罪恶。"

我第一次对小幡医生的那番话有了切实的感受。

"不过，虽然我说得这么伟大，但其实是我没自信像以前一样，继续在丈夫过世的城镇行医。"

她放轻语气，继续告诉我准备辞退医院工作时的事。

不用说也知道她决定辞掉大学医院时，出现很多反对意见。甚至有人说出"让你学了两年，你拍拍屁股就走，真是不知感恩"这种话。但她的直属指导医生大狸医生的态度很是超然度外。

"老实说，我还以为我惹魔鬼板垣生气了……"

在大学医院内不怎么大的内镜室一角，大狸医生只心平气和地对她说了一句话。

"你好好学，有机会再回来吧！"

"就这样？"

"就这样。我对他说：'医院人员本来就已经很少了，我却说出这种任性的话，真是对不起！'结果他回我的话实在有够伤人的。他说：'你离开造成的漏洞，我用鼻屎就能补好。'"的确很像大狸医生会说的话。

"所以，"小幡医生的声音中突然涌出力量，"我才会回来这里。"

连接过去与现在的一句话。

"我变成站在板垣医生面前也不丢脸的医生回来了。所以以后当然也不能做出让自己惭愧的诊疗。"

强而有力的声音背后有着平常威风凛凛的自信。

我心中蓦然泛起可称为焦躁的心情。

我自认为我的觉悟绝不亚于小幡医生。但有些东西光靠觉悟是赶不上的。事实上，现在的我就算延长再多时间，我也不觉得自己能够翻越小幡医生这道耸立眼前的高墙。

"栗原，我对你很失望。"

小幡医生当初对我说的那句话，现在还在我心里。

我目光低垂看着手边的罐装咖啡好一阵子，最后终于开口。

"我是不是也应该离开本庄医院，出去看看再回来呢？"

我不禁对自己的发言感到困惑。

这样的想法太唐突了。

虽然唐突，却也是很久以前就不断在心中出现的想法。因为得到小幡医生这名听众，所以这样的想法才得以成形，并被抛出讨论。

小幡医生靠在沙发上看着我。

"我想要填补身为医生所缺乏的知识和技术，总有一天要挽回你对我的信赖。"

"要是你以为去了大医院就能追上我的话，那可是大错特错。"

"就算追不上也没关系，努力不懈地追赶才有意义。如果在知识和技术上能稍微接近你，我想答案应该会改变才对。因为我认为医生是靠综合能力决胜负的。"

"综合能力？"

"若论哲学和良心的领域，将会是我大获全胜。"

略显惊讶的小幡医生这次发出开朗的大笑。

我看见她将手伸向第三罐啤酒，没想到她似乎喝开了。一时变得苍白的脸上又恢复红润。

"这么一来，在你写论文的这段时间，我得克服自己不擅长的领域，否则身为医生，你总有一天会超越我，是吗？你真的很有趣耶！"

与心情愉快的小幡医生相较之下，我不想要这样的有趣。

我感到迷惘，苦思不解，小幡医生说道："我没资格回答你的问题。有资格的人只有板垣医生。不过你真的决定要走的话，我可以告诉你一句话。"她露出慧黠的微笑，继续说道，"'你离开造成的漏洞，我用鼻屎就能补好！'"

我无法反驳，只能缓缓垂下头。

一名医生要替人填补漏洞并非寻常小事，她却答应了。反过来说，下了这个决断的责任无法归咎给任何人，而是自己的责任。

这也很像对自己和别人都毫不客气的小幡医生会说的话。

"啊，不过，我挖不出什么鼻屎耶，伤脑筋。"

"医生，你醉了吗？"

"我不是早跟你说过我不能喝吗？"

脸颊染上红晕的小幡医生拿出随身镜，想要观察自己的鼻孔。她的举动可说是惹人怜爱的天真。我只是在一旁笑着看她。

没有答案，也没有最好的选择。

如果有那种东西的话，大家就不会活得这么辛苦了。

即使是最好的医生，也有各自不同的生活态度。

随时都可以为病人急忙赶来的医生、提供尖端医疗的医生、和家人一起脚踏实地从事医疗的医生。最好的选择会随着看的人不同而改变。但第一步是要知道改变。

突然传来开门的声响。

好像有人略带顾虑地走进办公室的气息，我回头一看，不是什么人，是老友黑色壮汉。

"你在干吗？"

"也没干吗……"

反而是壮汉面露讶异。

"刚辞职不干的外科医生深夜在医院里徘徊走动，实在太可疑了。你是为了一解四年来被呼来唤去、做牛做马之恨，来这里纵火的吗？"

"你胡说八道什么！因为今天好歹是最后一天，我来跟甘利医生打招呼，顺便在医院里散步跟大家告别。"不懂幽默的壮汉脱口说出情绪性的字眼。

"我的事先摆一边，为什么你和小幡医生两个人在对饮？"

"小型尾牙啦。砂山你要不要一起喝一杯？"

"可以吗？"

"当然可以啊！机会难得，就让我们敬砂山最后一天在本庄的日子吧！"

我递出罐装啤酒，次郎开心回应。

他似乎已经忘记某天在深夜的内镜室里，激动地对小幡医生大吼的事了。或许要以那些微枝末节的问题，向信州第一的单细胞生物探究长期记忆，实在太勉强了。

"我总觉得换一间医院工作，好寂寞啊。"

"那当然啰！毕竟你在这里工作了四年吧？不过砂山你不在，表示我再也喝不到正统的'砂山特调'了。对我来说可是很沉重的打击啊！"

"小幡医生，不然我等一下泡一杯给你喝吧？"

"真的吗？太棒了！"

什么东西太棒了，我完全不懂。

就算小幡医生大力赞赏，但唯有这点，我还是完全无法理解。

"一止，你干吗？怎么一点精神也没有？我们这么久的交情了，如果你值班太辛苦，我可以陪你到早上喔。"

"反正今天水无小姐上夜班，你只是时间太多没事做而已吧！"

"你为什么知道？一止你太厉害了。"

"你真的这么想吗……"

看见颓丧无力的我，小幡医生开心地拍手。

"你们俩感情真的很好耶。"

"我有异议！那是误会和错误的产物。"

"哎呀，那你和进藤医生疑似是同志那件事呢？护士们似乎很关心，讨论得很热烈喔！"

"什么！一止原来你是同志。"

"你干吗那么吃惊？快点帮我否认！"我一反常态，忍不住对他大声嚷嚷。

光是次郎闯进来，气氛便截然不同。

就拿这件事来讲好了，我不得不说这个男人离开本庄会是相当大的损失。我不得不这么说，但我姑且不提。因为我可以预见，一旦我说出口，身材壮硕的次郎态度也会变得很嚣张。

我露面不快，一旁的小幡医生冷不防说："糟糕！差不多该上场了。"

她说着，拿起电视遥控器调大音量。

现在上红白歌唱大赛也没什么大不了的，但小幡医生很认真。画面上出现五人男子团体配合轻快的音乐又唱又跳。

"是岚！岚上场了！"

我略感困惑。小幡医生敏感地发觉到我的困惑，她立刻问我："你该不会不知道岚吧？"

她目瞪口呆地看着我，但视线马上又回到画面上。

我当然不是对岚感到惊讶，而是对小幡医生竟是岚的粉丝感到诧异。人真是不可貌相。

"他们果然好帅啊！"

"阳子也超爱他们的。"

又是件令人意外的事，次郎居然附和她。

"我想也是。他们那么帅，谁都爱吧！那水无小姐是谁的粉丝？"

小幡医生看起来真的很开心。

眼睛闪闪发亮的小幡医生和活力十足的次郎，立刻热烈讨论。

与坐在客厅看电视闲聊的风景格格不入的壮汉与女医生间，弥漫着无忧无虑的气氛。热爱漱石的孤高内科医生实在不适合加入他们。

然而我的困惑和懊恼都被眼前这奇妙的一幕冲刷殆尽，我不禁露出苦笑。

时间将近十二点。

再过不久今年就要结束，新的一年即将开始。

我从沙发上悄然起身走向厨房，拿出三个杯子排好，放入速溶咖啡。

我一边听着背后传来的说笑声，一边在杯里倒入一匙咖啡粉后，突然灵光一现。

我歪着头，转过身去，只见高举罐装啤酒的内科医生和外科医生正兴高采烈地唱歌。

我又思考了一下，再次拿起已放下的汤匙，在杯里追加大量咖啡粉末。之后从旁边的架子上取出砂糖，将大量砂糖加入杯中。

黑白粉末几乎堆到半杯高，倒入热水瓶的热水，此时背后的流行歌正好进入副歌，气氛炒得火热。

我拿起自己那杯喝了一口。

"……好糟糕的味道。"

我说出这句话时苦笑了一下。

我朝外头一瞥，窗外是难得一见的大暴风雪。拜这种天候所赐，

PHS 奇迹似的安静。平常老爱找人麻烦的值班之神，或许也顾虑到这是我与老友度过的最后一夜，所以没来找碴。

我端着托盘，静静走回去。

风雪如此大，看来是听不到除夕钟声了。

第五章　宴　会

那座小神社静静伫立在蓊郁苍翠的森林中。

从道路穿过鸟居踏进白天也不见天日的神社境内，首先迎接参拜信众到来的是树干约有五米粗的两棵巨大杉树。

仰头望去，茂密枝叶遮蔽天空，每当枝叶随风摇曳，闪耀的日光便穿过叶片缝隙洒落下来。参道上洒落一地的冬阳，是引导参拜信众前进的路标。

将整座神社包入其中的镇守森林，由杉树、桧木、枹栎、赤松等气势恢宏的参天巨木组成，保留远古之幽情。悠然自得的模样的确可称为神域。

踏入古木组成的森林中，便能正面看见超然坐落于长满青苔的石阶上神明造的本殿。来访的旅人必会有仿佛在渺无人烟的山中，出其不意撞见正在享受午睡时光的仙人般新鲜的感动。

国宝·仁科神明宫。

这座质朴的社殿便是仁科神明宫。

从大町市市区往南，驱车约十五分钟，位于山腰的村落。

神社的创始年代不明。但至少在公历一三〇〇年代似乎便已有记录。现存的社殿则是在经过长年岁月后的宽永年间（一六二四——一六四四）才落成，即使如此，少说也有四百年的漫长岁月在每一根梁柱上留下痕迹。

这也是仁科神明宫被指定为国宝的原因。

仿若埋没在巨树森林中所建成的这座小神社，虽贵为国宝，但来访的游人意外地少。因此神社境内处处寂静，让人忘却时间洪流，仿佛万事万物都停留在时光的另一边。

"不管什么时候来，这里都好安静啊。"

妻子以澄澈的声音说，我缓缓点头。

妻子穿着雪白长版羽绒衣，在我身旁轻呼出一口白色气息，接着合掌祈祷。我也模仿妻子，双手合十。

一月三日的午后。

市区内所有神社都挤满新年参拜人潮的时刻，这座神社境内却悄然无声、万籁俱寂。除了我们爬上石阶时与一对老夫妻擦身而过外，只看见一位年轻男子拿着扫帚在拜殿前扫地。男子彬彬有礼地朝正在参拜的我和妻子鞠躬，接着便隐身于社务所之内。

行完拜礼后，我们往内走向本殿旁边。

那里祭祀着过去高度超越所有仁科森林里的树木、参天耸立的巨大神木遗迹。神木虽已枯死，只剩根部残株，但是光是残株的大小也非比寻常。离开前再对这棵挂着注连绳的巨木根部行一次拜礼，是我和妻子的习惯。

我们俩踏上归路，走下一半石阶时，妻子恋恋不舍地回顾身后。仁科神明宫是妻子最喜欢的场所之一，但我们两人一同前来的机会并不多。

闪耀着白色光芒的社殿蹲踞在森林正中央。

"好美啊！实在不像是四百多年前的建筑。"

"听说是这座翁郁森林的关系。"妻子仰头看着布满头顶的茂密枝丫说道，"针叶树可以保护本殿不受强烈的直射日光或风雨侵袭，因此一般来说会逐渐褪色的白木，才能永远像刚盖好，维持美丽的模样。"

"小榛你还是一样博学多闻呢！"

"这些事情是我刚才听氏子先生说的。"

妻子嫣然一笑。

我以眼神回问她，妻子双眼看向位于石阶下的社务所方向。不久之前拿着扫帚在拜殿前打扫的男子，现在正在打扫社务所前的石板路，并向我俩轻轻点头致意。

"我完全没发现。"

"我想也是。因为阿一你一直凝重地在向神明祈祷啊。"

"我哪有……"

"就是有。不管我和年轻的氏子先生再怎么亲昵地聊天，你都没发现。"

"你这样讲就太过分了。"

妻子对着以手扶额的我莞尔一笑。我们穿过鸟居走出神社，午后灿烂的阳光立刻洒落一地，反射阳光的雪景亮得令人睁不开眼。

脚下的参道笔直往下穿过山坡，融入小小村落中。村落对面广阔的土地，是仿佛凝结成冰、白雪皑皑的安昙野，再顺着那方向往前看，则是山脚原野悠悠延展的常念岳。

"你有很多烦恼吗？"

"倒也不是。只是医生做久了，才发现人类之手可以解决的事情实在太少。所以忍不住想求神拜佛。"

"人命是神明的领域。你常说这句话对吧？"

"如果我们谈的是人类的领域，那就简单多了。我只要有小榛你陪我就好。"

妻子轻呼一声"真是的"，脸颊微微涨红。

"阿一，你每次都将认真的话题和玩笑混为一谈，真伤脑筋。"

"我觉得我一直都很认真。是汝等擅自加入玩笑话罢了。"

"然而虽说如此。"我苦笑说道，"'认真意即实行'漱石是这么说的。就他的意思来说，我有很多地方似乎还不够认真。"

"你不用太认真，也不用变成漱石。你只要是你，我就觉得很幸福了。"

妻子坚定的话语与冬日和煦的阳光一起渗入我的心中。

"看来小榛你比仁科的神明还灵验呢。"

"在神明面前说那种话，小心遭到报应！"

妻子的微笑融入了仁科森林中。

我们正准备并肩走向停车场时，我忽然停下脚步，因为口袋里的手机铃声大作。

取出电话的瞬间，我不禁叹气。

"医院呼叫你吗？"

"好像是。"

我回答。妻子立刻往车子的方向跑。

我目送她离去的背影，按下通话键。听见电话另一头传来的声音，我不由得蹙眉。

"什么啊，原来是次郎啊！"

"你那不屑的语气太伤人了，一止。"

刚离开本庄医院的外科医生惊愕地响应我。

"你现在方便吗？"

"本来很方便的，但听到你声音的瞬间就不方便了。我正和我妻子出门新年参拜。如果不是急事的话就改天吧！"

"不是急事。"

"那就改天……"

"可是很重要！"

我沉默不语，因为次郎的声音中有不寻常的沉重。与天下第一的乐天派格格不入的声音。

"是关于岛内耕三的事情。"

"他情况不好吗？"

"他术后恢复得很好。"

"如果你装神弄鬼的目的是为了打扰我和妻子宝贵的时间，我可不会饶过你喔！"

"手术的病理结果，今天送回来了。"

次郎把声音压得更低。

我闭上嘴巴等他继续说下去。然而他说出口的事并不容易理解。

"不是癌症？"

我重复他所说的话。次郎仿佛要再三斟酌他说过的话似的，没立刻响应。

"……什么意思？"

"就是这个意思。他体内根本找不到癌细胞。切除的检体中也没有胰脏癌或胆管癌的迹象。"

一瞬的沉默后，次郎挤出一句话补充说明。

"岛内先生打从一开始就不是癌症。"

我未立刻感受到冲击。

我眺望着发动车子的引擎、准备好随时都可以出发的妻子。

路面上的雪、孤零零地停放在空旷停车场上的车、威风凛凛地填满停车场另一边空间的森林。和先前一样的风景静静地在眼前。

"一止，你还好吗？"

我连我回了次郎什么话都不记得了。

我仰起头，万里无云的冬日天空，连飞越空中的鸟影都看不见，一望无际皆是静谧的蓝。

似乎连风都停了。

肿瘤形成性胰脏炎。

岛内爷爷的疾病名称。

如字面所示，是一种会形成肿瘤的胰脏炎，虽有肿瘤但并非恶性。意即它并非癌症。从前医界只知道这种疾病是一种极为特殊的胰脏炎，但现在逐渐明白那些肿瘤多半是名为"自体免疫性胰脏炎（AIP）"的疾病。

虽然病名上有着"自体免疫性"等看似冠冕堂皇的名称，但实际上其发病形态不清楚的部分还很多。然而，若要举出一项医界已厘清的疑问，那就是这种疾病大多可以透过类固醇药剂获得大幅改善。

简单来说，就是吃药便能治好。

"也就是说你们切开吃药就能治好的病人肚子，然后切下他的胰脏、胃跟十二指肠的意思。"

广大的会议室里响起大狸医生低沉的声音。

这里是邻接医院的事务局三楼。是一间有着二十张黑色皮革沙发环绕巨大椭圆形橡木会议桌的气派房间。

大狸医生凝重地说出那句话，身子沉在上座附近的一张沙发里。大狸医生看着坐在下座、身体僵硬的我，他轻轻拍一下肚子笑了出来。

"事务长是这么说的。"

这是新年假期结束后一月初的早晨。

在会议室中，内科部长大狸医生和外科部长甘利医生面对面坐着。他们接获本庄院长的非官方召集，院长表示："讨论议题等集合完毕再告诉你们。"但不用说，这次讨论的一定是岛内爷爷的事情。

召集人院长席是位于会议室最深处、背对巨大落地窗的上座，但院长尚未现身。院长的左右手财政部也还没抵达。

我只能默默地乖乖坐着。沙发应该相当高级舒适，但我毫无享受的心情。

玻璃窗外，现在天色依旧如黎明时曚昽，远方的美之原棱线也模糊不清。正如我的心情，蒙眬且茫然的景色。

"甘利医生，病患愈后如何？"

"很好。"

外科部长的应答简洁明了。

相对于大狸医生想炒热凝重空气的意图，简洁明了是很麻烦的。或许是自觉到麻烦，甘利医生缓缓地对我说。

"栗原。这次的事情不是你个人的问题。在最后决定动手术之前，我们外科也确实做过检查和诊断。"

他声音低沉、眼神锋利，但声音中带着关怀。他身为一名医生，还能如此顾虑到我的感受，我很感谢。

我听见门冷不防打开的声音，不禁调整姿势正襟危坐，但敞开的门不是上座，而是背后的门。现身门后的是小幡医生。

"喔，小幡你也被叫来了吗？"

"他们没有叫我来，但这名病例我也有关系。我认为我有义务出席。"

小幡医生说话的语气老实，但她的态度正好相反，是她一贯的优哉。她一边脱下白袍，一边将右手伸进口袋里，左手上则是吃到一半的苹果。那种一点也不紧张的态度，跟大狸医生不分轩轾。她落座前，吃完剩下的半颗苹果，顺手将苹果核轻轻一抛，在空中划出一条完美的抛物线，正中角落的垃圾桶。医生还是老样子，跟垃圾分类的精神无缘，但我现在并有没论述环境问题的心情。

仿佛在等她将苹果投入垃圾桶似的，上座的门终于重重敞开。

先走进来的人是财政部，然后蓄着白色胡须的圣诞老人也跟着露面。

"大家都到了吧？"

财政部不带感情的声音，给人背脊发凉的感觉。

会议本来就不是质询会。

"你们将只要透过类固醇治疗就能获得改善的疾病诊断为胰脏癌，并执行了一场大手术，关于这件事，所有医院干部都必须分享并掌握现有的讯息。这就是我们今天开会的目的。"这是财政部说的开场白。

"也就是说，我们首先必须掌握现状，病人愈后情况如何？"

外科部长甘利医生回应了第一个发言的财政部。

甘利医生粗壮的双手环抱在胸前，说道："主刀医生砂山次郎已经离职了，因此由我负责。"接着又说明了病患愈后良好、开始摄取食物、现在正在进行步行训练等复健疗程等事项。

"我向两位报告，病人的情况在医学上非常顺利。"

"你使用'医学上'这个说法的理由为何？"

很像财政部会说的尖锐指谪。甘利医生微微睁大眯起的眼睛。

"意思是在非医学上的部分，术后情况无法说为顺利吗？"

"关于术前诊断和病理结果大相径庭，病人的孙子提出不少意见。"

"可以请你具体说明一下吗？甘利医生。"

财政部紧追不舍，进一步追问，甘利医生看他一眼，清楚说道："他很生气，质疑我们因为误诊而动了手术。"

他的声音低沉，语气淡然。因太过淡然，与严肃的内容对比之下，更加明显。

突然直捣问题核心，但财政部连眉毛都没动一下。他面无表情地静静点头。

但我心中的骚动不是那么简单就能压抑下来。脑中浮现一开始就反对手术的岛内贤二的表情。

"对我而言，他是我最重要的爷爷。我不希望让他太痛苦。"

他的声音现在沉重地压在我的腹部深处。

财政部从胸前取出黑色记事本。

"我也接到病患孙子对这次诊断结果差异太大提出抗议的报告。"

"事务长，这样折磨医生是不行的！"

冷不防以事不关己的声音打断财政部声音的是大狸医生。

医生夸张地耸耸肩，右手一边搔着头，一边说道："胰头部局部性的 AIP，不是那么容易碰上的病。现在诊断出他是什么病，也知道

314

不是癌症，这样不就好了吗?"

"我认为你那种没有科学根据、只凭感觉的说明，病患家属是不会接受的。"

"具体说明交给我吧!"

甘利医生再次双手抱胸。

"AIP是非常特殊的胰脏疾病，现在还没有可以确切判断这种疾病的方法。这次的病理结果可以这么早出来，是因为信浓大学原本就对AIP有相当突出的研究成果。若是县外的一般医院，很可能连术后的诊断都会陷入混乱。"

财政部再次静静地点头。

这段时间，坐在内科和外科部长中间的圣诞老人，白色胡须动也不动，他闭着眼睛，仿佛在冥想般沉默不语。而小幡医生则是一副仿佛在说"事到如今追究什么啊"的态度，手肘撑在沙发上，无声地打了一个呵欠。她那欠缺紧张感的模样，让我不禁替她捏把冷汗。

"我想听听内科的意见。"财政部的矛头冷不防地转了方向。

虽然说是内科，他的矛头并非转向大狸医生，而是转向我。

"做出诊断并拜托外科动手术的人是栗原医生，对吧? 请告诉我，你将病人诊断为胰脏癌的根据及关于误诊你有什么想法。"

每当他说一次"误诊"，我就感受到仿佛有人拿金属球棒重击头顶的冲击，但如果这样就认输了，是没办法担任临床医生的。因为我知道他不能一直狐假虎威下去，更何况他是狐假狸威。

我虽然心里七上八下，但装出一副泰然自若的模样回应他。

胰头部的肿瘤、尾侧胰管的扩张、肿瘤标记的上升。我照顺序描述各项检查的结果，最后提出结论。

"病人检查的结果，综合以上各项数据判断，确实应该怀疑是胰脏癌。"

"但是最重要的细胞检查，并没有发现癌细胞，对不对？"

主管经济财务的财政部真是好学不倦。

"细胞检查呈现阳性的概率并不高。即使是明显的胰脏癌，呈现阴性的情况也很常见，不能以这项检查为依据来进行诊疗。"

"但是检查结果明明没有发现癌细胞，你们却还是对八十二岁的高龄病患动了大手术，现在结果出炉了，他确实不是癌症。"

"光凭理论是无法治疗的。"

"所以你们不是根据理论，而是根据良心才切开病患肚子的吗？"

我仿佛听见某种东西裂开的声音。那道声响不知道是切开岛内爷爷肚子的声音，还是我自尊撕裂的声音，但不管是什么，那道沉静无声的冲击让我不由得闭嘴，再也说不出话来。

甘利医生粗黑的眉毛挑了一下，而大狸医生很罕见地失去了笑容。

我们之间充满前所未有的紧绷气氛。

构图是临床与事务之间的对立。

为了救助病患的性命，有时必须将经营置之度外，投入高额医疗费的临床医护，和尽心尽力维持医院经营健全的事务作业之间，本来就存在着对立的要素。这是财政部在双方对立的情况中，试图强化事务对临床的影响力，不惜主动出击的瞬间。

一触即发的沉默蔓延。

即使没有人说话，但比话语更加激烈的某种东西在室内往来交错。

令人窒息的胶着状态并未持续太久，很快便解除了。

"你们的唇枪舌剑有点无聊。"

声音来自先前从未说过一句话的本庄院长。

从圣诞老人白色胡须抛出的这句话中，包含许多失望、失笑与达观。一旁的财政部仿佛发现自己的发言超过限度，他退后一步低下头。

"理论也好，良心也罢。我想知道的只有'这场手术是否正确'而已。"

圣诞老人伸出意外白皙的手指，抚摸浓密的胡须。

"这场手术是否正确。"

怎么解释都可以、令人摸不着头绪的问题。

若诊断错误，手术当然不可能是正确的。他明知如此却还是提出问题，我想发问才是圣诞老人真正的用意。

"若是关于手术的对错，根本没有议论的余地。"

出乎意料，回应的人既非大狸医生也非甘利医生，而是自始至终以旁观者自居的小幡医生。

财政部不带情绪的眼神与圣诞老人细长的眼睛，同时转向坐在下座的闯入者。大狸医生挑了挑眉，仿佛在询问她："你打算说什么？"

然而小幡医生则毫不介意地继续说道。

"我判断这个病例的情况，手术是最安全无虞且确实无误的选择。"

完全没有误解的余地、清楚明了的回答，但财政部依旧维持着他无动于衷的态度。

"小幡医生，麻烦你说明。"

"刚才栗原医生也说过了。"

她一边将黑发往上拨，一边说道："细胞检查呈现阳性的概率约百分之六十。也就是说，即使是癌症，也有四成的机会呈现阴性。因此完全不能当作判断的准则。加上我们在影像检查中，观察到他身体产生了明显的肿瘤，肿瘤标记也上升了。另一方面，一般认为会因为AIP上升的IgG4，血液检查的结果也在正常范围内，而且这个病例显现出与一般AIP不同的特殊形态。我不得不说，诊断病人罹患胰脏癌并进行治疗，是最妥当的判断。"

"自体免疫性胰脏炎是类固醇治得好的疾病。你们可以选择先为他进行类固醇治疗再说……"

"我只能说那样的选择草率又不负责任。"小幡医生大刀阔斧地否定财政部的意见。

财政部不带情绪的脸颊抽动。

"最近才有因为那种轻易草率的治疗耽误病情，导致胰脏癌病人回天乏术的报告。"

"但是小幡医生，"财政部略显激动地继续说，"病人是八十二岁

318

的高龄者。没有罹癌的证据，而且如果明知他有自体免疫性胰脏炎的可能性，在决定进行那么大的手术之前……"

"如果是小手术的话就可以吗？"

小幡医生的眼中闪现伶俐的光芒。

但我没错过她声音中多了一丝寒意。

"因为胰脏癌的可能性有两成，所以就只做八成的手术吗？如果有六成的概率可能是癌症，那切除胰脏时也只做六成就好啰？"

"话不是这么说……"

"事务长，治疗并不是投资信托喔！"

令人无法反驳的一句话。

早晨的会议室里，似乎充满比冬季信州户外还要寒冷的冷空气。

只见不知何时跷起二郎腿的小幡医生，眼里浮现冷漠。冷漠的态度与她平常开朗的举止相去甚远。

"栗原，我对你很失望。"

一如当初她对我说出这句话时，那如刀般冰冷的眼神。

我站在第三者的位置观察，终于才明白一些事。

也就是小幡医生对所有轻视生命的人，都会露出如此冰冷的眼神。无关于对方的身份立场，她都一视同仁。无论对方是医生还是病患，即使是事务长也一样，冷漠的眼神是她对失去真挚看待生命、偶尔还会轻视生命的人发自内心的厌恶，也是她对他们的反弹。

那个反复饮酒伤害自己的病患、以忙碌为由无法维持最新医疗技术的医生，还有以特殊的胰脏炎病例为由、轻视胰脏炎可怕之处的事务长，对小幡医生而言这些人都一样。

"我们的工作通常不是零就是一百。"小幡医生以极其平静的声音继续说道，"就算只有百分之八十的概率罹患癌症，也不可能只做百分之八十的治疗。十名病患中救了九名，也不会有任何人称赞我们。如果无法确实、安全、百分之百救回那十个人的性命，就是不及格的医生。"

财政部依然沉默不语。圣诞老人、大狸医生和甘利医生各自态度不同，但也都沉默。

即使在那样沉默中，小幡医生的语调还是没有丝毫动摇。

"即使夺走病患生命的可能性只有百分之一，我们也必须倾注百分之百的力量救助病患。然后背负起所有责任。"

"你是说，岛内先生的手术是最妥当的选择吗？"

或许是我的错觉，财政部的回应已少了当初的气势。小幡医生则向正在撤退的后卫部队发出致命一击。

"如果一样的病人来一百个，我会让一百个都动手术。"

会议室内部倏然亮了，因为朝日正从美之原棱线露出来。

以缓和角度射入室内的阳光，正因为角度缓和倾斜，使得透明的阳光也照亮了会议室深处。

"很好。"

坦然开怀的一句话填补了短暂的沉默。

声音来自院长。

"板垣医生，看来我根本没必要插嘴嘛。"

"院长，我不是告诉过您不用担心的吗？"

大狸医生靠在沙发上，露出平常那优哉轻浮的笑容。

"关于礼仪方面我可能没教好，但本庄医院的内科还没堕落到需要一个外人插嘴干涉我们医生的工作喔。"

"没必要只局限于内科。"

说话的人是甘利医生。

大狸医生笑着回他："失礼了。"

"不过，"圣诞老人的白胡须动了，"各位怀抱的哲学和病患的想法并不相同。"

他向旁边的财政部一瞥。财政部以简洁利落的机械性动作翻开他那本记事本。

"院方接获联络，病人的孙子岛内贤二先生表示，希望我们可以向他说明有关这次事件的细节。时间定在今天下午六点。"

圣诞老人缓缓移动视线看向我。

"也就是说，栗原医生，他希望可以的话由一开始下了那个诊断的你向他说明。"

白眉下的两道光芒笔直凝视着我。

我很擅长帮人取绰号。

但是，我给这名深不可测的人物取了象征梦想与希望的"圣诞老人"之名，或许有点失策。我心中冒出不合时宜的感慨。

"我会负责跟他说明清楚的。"

我起立行了一个礼，圣诞老人只对我微微点头。

"你还好吗？"

有人似乎在担心我的声音，将我拉回现实中。同时，那个人伸出雪白的手在我眼前放下一杯咖啡。

浓郁的芳香搔着我的鼻孔，原本散漫失焦的思考和视野慢慢恢复正常。我看到的是有柔和夕阳照入的内科病房。

我想办法尽快完成白天的工作，似乎是来到病房时，不知不觉中就陷入沉思。我一回过神，立刻感觉到堆积在腹部深处那沉甸甸的疲劳感。

"你还好吗？"

东西重复问了同样的话，接着双手抱胸，腰部靠在护理站的中央大桌上站着。

我用手指轻轻按压眼睛，说道："如果你问的是岛内爷爷的事，我等一下才要去病房拜访他。即使诊断有误，但方针没有错，所以你不用担心。"

"我并不是在担心病患的事。"

"事务长的话，他从以前就盯上我了，所以现在就被他盯着不放，也不足为惧。"

"我担心的既不是病患也不是事务长，而是我眼前这个意志消沉的内科医生。"

她一脸惊讶，看得出来是真的在担心我。

我沉默了一会儿，立刻又摆出高傲姿态拿起咖啡杯。

"你是想说气宇轩昂，可是说错了吧？"

"医生，我认为你没有做错。"

她回了我一句强而有力的话。

我不禁停下手抬头一看，只见东西清澈的眼睛正朝着我看。

"不管谁说什么，我随时都可以大声告诉你。我认为你没有做错。就算你判断错误，但你还是没有做错，所以拜托你别这么沮丧啦！"

"你的理论不成立啊。"

"什么理论不理论的，去吃屎吧！"

她冒出一句相当没气质的话。

一名正好经过旁边的护士面露讶异，但或许是对状况略知一二，因此什么也没说便径行离开。

"大家好像都误会医生是什么方便的小工具了。不分日夜地叫你们工作，周末也呼叫你们回来，拜托你们做一大堆事情，可是一旦发现你们犯了错，就翻脸跟翻书一样，想要置你们于死地。再这样下去，只怕越认真工作的医生会越早坏掉。"

因为当作是自己的事一样担心，所以她才会如此愤恨不平。她的愤怒转变成一股暖意，深入我的心中。

这个利落能干的主任所说的话，不知道救了我多少次。

"东西，我很感谢你那句话。"

我坦率回答，但东西反而露出嫌弃的表情。

"当你嘴上会说出那种令人不舒服的台词时，就表示你心情沮丧啦！"

她正确无误地指出盲点，句尾最后几个字和年轻护士呼叫东西的声音重叠。

她响应"我马上过去"后，便从桌子上抬起修长的肢体。

"我再跟你说一次。就算你判断错误，但你还是没做错。你把这份值得骄傲的工作做得很好。"

她说完后，便转身走出护理站。

相对于夕阳西下慢慢变暗的窗外，我只能无声目送她那耀眼到不可思议的背影远去。

"东西小姐真是体贴。"

听见这个声音，我只转动脖子向后看，只见辰也无声无息地来到我背后。

"站着偷听别人讲话，很像你会做的低级举动。"

"栗原，我的意见也一样。"

辰也露出苦笑，在我旁边的椅子坐下。

"虽然不如东西小姐说的那么感人，但我的意见也一样。虽然结果不如预期，但你的选择并没有错。你没必要放在心上。"

"明明不是癌症却切开病人的肚子拿出胰脏，我做出这样的判断，你却叫我不要放在心上。这实在不像医学院的良心应有的回答。"

"如果一样的病人来一百个，我会让他们一百个都动手术。"

辰也一边启动电子病历，一边说道。没想到消息传得这么快。也就表示这次的事件受到全医院上下瞩目吧。

"我的意见和小幡医生相同。综合那些信息来看，草率使用类固醇治疗，反而有让致命的可能性。我认为手术是妥当的判断。"

"问题不在于结论啊！"

我立刻挤出声音打断他。

我看着表情诧异的辰也，接着视线落到脚边。

"我连AIP（自体免疫性胰脏炎）的鉴别都没帮他做，就决定让他动手术。考虑可能性后再选择手术，跟横冲直撞地胡乱进行，两者相差太多了。"

辰也轻轻睁大双眼，皱起眉头。

"可是血液检查不是已经测过IgG4了吗？你一定怀疑他是AIP，所以……"

"不是我测的。是小幡医生去帮我确认的，我不知道这回事。"

听我这么说，辰也也不禁露出困惑。

我轻轻以手扶着额头，叹了一口气。

"这就是我和小幡医生的差距。"

我仿佛被朝着地叹出的气拖过去似的，双肩感受到一股沉重的力量。

"差距太大，我再怎么努力也填补不平。"

"被摆了一道啊！"

我想起早上走出会议室后，小幡医生说的那句话。

"老实说我没想到竟然是AIP。虽然我想过这种可能性，但整体上来说我也诊断为癌症。"

她黑发下的额头挤满深深的皱纹，并咬着嘴唇。她在财政部面前摆出那么悠然闲适的态度，但这才是她真正的心情。

然而我的冲击是更前面的问题。

相较于默默进行检查并将结果上呈，以鉴定是否为 AIP 的小幡医生，我连鉴别也没有，便直接走向动手术的那条路。

说起来，我的立场跟小幡医生丈夫的主治医生相同。只能说，这是因为无知而做出的浅薄判断。小幡医生则是为了不让我毫无自觉地一路走来的薄冰裂开，而在冰面下支撑着。

"我认为医生是靠综合能力决胜负的。"

说出这句话的我肤浅无知到近乎滑稽。

一名每天东奔西跑忙得团团转的内科医生，和每晚阅读所有文献、参加学会、擦亮眼耳好接收更多讯息的医生，两者间的落差有多大，我完全判断错误。

突如其来的钟声将我从思考的泥沼中拉回现实。

五点半的钟声。

"栗原，你脸色很差喔！"

抬头看向时钟的我，听到老友的声音。我转动视线，只见辰也露出担忧的眼神看着我。

"你不要紧吧？"

"你这家伙问这什么奇怪的问题……"

我故意高傲地回应他。

"我要不要紧不是现在应该考虑的问题吧！"

应该高傲的语气却有气无力的。

我缓缓喝完东西的咖啡，站起身。

应该是世界第二美味才对的咖啡，却既不香也不苦、索然无味地通过我的喉咙。

我去岛内耕三的病房，我最先看到的窗户外壮阔鲜明的夕阳。

从病房窗户看出去，能俯瞰高低起伏绵延不绝的屋顶。夕阳西下时，红色阳光照耀松本市区街道，在冬天才有的澄净空气中，一直延伸到远方的山脚下。

"医生，这里的景色很不错吧？"

沉稳安详的声音来自病床上的岛内爷爷。

我向他鞠躬行礼，他满面笑容地点头回应我。

术后对抗病魔的生活对体力所造成的消耗，怎么也隐藏不了。他脸颊消瘦凹陷，脖子也变细不少。但听见老人不变的安详嗓音，我偷偷地松了口气。

"对不起。这里的景色跟从内科南病房看出去的景色实在差太多，我有点惊讶。"

"据砂山医生说，在所有北四病房中，这间病房看出去的景色最漂亮。"

单细胞的外科医生这次病房安排得颇为得当。

我问他身体情况如何，老人回答："好得不得了。"态度始终平稳从容。

没多久，帮忙换点滴的护士离开病房，只剩下躺在病床上的安详老人，和一动也不动地伫立在老人身旁、看起来一点也不安详的青年。

青年似乎正在找寻适当的话语，他的表情相当不悦，并没有立刻开口。倒也不是要乘隙插话的意思，但岛内爷爷以聊天闲扯般的语气继续说道：

"甘利医生已经非常详细地对我们说明过了。我认为没必要连你都特地叫过来再问一次，只是我孙子怎么讲都不听，坚持要直接问你。抱歉啊。"他不在乎旁边动着身体的孙子，又接着说，"不过，医生，我听到自己不是癌症时，的确松了口气。不要求变得更好，也不希望变得更糟就是了。"

听见这温厚的声音，我只能不断用力点头。

有个声音打破短暂的宁静气氛，不用说正是孙子的声音。

"医生，我没办法接受这样的结果。"

他的视线射向我，以紧绷迫切的声音说。

我回看他，肤色白皙的青年面红耳赤，连额头都发红，他以严厉的眼神看着我。

"你们说我爷爷不是癌症，究竟是怎么回事？"

"他得的是一种叫作自体免疫性胰脏炎的病。"

"也就是说你误诊啰？"

岛内爷爷试着出声制止，但声音相当虚弱。虚弱的声音似乎更进一步刺激了孙子的怒火。

"自体免疫性胰脏炎似乎是能靠药物治好的疾病，不是吗？可是为什么我爷爷却得动手术？我是因为相信你，才把爷爷交给你的。"

我眼睛眨也不眨地看着青年。我的目光无法移开他握紧的右拳。

我并不是没预期到青年会说那些话。我只是受到超乎预期的冲击罢了。

我按捺住高低起伏的内心，静静地解释给他听。

即使诊断结果不同，手术都是最确实的手段。我想我只能透过不断表明这项事实，才能让他理解这样困难的结果吧。

"你说的胰头十二指肠切除术，不是那么常见的手术，对吧？"

青年的声音变得更冷淡，打断我的话。

我点头，急切的声音朝我袭来。

"我查了很多数据，你们该不会是为了提高医院业绩，所以才硬把我爷爷送去动那么大的手术吧？"

我对他的联想感到惊讶。

"不可能。我想外科应该也跟你说明过，即使现在回头来看，手术都是最妥当的选择，这点绝对没错。"

"那也要看你们说的话能相信到什么程度。再说，担任我爷爷主刀医生的砂山医生，好像跟你同年对不对？诊断不怎么样，手术也不怎么高明。"

他说出让我瞬间冻结的话语。

我不禁哑然。

我的确诊断错误，但是让身为主刀医生的次郎丢脸，就说不过去了。克服那场困难手术的次郎，医术值得赞赏，不应该在这种地方被粗暴地举出来批评谩骂。

青年正准备以其他事情逼问哑口无言的我时，异样的声音压制住场面。

"小鬼，还不给我闭嘴！"

声音并不大，却是让人背脊发凉、冷到骨子里的一句话。

青年贤二嘴巴张得开开的，像被鬼压床一样动也不动。

我大吃一惊，环顾室内，想知道是谁的声音，房内原本就只有三个人。我、青年及老人。第三个人缓缓移动消瘦凹陷的脸颊。

"贤二，切开肚子的人不是你，是我！"

几乎可说是惨烈的深沉声音响起。

虽然难以置信，但那是岛内爷爷的声音。毋庸置疑地，也是过去曾统率一群狂暴黑道成员的领袖之声。

就连只是在一旁守护着他的我，都不禁冷汗直流了，无法想象孙子究竟会多么讶异。

"抱歉啊，医生。"

寂静中，老人缓缓转过头来。

即使细瘦的身体靠在病床上，但眉毛下有对炯炯发光的双眼。

"我孙子很可爱，不过我似乎太宠他了。把他宠成不懂礼貌的糟小子。"

我听见小小的笑声。

我当然没心情欢笑。至于一旁的孙子，还是目瞪口呆，无法出声，只能茫然地看着祖父的侧脸。

"我以为会担心我这个没用的老头子，认真为我烦恼的人，只有我这个少不更事的孙子。没想到这个世界上竟然还有你这种喜好与众不同的奇葩呢，医生。"

老人开心地说，并轻轻眯起炯炯有神的双眼看向我。

"治疗不会因为背后的龙而改变……"

老人以充满深度的微笑响应困惑的我。

"老实说，我还真没想到会在这个难以度日的世上，碰上你这么一个认真地将那些幼稚话语挂在嘴上的男人啊。"

他又微微晃动肩膀两三次开怀大笑后，悄悄补了一句。

"医生，那句话太棒了！"

"岛内爷爷……"

"医生，你忘了吗？手术不是你擅自推动进行的。是我和你'两个人一起'决定的。"

老人问我："你说对吧？"他的笑容又恢复成曾看过的那张和蔼慈祥的脸。

"那一晚，我真的很开心。"

岛内爷爷静静地向我低下头。

我哑口无言。

只能呆站在病房中央，连眼睛都忘了眨。

等我发现时，窗外已是夜晚。

率领五车二的御夫座一行，缓缓朝着昴宿星团所在的海面前进。

日落后的市区街道气温开始急遽下降，但往来的行人增多，整座城市仿佛蕴藏着即将满溢而出的蓬勃生气。

　　或许是新年的气氛所致。

　　灯光比平常更多更亮，城市角落也充满鼎沸人声。月色优美迷人，路旁雪光反射，整座城市变得更加明亮。

　　城市灿烂辉煌，但在我眼里就好像匆忙搭建而成的电影布景、没有质感的人造物。问题不在于景色，而是观赏的人缺乏心情。郁闷、懊恼与疲劳不断交互占据我的眼帘，具魅力的信州风景仿佛离我越来越远。

　　"伤脑筋啊……"我试着耀武扬威似的叹气，但白色的气息遮掩了我的视线。我心想"这样不行"并以指尖轻敲额头三次，但脑中的忧郁仿佛鸠占鹊巢般，重重地一屁股坐在脑子里赖着不走，完全没有要离开的迹象。

　　朝着绳手街迈步前进的我，脑中有无数毫无条理、仿佛老旧放映机播放出来的黑白影像来来去去。

　　财政部的冷漠视线、心有不甘地咬着嘴唇的小幡医生、青年贤二怒火中烧的眼神、岛内爷爷深具威严的微笑……我的身体里有另一个人，自顾自地不断转动放映机的把手。

　　不知道在哪里走错了路。

　　不，实际上现在的我连自己是否走错路都无法判断。

　　我发出不成声的叹息，同时仰望冬天的夜空；天上的御夫座看也不看伫立路旁的我一眼，悠悠地在夜空中前进。小幡医生和我之间那道不寻常的鸿沟，就好比不断前进的御夫座和茫然仰望的我两者间的距离。

几乎茫然地仰望着天空的我，被身旁跑步经过的人撞到肩膀，突然一脚踩空。

年轻男子说着"对不起"，跑过我身旁。

我目送青年背影离去，认出前方就是打灯照得亮晃晃的松本城，我眯起眼。

不知不觉中，我已站在城外的护城河边。

通常夜半时分便会沉入黑暗中的天守阁，今天被许多灯光照得明亮耀眼。黑门前的二之丸庭园充满光亮，差点让人以为是白天；数不清的人影仿佛皮影戏般，在光线中交错往来。

习惯这些耀眼光芒前，我暂时呆站原地，最后终于发现人潮间立着许多冰雕。

我看见了飞天骏马；仿佛即将振翅高飞、栩栩如生的天鹅；悠然自得靠在岩石上的人鱼旁边，有正在休息的野鹤。每座冰雕都还在制作中，以夜晚的松本城为背景，在灯光的照耀下熠熠生辉。

因日积月累的疲劳，我原本怀疑那是幻觉，但并非如此。雕像间可以看到许多穿着工作服的人埋头于作品中。方才撞到我的年轻人，似乎也是其中一名雕刻的制作者。

我望向深夜里这幕不可思议的光景，在林立的雕刻间发现熟悉的人影，于是眯起眼睛。

扛着巨大的黑色三脚架和相机，对着冰雕林立的风景不断按下快门的，是我家妻子。

她以亮度计测量亮度，朝取景窗里看，按下快门。

她按下快门的瞬间应该是屏住气息吧。我看到她断断续续冒出的白烟，只在按下快门的瞬间停止。按快门的瞬间飘荡着严肃的紧张感，连看着她的我都不禁停止呼吸。

拍了几张后，她拆下相机，从脚边的大包包里取出其他相机装在三脚架上，再次开始拍摄。有时她会突然停下动作，一动也不动地凝视眼前的风景。然而待她再次动起来时，就会以黑色三脚架为轴，不断重复行云流水般的举止。

一连串的动作宛如跳舞般流畅简洁，毫无多余的动作。光芒与喧嚣正中央，仿佛只有她所在的场所包围在寂静中，妻子悄然无声地继续摄影的工作。

我不禁心想为何会有如此美景？

非常美丽迷人的景色。

"阿一。"

妻子不经意发现了我，她以悦耳的声音呼唤我并用力挥手。我好像鬼压床突然解除般，向前迈开脚步。

"你什么时候来的？竟然也不叫我一声，默默地看着我，你真坏心。"

"我不是故意的。看起来好像正在举行庆典。"

"是庆典啊！他们正在准备松本城的冰雕嘉年华。"

听她这么一说，我才想起来。

那是这座城市每年一月都会在松本城举办的特殊风景。

"原来如此，从前一天晚上开始准备是吗？"

"没错，虽然正式展出也很迷人，但晚上准备庆典的风景也非常漂亮。"

我点头后，想要微笑，却失败了。

脸颊僵硬并非因为冷空气，而是心中的懊恼和爱妻的笑容，仿佛在嘴角两端拔河般，使我嘴角产生小小的痉挛。

"阿一？"

妻子仿佛突然注意到什么，她看着我。

"你在哭吗？"

婉转美丽的声音传入耳中。

我眺望着林立的冰雕，徐徐举起手放到眼旁。

满溢而出的不是哀愁。

恐怕是我心里的懊悔不甘。

"阿一，给你。"

我坐在护城河旁的板凳上，妻子递给我一罐温暖的罐装咖啡。

我抬起头，看见妻子的笑容。

"喝了它，你会暖一点。"

她边说边轻轻解下自己的围巾，围在我脖子上。

"从正在工作的小榛身上抢走围巾，我还有什么立场当你丈夫呢。"

"让辛苦工作回家的阿一感冒的话，我就没有立场当你妻子了。"

妻子"呵呵"笑着，在我旁边坐下。

她这么一说，我才注意到自己穿的衣服不多。白衬衫配上毛衣和大衣，虽然是很普通的穿着，但在如此天寒地冻中，却没围巾，也没手套。我以这模样走在零下十度的空气中却不感到苦痛，更是完全暴露出我内心的动摇。我放弃无意义的逞强，埋首于还残留着妻子体温的围巾里。

妻子紧紧挨着我坐，默默地喝着罐装咖啡，没说什么安慰我的话。对现在的我而言，她此时的沉默令人感激。我默默地喝着罐装咖啡，看向城下庆典的准备工作。

那是壮丽的景色。

光之漩涡、冰之森林、在明亮的会场中搬运冰块的男人、挥动槌子的女人、在一旁看着此情此景的人，以及背后耸立的黑色古城。

槌子上下挥动时便会反射光芒。冰块一动，就会发出声势浩大的巨响。在天寒地冻中进行这样的工作应该是极辛苦的，但不可思议的是并没有悲壮的感觉。反倒是明亮灿烂的照明中，充满某种热情。

努力完成作品的景象仿佛就已是一项作品。

"真是一幅美景啊……"我说话时嘴里冒出白烟。

"即使他们那么拼命雕刻，但说不定明天下午照到阳光就会融化了。"妻子静静地说，"可是大家还是倾注全力，只为了完成自己的作品。没有人想着后天的事。只为了明天……不，说不定只是为了现在这个瞬间，而努力挥着冰凿和槌子。只可惜我的相机无法完全记录下这样的美景。"

妻子露出淡淡的微笑，然后沉默不语。

美景不是林立的冰雕，而是挥凿创作的人们。

拼命认真的态度中有着动人的美感。

这的确很像妻子看待世事的目光。

"真是温暖人心的照片啊！"男爵曾给妻子的作品如此评语。

"无论你拍摄的冬季山脉多么严寒而难以生存，但照片里一定会捕捉到努力求生的人类身影。所以你的作品才会如此温暖人心。"

当时我只随便听听，并未留心，但现在我终于明白了。妻子想收进取景窗里的是凸显出人类价值那刹那的情境。

我不禁苦笑，是因为我想起男爵的下一句话。

"而独占公主心灵取景窗的是大夫。你身为一个被照的对象，好好活着，过着让你自己引以为傲、不觉得丢脸的人生。"

苦笑中又加入叹息。

若是男爵看到我现在的模样，他一定会拿我来当下酒的小菜，酒酣耳热之际调侃我取乐吧。在我被当成酒席上的小菜前，我必须先变回人应有的模样，否则不能随便回御岳庄。我缓缓吸入夜晚的冷空气，然后再慢慢地吐向松本的天空。

"小榛，抱歉，害你担心了。"

"你一定很痛苦吧。"爱妻说道。还是望着庆典的光芒。

我也跟她一样眺望闪烁的光，叹气回应。

"痛苦是很痛苦。但是最痛苦的不是我，而是病患吧！"

事到如今说出口的这句话，听起来有些哽咽，令人难为情。

我勉强地将话锋一转，指向妻子放置在远处的三脚架。

"你不会回去工作可以吗？相机一直丢在那里耶。"

"我现在有比相机更令我担心的事，所以无法分身。"

"小榛，多亏遇见了你，操心的事我已经整理好了，所以你回去没关系。抢走你围巾，还打断你工作，我实在没立场当你丈夫。"

"不用介意。因为我今天本来就不是出来工作的。"

"不是工作吗？"

我感到有些意外，视线回到妻子身上。

"因为睡不着，所以我才出门走走。老实说，碰上冰雕嘉年华纯属偶然。"

妻子露出恶作剧般的笑容，如此回答。

我蓦然发现了一件事。

我从仁科回来后，想的全是岛内爷爷的事。其他事情完全抛出意识外，因此在旁人眼中看来，一定觉得我很怪异吧。妻子看见我这模样不可能不担心。更何况像现在这样直到深夜才回家，担心我的妻子心情一定也无法平静。

"不过，我很庆幸自己出门了。"

我正想开口，妻子早我一步，自言自语似的低声说道。

她凝视着黑门前的广场："因为出门才能碰上这么美丽的风景，还有……"小榛转头看了我一眼，"因为出了门，才能发现苦恼、不知所措的阿一。如果我在御岳庄等你回家，一定只能见到你一如往常独自沉思的模样，我又会落单。"

"小榛……"

"那是你的坏习惯。特别是痛苦的时候，总是忘了我的存在。"

爱妻说道，眼里有微笑。但是我实在无法跟她一起欢笑。

"我没有那个意思……"

"既然你不是故意的，那就不该独自哭泣……"

我眨了眨眼，听见她宁静的声音。

"阿一，你不是孤单一人喔！"

"小榛……"

我本想响应她什么，却无法说出口。

因为妻子突然探出身子。

黑发随风飘扬。同时，嘴唇轻触嘴唇。

视线的一角，我感觉到擦身而过的年轻女性惊吓地停下脚步。女性立刻又加快脚步离去时，我的脸颊完全感受不到冷空气，只剩下暖意。

"小榛，在这种地方……"

"没关系。今晚我想松本城也会当作没看见吧！"

我感到困惑，但近在眼前、脸颊染上红晕的妻子嫣然一笑。

"我总是在等你，也是很辛苦喔！"

妻子小声说道，接着用力地从长凳上站起。她望着庆典，以严肃的声音告诉我。

"活着就会有痛苦。会有诸事不顺的日子。但只要我们两人在一起，不管怎样的路，一定都能走下去。因为……"

妻子双手大大地往上伸，朝夜空发出清澈的声音。

"没有不会停的雨啊！"

令人怀念的一句话。

那是第一次在御岳庄遇见妻子的晚上，我说过的话。

那是我对全身湿漉漉站在大雨中的妻子所说的话。

我对她说的话，又回到自己身上。我随手撒下的种子，经由妻子的手细心呵护，绽放出美丽的花朵。再次证明了我并不是一个人活着。

"我去收拾相机。你等我一下。"妻子开朗地说，跑向前去。

她奔向丢在一旁的器材旁，利落地收拾。

巨大三脚架越变越变小，被收进袋子中。妻子拆下相机镜头，小心地收进包包里。这段时间，正好经过的男女雕刻工匠向她搭话，妻子满面笑容地响应他们。

活力十足的模样，正是妻子口中"努力拼命"的象征。

真是美丽动人的景色。

"我在干什么啊！"

突如其来的粗鲁低语，是我咒骂自己的声音。

相较于妻子拼命的模样，更显得我是多么没出息。这样根本不须劳驾男爵开金口，我也知道我的确没资格当"被妻子拍摄的对象"。

"真是的，我在搞什么啊！"我再次发出声音时，感受到如鸠占

340

鹊巢般占据腹部深处的郁闷与懊恼，终于抬起沉重的腰站起。为了将那些躁动的情绪冲刷殆尽，我一口气喝光手上那罐早已冷掉的咖啡。

活着是一场艰困的旅程。

本来就不可能每天都走在平坦的道路上。有的是必须度过崎岖险恶的山谷，有的是必须在黑暗中摸索前进。在那样的旅途上，我拥有妻子这盏明亮的灯火为我照亮前路。我真是个受到上天眷顾的幸运旅人。

"既然如此。"我鼓足气力缓缓站起。

既然我并不孤单，我就能越过险路继续前行。即使是没有月光照耀的夜路，妻子应该也会为我照亮脚下的路。

我的脸颊上还有妻子留下的暖意，即使在零度下的气温中我也觉得凉爽。

我将空罐投入一旁的垃圾桶中，踏出坚定的步伐。我一边走着，一边用力发出声音。

"小榛，我有件事想跟你商量。"

听见我的声音，妻子抬起头，面露惊讶。

被灯照亮的松本城一如往常的宁静，在一旁守护着我和妻子。

"四月起我想去大学医院。"

我明确告知大狸医生这件事，是二月初的某个晚上。

大狸医生以狸猫特有、令人捉摸不定的态度迎接深夜时分造访内科部长室的我。

"咦咦，小栗子要去大学吗？那我可寂寞了。"

他没露出特别惊讶的模样地说。跟大约一年前，我因为古狐先生的介绍去大学医院参观时几乎一模一样的台词。

看见我一脸认真，大狸医生稍收起笑意，要我在对面的沙发坐下，问道："岛内先生顺利出院了吗？"

我静静点头。

手术后约莫两个月，历经漫长的复健，岛内耕三爷爷终于出院了。他在晴朗的下午办理出院。

"他有说什么吗？"

"没有。"我回答，回想白天的光景。

"多谢你的照顾，栗原医生。"

在医院正面楼层，坐在轮椅上的岛内爷爷满面笑容地说。

挑高的大厅里，洒入立春灿烂的阳光。沐浴在阳光下的老人，虽然脸颊仍然凹陷消瘦，但确实地走在康复的路上。

坐在轮椅上仿佛阳光很刺眼似的仰望天空的模样，无疑就是一个和蔼可亲的老爷爷；那天他在病房展现的魄力，简直像假的。

一旁的青年贤二似乎对我还感到些许尴尬，但前来迎接爷爷出院的他，充满欢喜之情。我本来还担心他对祖父的态度是否会有所改变，但对这个敬爱祖父的青年而言，我似乎是多虑了。自从那天之后，他不再对我或甘利医生特别抱怨什么，每天造访病房照顾祖父。

我和护士一起走到正面玄关，走近岛内爷爷的轮椅，轻轻伸出右手。

"真的非常感谢你。"

他弯腰向前，轻轻地以瘦骨嶙峋的手回握我。细瘦枯槁的手握着我的右手。

"我很庆幸能够遇见你这位医生。"

这句话我不敢当，因此只能点头。

面对那样的我，老人也伸出左手，双手包覆我的手。他过多的感谢，我自觉受之有愧，下个瞬间，他以几乎令人惊讶的力量紧紧握住我的手。我被看不出是八十二岁的臂力拉过去，听见浑厚的声音。

"你将来会是个好医生。以后就拜托你了。"

浑厚、响彻心中的声音。

正是当时朝孙子大喝的豪杰之声。

我连忙抬起视线，但看见的仍旧只有他那和善的笑容。一旁的青年贤二和陪在他身旁的护士，都没注意到这一瞬间发生的事。

老人转过身，背对着目瞪口呆的我，带着愉快的笑声离去。

我踏进部长室，就是那天的夜半时分。

"居然会想去大学医院，小栗子你也真是异想天开呢。"

他取起桌上的桌历看了看。

"好，你好好加油，早日回来。"

满不在乎的口气。

我不禁感到困惑。

我也知道这是任性妄为加上横冲直撞般极蛮横无理的要求。被他破口大骂另当别论，若是花言巧语迷惑我或当作没听见等这类反应，我早做好心理准备了，却连那些都没有，我反而不知所措。

"你一定在想，我为什么连理由都不问吧？"

"如果您知道我会这么想，那就请您问我，我也不会这么思绪混乱。"

"才不要！"冷漠无情的回答，"我才没兴趣听小栗子你发牢骚。"

"牢骚是吗？"

他那略显粗鲁的措辞，却意外地给人一种说到痛处的感觉。

毕竟若他询问我："为何要去大学医院？"我也没明确的答案。虽然我苦思不解，却是更摸不着头绪、发自内心的冲动。

"没有理由也没差啊。"

他一边朝手边的文件上盖章，一边说道。

"我不知道大学是否真能符合你的期待。但你去的这件事情就有意义。"

"医生您会读心术吗？"

"别蠢了。我不用读你的心，反正你全都写在脸上。"

又是一句一点也不含蓄的回答。

"我帮你联络大学医院。你下周前先去跟局长打声招呼。"

他将展开的文件整理好，在桌上敲了几声，自始至终语气都极其淡然。

大学医院是否愿意接受我唐突的申请，这个问题他提都没提。为了进入大学医院需要的手续和麻烦的交涉，也完全没出现在话题中。我也不是能够随便询问他这些问题的立场，因此只能全权交给大狸医生负责了。

我应该担心的是更切身的问题。

"本庄的内科工作……"

我战战兢兢地问出口，大狸医生嬉皮笑脸地露出暧昧的微笑，同时说道："小幡说她用鼻屎就能填补你造成的你空缺。"

只有这句话。

我苦思良久后的决断，仿佛预定和谐般迅速无碍地进行着。

不仅没有斥责与混乱，甚至连挽留都没有。我有种失望、略为忧愁的心情，但我决心接受这样的结果。

我踏入医界即将届满六年。这些年来总是被大狸医生玩弄在股掌间。即使直到最后都还要受他摆布，但事到如今也没什么好慌张的。

我硬说服自己，离开部长室。

这段时间，大狸医生始终露出愉悦的笑容。然而直到很久以后我才回想起来，虽然他看似心情愉悦，但一次也没拍过自己的肚子。

今年的冬天似乎并不打算轻易离开信州。

虽已进入三月，但寒冷的天气未见消退，有时才心想终于有连日好天气了，却开始飘雪，仿佛低声说着"现在还是冬天"的北风从街上呼啸而过。

在如此寒冷的天气中，任职医院院长的云之上医生特地出来迎接造访大学医院的我。

云之上医生是信浓大学消化内科的准教授，在我这种不在庙堂的医生看来，可说是高不可攀的云上之人，因此我称之为云之上医生。去年古狐先生引介我去大学医院观摩时，接待我并为我详实介绍的也是云之上医生。

医生以和去年一样温和稳重的笑容迎接我，引领我到写着"消化内科医务办公室"门牌的大房间去。

虽说是医务办公室，但室内整洁干净且井然有序，不像本庄医院随处可见喝剩一半的咖啡杯或吃剩一半的苹果核。靠墙的书架上密密麻麻地放着各种学会杂志，窗边的热水壶正冒出蒸汽。看似事务员的女性起立向我轻轻一鞠躬。

"你上次来这里是一年前的事了。那时好像是内藤医生介绍你来的……"

云之上医生靠着桌子坐下，突然噤口不语，一定是想起古狐先生已经辞世吧。他瞬间垂下目光，接着又立刻对坐在对面的我说道："栗原医生，你的结论好像跟那时候不同了，对吧？"

我点头，向他说生硬死板的几句问候后，深深地低头致意。

云之上医生眯起眼向我微笑。

"板垣医生已经跟我说过了。你不用担心。"

他那温和沉稳的声音就是所有答案。

我再次向他深深一鞠躬，想起刚刚参观过的医院会议室。

昏暗的会议室内，超过二十个穿着白衣的身影，座无虚席地面对屏幕坐着。

可以看见凝重地盯着屏幕的男性和模样干练的女医生。不但有双手环抱、以冷静目光看着屏幕的壮年医生，也有不合时宜的咖啡色头发下露出悠然笑容的年轻医生。他们的视线中央，脸色苍白、结结巴巴地介绍病例的青年，大概是实习医生吧。

集合了各种人的集团。

我也即将加入如此多样化的集团中。

女性事务员为我们送上咖啡，云之上医生向她说声"谢谢"，以一如往常彬彬有礼的态度接下咖啡，然后用较为轻松的语气重启对话。

"话说回来，那位大名鼎鼎的板垣医生对你如此关照，表示栗原医生你一定有两把刷子。反倒是我们会觉得紧张呢。"

面对始终挂着笑容的云之上医生，我实在笑不出来。

"我给部长添了很多麻烦。实在不敢当。"

"如果你想知道如何鉴别 AIP 和胰脏癌，我先向你解释一下吧。"云之上医生稍微收起眼里的笑意，"局部性 AIP 的诊断极其困难。有时也可说术前诊断是不可能的，大学医院也有在无法确定的情况下进行手术的病例。可以说那是现代医学的极限吧。身为医生，充分理解极限也是非常重要的任务。"

他拿着咖啡杯，继续对我谆谆教诲。

"大学医院并不是为了让所有人学习尖端医疗的地方。如果能变成知道尖端医疗的极限为何，并充满自信地说出'不可能的事就是不可能'这种话的医生，那才有意义，你说是不是？"

令人目眩的一句话。

也可说是新鲜。

女性事务员为了换气稍微打开窗户，室外的冷空气冷不防地钻进来。不知为何在刺骨寒风中，我感受到春天的气息。

"栗原医生，老实说，"云之上医生的声音中不知不觉混入了些许开心的气氛，"不只板垣医生，连小幡医生也拜托我们好好照顾你。"

"小幡医生？"

真是出人意料。

"她说：'有一个有趣的男人说不定会去你们那边，帮我好好照顾他。'只不过我觉得以'有趣的男人'形容一名行医六年的医生，似乎不大恰当。"

"医生您认识小幡医生吗？"

我问道，他点头回答："啊啊，你不知道吗？"接着补充说明。

"小幡医生还是实习医生时，胆胰组的组长是板垣医生，副组长就是我。因为胆胰组织有三个人，所以那就是全部成员。"

好几幅画面突然变得豁然开朗。

言下之意，大狸医生、云之上医生和小幡医生三个人曾在同一个团队工作。

我突然想起小幡医生说过的话。

"组长是魔鬼板垣医生，而副组长则是笑容满面地看着一切的人。"她口中那位副组长正是眼前的云之上医生。

我不得不说胆胰组的成员个个都特色十足。

"我从板垣医生手上接下现在的胆胰组。而现在也可说是板垣医生得意门生的栗原医生要加入我们，我开心之至。"

"可以的话，"云之上医生脸上浮现一丝苦笑，"如果小幡医生也回来加入我们，一切就安泰了，只可惜似乎不太可能……"

他脱口说出令我感到困惑的话。

同时，我并没有忽略掉医生的苦笑中包含的复杂情绪。

原来如此，站在云之上医生的立场，希望小幡医生回来是理所当然的想法。然而……

一幅画面闪过我脑海，是除夕夜里看到的小幡医生凝重严肃的侧脸。

对小幡医生而言，大学是勾起她痛苦回忆的场所。即使到现在，那样的过去对小幡医生而言还不算过去，她要回大学医院当然是不可能的事。

"看你那样子，你已经听说小幡医生离开大学的来龙去脉了吧。"

突如其来的一句话，令我不禁抬起头，只见云之上医生以平静的眼神看着我。他大概从我略显凝重的沉思表情猜出来了吧。

我只能静静点头。

"像她那么优秀的人才，我当然希望她能在大学培养后进，所以问过她了，只可惜遭她冷淡回绝。考虑到她的心情，也难怪她不愿意回来……"

云之上医生的眼神仿佛在眺望远方，他叹口气。

"她看起来虽然总是悠然自得的模样，但或许她还不能原谅十年前自己犯下的过失。"

我差点就把云之上医生这句无心的话当成耳边风。

我好不容易才挑出鱼目混珠混入简短话语中的奇怪字眼。

"您说'自己的过失'？"

"我指的是她丈夫的诊断。不小心将胰脏癌诊断为胰脏囊肿的自己……"

云之上医生说到一半便突然缄默不语。

他悄然看着我的眼睛，闪过向我询问的神色，不久后他忍不住发出叹息。

"看来我似乎多嘴了。"

"我听小幡医生说，她丈夫是因为诊断延误才过世的，可是……"

我无法出声询问接下来的问题。

然而云之上医生似乎正确解读出我无法问出口的事。他闭上眼睛，然后缓缓睁开，告诉我："即使我不说，你迟早也会知道吧。"接着静静诉说过去。

"小幡医生丈夫的主治医生就是她自己。"

如电击般的一句话。

"身为胆胰组成员、学过胰脏相关知识的小幡医生，当年是自己为丈夫进行检查、自己判断病情的。"

"那么，判断为胰脏囊肿、决定半年后再检查的人是……"

"小幡医生。"

我顿时哑口无言。

"大部分胰脏囊肿都如小幡医生的判断，并未造成问题。可以说那样的结果非常出人意表。但胰脏囊肿是极其困难的疾病，必须特别注意警戒，我不得不说她当时并未充分理解到这点。"

我仿佛觉得云之上医生所说的话，在非常遥远的地方。

我无法立刻明白事态。

想起当时她的那句话。

"我到现在还无法原谅当时的主治医生。"

小幡医生如咒骂般说出口的那句话，对象不是别人而是自己。她那对仿佛结冻的慧黠双眼，正是对自己的悔恨、愤怒和悲哀。

无法挥除过去的梦魇。小幡医生至今仍在全心全力跟自己十年前的影子继续战斗。

难以想象那个人究竟走过多少惨烈的路。

"栗原医生，你怎么了吗？"

听见云之上医生挂虑我的声音，我总算得以控制住自己。

因为意外的消息吓得哑口无言，却还是想回些什么的我，就算是恭维也很难说我的态度自然。即使如此，云之上医生并未多问，他只是点点头。

眼里隐约露出悲哀的神色，他呢喃般继续说下去。

"搞不好，"他的目光转向窗外，"小幡医生或许是希望你可以为她完成她当时做不到的事。"

冷不防又有一股冷风窜进来。

我怀抱着直到现在还找不到地方落脚的动摇，循着医生的视线看向窗外。

不知不觉中，夕阳已开始西下，天空逐渐被染成鲜艳的红。

可以看见一只老鹰在夕阳下的天空悠然盘旋，逐渐上升。

大概是碰上上升气流吧。老鹰并未振翅，高度却还是逐渐升高，最后消失踪影融入远方天空。

"救护车即将进入红色三号！"

尖锐的声音响彻急诊处。

数名救护队员推着担架通过柜台前的走廊。我在好像与上一队轮替跑走的另一队救护队中，看见疑似后藤先生的人影，但现在看来并没有让我们有话家常的闲工夫。

本庄医院急诊处今晚也生意兴隆。

看着眼前景象的我却有着平常没有的悠然平静，因为今晚的值班医生不是我。

"你看起来很轻松嘛。"

听见语带讽刺的声音，我转过身，只见双手插在白袍口袋里的小幡医生，一脸嫌麻烦的表情站着。她似乎正好要去红色三号。

"到了三月，苹果的产季就完全结束了吗？"

"就是啊，没有苹果，我实在打不起精神。"

我半开玩笑说出口的话，她却一本正经地回答我。

"栗原你真不简单，竟然能在这种医院工作六年。"

她发着牢骚，背后传来护士要求指示的声音，小幡医生转过头去。

“注射 L-乳酸钠林格尔确保生命迹象，输三包血，如果血压往下掉就告诉我。”

“你跟急诊处好像相处得不错。”

“别说那些无聊的废话，你快点走。今天有你的欢送会，不是吗？”

没错。内科病房的护士规划好在市区为我举办欢送会。

“先送二号的病人去照头部 CT 喔！快点联络放射线科！所以，你去大学医院露过脸了吗？”

能这样一心多用，真是个三头六臂的医生。

“上礼拜我去跟院长打过招呼了。没问题的话，四月就过去大学医院。”

“那个院长总是笑笑的，看起来很不可靠，不过关键时刻他可是相当厉害的狠角色，所以你可以相信他。”

“什么相信他……院长的地位，应该比医生你高很多吧？”

“不管高还是低，无可救药的人就是无可救药。那里跟本庄不一样，也是有那种无可救药的医生，所以你可得看清楚耶！好，抽完血后，马上去照心电图。”

她说个几句话就回过身去，逐一追加新的指示。

听她指示进行处理的护士们，行动也是迅速确实且简洁利落。不久之前那尴尬的气氛一扫而空，又找回一流急诊医院的活力。

“不过，今晚你可以不用担心急诊处或病房的事，去喝到挂吧！那才是你的工作。”

"这是我到本庄的六年来，最令人感激的工作。"

"很好。如果你喝太多被送来这里，我会帮你装尿道气球的。"

"那是性骚扰喔！"我苦笑说道，但我并未忽略出现在那句话中的变化，"那我就放心了。即使是酒精中毒，你也打算好好为我看诊，对吧？"

"栗原，你还是老样子，注意力老放在奇怪的地方。"

小幡医生说这句话的脸上没有一丝笑容。她只直接丢出"再见"一句话，便转过身去。

看着她逐渐远去的背影，我忍不住叫住她，其实没有具体的目的。我还无法整理在心中的情感，便脱口而出叫住她，大概是出自于冲动。

因此我对停下脚步回过头来的小幡医生所说的话，大概是极其平凡的内容。

"虽然期间很短，但还是非常感谢您的指导。"

"您的指导？"小幡医生露出不可思议的表情。

"你在说什么啊！我教给你的只有如何鉴定苹果而已吧？根本没有提到医学方面的话题。"

即使到了离别时刻，讲话依旧毫不客气的医生。

仿佛与她那句话语尾重叠般，又有新的救护车警铃逐渐接近。看着窗外，忍不住叹息的小幡医生："拜托你别说废话了，赶快走吧。只要你在这里，病患就不断增加，这样不行啊！"

她朝我丢出一句似曾相识的台词便转过身去。窗外照射进来的红色旋转灯，规律地照亮她意外纤细的背影。救护车穿过急诊口的斜坡滑进来。才这个时间，不知道已经是第几辆了。

"栗原，话先跟你说在前面。"听见这出其不意的声音，我抬起头，发现小幡医生站在红色三号前，脸对着我，"要是你以为写了两三篇论文就可以追上我，那就大错特错。"

冷静的声音穿越喧嚣的急诊处，传进耳里。

"因为医生是靠综合能力决胜负的。"

小幡医生轻轻挥动高举过头的手，便直接朝着红色三号飞奔而去。

刹那间，闪现她嘴唇两端的是微笑吗？

我连确认的时间都没有。

而且也没有那个必要。

我在人来人往的走廊中央，对着早已不见踪影的小幡医生静静低下头，行了一个礼。

深志神社附近还留有古色古香的街道景致。

护士们指定的店家就在老街中，距离本庄医院不是太远。

我从车道踏入小巷，以为方才走进伸开双手便能触及左右两边围墙的小路时走错了路，但看了她们给我的地图，发现并没有错。

左侧是一整排石墙，墙另一边的折柄茶花树枝桠越过墙向外伸展，连头顶上都可见到其光滑的外皮和枝叶。我疑惑着"医院附近有这样的地方吗"，往小巷深处走去，忽然间视野大开，出现一家颇有气派、外观看似老民宅的小餐馆。

虽然我曾听人说过，但第一次来这家店。

我在通往门口的踏脚石前停下脚步，因为发现在入口旁的屋檐阴影下悠然仰望夜空的老友。

"你比我想象中来得早，护士大多都到了。"

"我只能说是'意志薄弱'吧。"

我皱起眉头不愉快地回应，因为从辰也手上冒起了一道白烟。

"你不是为了夏菜戒掉了吗？"

"是戒啦。不过外村小姐说：'今晚抽根烟也无妨。'所以给了我一根。"

他轻呼出一口烟，原来如此，今天抽的不是 Seven Stars，而是 Philip Morris。

"老实说，我真没想到你竟然会在行医第七年才决定去大学。"

"我也有同感。"

"如果连你都有同感，话就说不下去了。"

辰也仰望着太阳早已下山的晚冬夜空，同时呼出白烟与叹息。

"自体免疫性胰脏炎的病例，似乎给了你很大的震撼，对不对？"

"跟那没关系。"

我将手伸向放在辰也胸前口袋的 Philip Morris 香烟盒，抽出一根。辰也轻轻取出打火机为我点火。

我轻吸一口，开口说道："才怪！"

"你这男人讲话也未免太容易混淆了吧！"

"你也不简单，竟然能一脸享受地把这一团令人不快的烟雾吸进身体里。"

"正所谓'以毒攻毒'啊！我是借着尼古丁来压制心里的毒素啊。"

"一个当医生的人可以大言不惭地说这种话吗？医学院的良心听到会吓傻的。"

"我差点就可以不用再依赖香烟的毒了。"

辰也的声音听起来似乎突然间变得更加深沉。

我将视线转向他，老友静静地仰望夜空。这里距离本庄医院应该并不远，但听不到救护车的警铃，充满令人不可思议的寂静。

"我觉得在东京蓄积的心毒好不容易排干净，好像可以不用再依赖香烟了，没想到你马上就决定要离职。我连把欠你的人情还你的时间都没有，你就要走了，总是会让人想抽个一盒解闷啊。"

"不用担心。别以为我去了大学，就可以一笔勾销。只要我一找到机会，就会好好跟你请款，把你欠我的统统要回来。"

"栗原，你觉得，我们应该走向哪里？"

他断断续续吐出的那句话，让人觉得有点痛。

我缄口不语，面前的辰也将吸到底的烟屁股按进携带烟灰缸中捻熄。接着用那只捻熄香烟的手抽出下一根烟含着，并取出打火机。我一把抢走打火机，并不是为了要逼他戒烟。我点着了火，辰也以香烟前端靠近，继续说道："我很为你骄傲。"

"阿辰……"

"我是比起病患更在乎家人的男人，是那种如果病人和夏菜双方同时发生变异，一定毫不迷惘就选择夏菜的医生。但是你不一样。你是个无论何时都毅然决然朝着理想跑来的男人。你是个无愧于良心的医生，这点毋庸置疑。这样的你为什么非得离开本庄不可？"

辰也徐徐将视线转向我。

"你觉得现在的你不行吗？"

"不是的。"

"可是你还是决定去大学医院。那也就表示，你否定了多年来在本庄累积起来的行医理念，不是吗？"

"阿辰，不是那样的。"

我故意傲然回应。语气强硬到足以让辰也一瞬间露出困惑的回答。

这个男人实在太热血了。

充满热情的话语中，有着我熟悉的老友身影。因为我感受到他那澄净无瑕的热情，所以我也应该坦率真诚地响应，不在话中夹杂着讽刺或戏谑。

"现在的我连跟你平起平坐的资格都没有。"

"资格？"

我对着蹙眉的老友说："你听就对了！"继续说道，"我们是医生，而且是支撑地区医疗根基的医生。那样的医生却仿佛廉价保鲜膜似的，被人随意抽取撕下，用完就丢。如果只是被丢掉的话那就算了，一不小心立刻会被群起围攻，这就是现在的社会风气。"

358

我已经相当久没过所谓的假日了。大家仿佛都认为我们夜里接到呼叫便得出门是理所当然的。在苛刻的环境中，并非只要拼命东奔西跑就好，必须经常更新最新知识和技术以对应重病或罕病病人不可。

医界并非寻常的世界。

"阿辰。"

我不知不觉中叫了他。

"我很佩服你的生活方式。"

老友惊讶地看着我。

我没等他回答便继续说道。

"你即使在如此苛刻的医疗现场工作，依旧维持着保护夏菜的坚定信念。对于因此产生的差错，也有毅然决然负起责任的心理准备。可是我……"

突然间我的脑中闪过妻子的笑容。那天在松本城的长凳上，直直凝视我的清澈眼睛。

"我以前甚至从未思考过我应该当个怎样的医生。我曾一味认为只要我努力，就会万事顺利。然而医疗不是那么容易的东西。"

我看向默默守护着我的老友。

"我不像你一样，拥有即使放下一切也要选择家人的坚定觉悟。我也不像小幡医生一样，拥有崇高的使命感。也就是说，阿辰，面对已经选了道路的你，从未做出选择的我，连跟你平起平坐、平等对谈的资格都没有啊。"

"栗原……"

辰也眯起眼睛，不再顾虑，向我提问。

"你的意思是，如果你去了大学，就能找到答案吗？"

"我不知道。但这样坐以待毙是不行的。我要去寻找答案，好知道自己该怎么走。"

冬天的寒风呼啸而过，手中的香烟火势增强，冒出红光。

"那就是我的答案。"

又刮起一阵更强的风，卷走了香烟的灰烬，灰烬散落在屋檐下，上头开着可爱的黄色小花。还有团团白雪残留的花坛一角，花儿悄悄告知春天即将到来。

"冬天终于要结束了……"

听见我说的话，辰也没有移动视线，点点头。

老友沉默不语，最后轻轻踏出步伐，在花坛旁边坐下。

"元日草……因为福寿草会在农历元月一号开花，所以还有那样的别名。"

福寿草黄色的花瓣随风摆荡，弯腰行一个礼，仿佛在响应他的声音。辰也爱怜地望着黄花低声呢喃。

"有的地方还会叫它雪割草。"

"雪割草是吗？好名字。小小一朵花倒是气势十足啊。"

"你知道吗？福寿草的嫩芽有毒。如果将它误以为是蜂斗菜而吃下肚，可就糟糕了。"

"也就是花不可貌相吗？"

"就'不可以外表判断内在'的意思来说，或许花和人都是一

360

样的。"

我和辰也不由得相视苦笑。

脑中闪过各种"不可貌相的人"。大狸医生是如此，小幡医生是如此，或许我和辰也也是如此。

我静静向蹲坐在花坛旁的辰也背影问道："阿辰，你可以接受了吗？"

"开什么玩笑！"

老友说着，回过头来，眼里有微笑。

"栗原，你可别误会。我从来也没接受过你的冒失莽撞。惹恼生理学教授的时候，还有在病房拿咖啡从我头上浇下来的时候，我一次也没接受过。当然，我也不认为你的判断会随着我接受与否改变就是了。"

"有你这么聪明的朋友，我真是幸福。"

我回应道。屋檐下充满彼此小小的笑声。

"咦，我就知道你们在这种地方。"

冷不防听见一个开朗的声音，我回头一看，水无小姐从小餐馆的门后探出头来。

"栗原医生，既然来了就跟我们说一声嘛。大家都在等你喔！"

"抱歉。"我笑着，将香烟按进辰也的携带烟灰缸。

"你们两位感情真的很好呢！"

水无小姐发出开心愉悦的声音回到店内。我追着她的脚步走上去，突然想起一件事，转身看向老友。

"辰也，有件事我得先告诉你。"

"什么事？"

"她们怀疑我们是同志的事。我在想，原因应该是出自于你那粗心大意的态度吧！"

我说道。辰也反倒以满不在乎的表情响应我。

"搞什么，号称怪人栗原的你竟然拘泥在这种小事上。如果你真的那么在意的话，就快点回来本庄吧。趁事情还没有变得更夸张之前。"

辰也故作轻浮地丢出这句不正经的台词，随后便走进店里。

宴会排场相当豪奢。

满满一大盘的生马肉、产季刚过的山蔬炸成天妇罗，连火锅、生鱼片和荞麦面都有。

围住如此一桌珍馐佳肴的是南三病房的护士们。原本都是早已熟识的面孔，但大概是不习惯见到她们穿便服的模样，个个看起来都很亮丽，甚至令人略感困惑。

病房成员的宴会上原本就不太会说些正式刻板的寒暄。即使如此，当辰也形式上带领大家干杯后，立刻看见玻璃杯来来去去，酒杯互相碰撞。

酒的质量极佳，送上来的菜肴也非常美味。再加上这家以老民宅改造的店，仰头一望便可看见横越头顶的结实梁柱，别有一番风情。成员们说着"辛苦了"，并互相斟酒。黄汤下肚，我立刻变得陶然自乐，连这是自己的欢送会都忘了。

半途，大狸医生也加入宴席，场子变得更加热络。

"部长竟然大驾光临病房的欢送会，真是稀奇。"

脸颊染上红晕的水无小姐一边以开朗的声音说，一边倾斜陶制小酒瓶倒酒。

不需我问次郎最近怎样，她便继续说道："听说医生你要去大学赴任，他开心得不得了。还说你们之间果然有命运的红线牵着。"

壮汉的白痴程度，似乎调回大学也没变。

我苦笑地干掉酒杯，环视座上嘉宾，接着问出我从宴会开始便一直挂在心上的事。

"东西怎么了？"

我问。水无小姐微笑，转头看向坐在旁边的御影小姐。御影小姐以因酒而变得红通通的脸点头回应水无小姐。

"怎样？你们想说什么？"

"我们还以为栗原医生你忘记主任了。"

"我的脑袋没有灵活到马上忘了她。她今天也要工作吗？"

"主任叫大家来你的宴会玩开心点，她今天是夜班。"

御影小姐接着水无小姐后面开口。

"水无学姐和我们都对她说：'主任才是最该去参加的人'，可是……"

"她只说：'你们去就对了，不用管这么多。'"

水无小姐一边回答，一边朝桌底下伸手，取出一个小纸袋。

我不明就里地收下她递给我的纸袋。

"主任要给你的。"

"东西给我的?"

"她说:'如果医生有办法注意到我不在的话再交给他。'"

旁边的御影小姐接着说:"她还说:'如果医生薄情到完全没发现我不在,那就直接丢垃圾桶吧。'"

越来越无法理解。

总之我还是打开她们给我的纸袋,纸袋并没有特别包装,就是随处可见的纸袋上贴着透明胶带封口而已,所以一打开就立刻看到内容物了。

我看着袋里的东西,轻轻睁大眼睛。隔半晌,我不禁苦笑。

我手中之物是漱石的《草枕》。

不是我放在白袍口袋里那本破旧不堪的《草枕》,而是刚买来的全新《草枕》。

"她有说什么吗?"

我盯着上头一句留言也没有的礼物,向她们发问。

没有回答。

非但如此,还有些安静。

我缓缓抬头一看,不知不觉间宴席上的所有护士纷纷安静下来,脸上全带着笑容看着我。

我不禁有些畏缩,我还来不及说出"怎样",水无小姐霍地站起身来向我一鞠躬。同时响起所有护士一同大喊的声音。

"栗原医生，辛苦你了!"

我无暇感到惊讶。

我只能目瞪口呆地看着一切，她们又齐声拍手喝彩。

这可不行。

非常不行。

如果只是为我斟上一杯酒，对我说上一句"珍重再见"，这样便已足够。但是向这样面对面为我送行……

我立刻取起桌上的陶制小酒瓶，直接一口气将酒倒入喉咙中。我从未如此胡乱对待我最爱的日本酒。但今晚实在迫不得已。我的神经还没粗到可以若无其事地接受如此盛大的欢送。

我将陶制小酒瓶咚的一声放回桌上，旋即有人递了一杯给我。我接下后立刻又有人为我斟一杯酒。但一反我的想象，只见其他护士大喊"干杯"，并喝干杯中美酒。

接着令人醉得不省人事的宴会重新开始。

大家只顾着开怀畅饮，喝得烂醉如泥，走出店门时究竟是几点，已无从得知。

只是在酒酣耳热之际，大狸医生冷不防靠到我身边，对我说了一句话。

"能不能再陪我喝一杯?"

我当然不可能拒绝他浑厚的声音。

我和大狸医生一同离席，但其他人大概是顾虑到我们，并没有人出声阻止。我们默默踏上夜路。

大狸医生带我从先前那家小餐馆再朝小路走进去一点，路的前方有一家挂着暖帘的小店。

月色皎洁的夜晚。

月光在有着瓦片屋顶搭配名为白纹方格墙的传统仓库建筑外观，刻画出几何学般的浓淡阴影。挂在老旧木门上的暖帘，小小的蓝色布块上头只写着"吉"一个字，非常单纯的设计。

喝醉的我不禁叹息："原来这种地方有店啊！"

我半梦半醒地仰头看着店门那盏发出淡淡光芒的灯时，大狸医生以熟悉的动作推开了店家的木门。我带着仿佛进入童话故事其中一幕般的感觉跟着他进门。

欢迎我们的，出乎意料是个穿着日式厨师服的年轻男子。

他笑容满面地向我们行了一个礼。

接着便走进店后不见人影。

灯光半熄的店内，不见其他顾客踪影。

大概是大狸医生认识的店家，他迅速走进里面，坐上榻榻米。我跟着他走上去，只见桌上已经全部准备好了。

我睁大蒙眬醉眼，因为桌上有三人份的餐具。

其中一个座位拉开，我和大狸医生面对面坐下，刚才的年轻老板不知不觉已经准备好酒器和酒杯在旁边等着了。

"您来得比我早呢！"

"这种时间才来还对我这么说的老板，果然很知趣呢！"

他愉快地笑了。

但并非平常豪迈的笑声。

仿佛古寺庭院中圆滑、带着淡淡光泽的石头般，慢慢流露出带有情感的笑声。

"喝吧！"

他说着，递出的酒杯，我连忙接过来。医生的粗壮手臂立刻为我倒入琥珀色液体。我马上回斟他一杯酒，说道：

"我不知道这里竟然有这种店。"

"当然啰。我今天也是第一次告诉别人。只可惜如果你是一个可爱女孩的话，画面就更完美了。"

即使这样的夜晚，他像狸猫一样喜欢捉弄人的习惯还是不变。不断改变场子的气氛，夸张巧妙地欺骗我，就是这只大狸猫惯用的手法。

"来，小栗子，干杯！"他说。轻松地开始交杯换盏。

我不知此酒酒名为何。

口感属于辛辣，而且是现今流行的淡丽辛口，应该不是大吟酿，但是甘醇陈厚的酒味，绝非新酒仓产的酒。

"这款酒价格不贵。不过味道很不错吧！"

不是出于奉承，我真心点头同意。

"年纪大了还真是不可思议。虽然喝了千百种酒，最后绕了一圈还是回到以前喜欢的酒。结果，以前没钱时喝的酒才是最好喝的。"

大狸医生一边自言自语般地说，一边倾斜酒杯。

我对大狸医生隔壁的座位还是空的有些在意。虽说早已喝得醉醺醺，但如果有人要来，总不好意思再继续喝下去。

不知道他是否解读出我的想法，所以才如此，大狸医生拿取酒器的速度相当快速。我们不断彼此斟酒，而老板会在绝妙的时机出来再送上一瓶。

一杯接一杯地喝，时间仿佛消失般流逝。

身为信州"神之手"而深受许多医生敬畏的大狸医生，我从实习医生时代起便受他谆谆教诲、受他许多照顾。比起老师，他的心境更接近父亲。一旦喝醉，他就会变得越来越不客气。

"我一路走来承蒙医生您对我照顾有加，但今后我还是希望您可以继续像以前一样，甚至比以前更照顾我。敬请医生您多多指教。"

"喔，干吗这么郑重。酒还没喝够吗？"

"喝够了，太够了。我去大学学习更多知识，希望将来某一天，我会成为站在您面前也不会丢脸的内科医生，再回到本庄医院。"

"那还早得很。拜托至少在我活着的时候做到。"

醉人佳酿和大狸医生的话，同样都是辛辣中带着深奥的滋味，因此我无法动弹，只能姑且悠然响应。

"既然医生您认为我需要一段时间，所以医生您可得长命百岁啊！"

大狸拍了拍肚子，开心大笑。

"砰砰"的声音突然消失，寂静降临。

我抬起摇晃的视野，蓦然发现大狸医生静静地看着空无一物的虚空。

"不用你担心啦。"

他脸上有宁静的笑容。

"小栗子，我相信你不管去哪里都可以做得很好，毕竟我塞了那么多东西给你。我努力地塞，甚至有点塞太多了。等你去了大学，可别因为那里都是一些没什么了不起的人而吓到。"

我无言以对。

谦逊和承让的话，光是说出口就显得不知风趣。

"小栗子，有一件事我先告诉你。"

大狸医生突然压低嗓音说道。

"你知道对医生而言，什么是最重要的吗？"

非常困难的问题。

大狸医生并没有立刻回答，他取起刚送上桌的酒器，朝我的酒杯里倒了酒。

"就是啊……"他低语般说道，接着，"坚持下去。"

坦白的一句话。

"不管你在哪里工作，不管你去怎样的医院，那些都不重要。最重要的是坚持下去，继续当个医生。"他慢慢地含了一口酒，"现在大家口口声声说医生不够。特别是在医院没完没了地看顾着老人家的医生不够。因为值班或病人病情骤变不断被呼叫回院、身心俱疲的那些人，不是转为兼任医生好和医疗现场保持距离，不然就是——离开自行开业。所以医院里才会没有医生啊！"

他以稳定不晃动的酒杯接下我递出的酒器。

"所以小栗子，我能告诉你的只有这一句话。对医生而言最重要的是'坚持下去'，听到没！"

那是一句温暖的话。

一句分量十足、身体力行后才能领悟的话。正因为他长年以来支撑着地区医疗，所以才说得出口的话。

我无言以对，只能用力点头。

寂静降临小小的酒宴。

仿佛正在缓缓摇动的桌上，满是杂然摆放的酒器和酒杯。

大狸医生突然轻轻举起一只手。

"老板，不好意思。给我热的'杉之森'！"

总是只喝冷酒的大狸医生说出稀奇的话。

好不容易送上来的热酒，附了三只酒杯。

大狸医生以粗壮的手将三只酒杯一只给了我，一只给了他自己，第三只放在身旁的空位。我不可思议地看着眼前景象，医生缓缓地将热酒一一注入三只酒杯里。

关于空位的事他一句也未提，大狸医生轻轻举起酒杯。

"那么，小栗子，就在我们都喝醉也比较不会感到丢脸的时候，再重新干杯吧！"

我也照他所说那样举起酒杯。

"感谢小栗子这六年来的辛勤工作，并祝你将来也有好的表现。"

冷静说完"干杯"的大狸医生，将他的杯子与我轻轻碰撞，接着碰了放在旁边的杯子。早已酒醉的我无法深入思考，也模仿他拿自己的杯子和放着的杯子一碰。

杯子碰上的瞬间，我恍然大悟。

那个空位不是在等人。不对，甚至一开始就不是空位。

我拿着酒杯的手开始止不住地颤抖。

那个座位是……古狐先生的位置。

是内科副部长、大狸医生的左右手，也是在本庄医院工作了三十年岁月、去年过世的古狐先生的位置。古狐先生也是和大狸医生一起支持、指导我这六年行医人生的医生。

大狸医生和古狐先生一起为我送行。

热血沸腾的脉动扩散全身。记忆带着鲜明得令人惊讶的色彩浮现。

记忆里有开心眺望着盛开樱花的古狐先生满面的笑容。

记忆里有微笑说着"已经是花水木了吗"的医生侧脸。

我手上的杯子掉落，冷不防发出了"铿"的一声。

我连忙捡起，大狸医生一边笑着对我说"喂喂，你啊"，一边又取了酒器为我注酒。

"要在这座城市里保有一座让人随时都能接受诊疗的医院。"

如此彼此立誓的两位巨人，一同为我举杯庆祝我的启程。

我将千头万绪放入酒中，喝光了这一杯。

喝光后，我朝两位医生缓缓低头鞠躬。

低到额头几乎抵到桌子。

"你好好学习，早日回来。"

我听见温暖的声音。

我低着头没抬起来。

我只是一直低着头。

尾

声

听见"啾啾啾"的尖锐声响，我仰头看向空中。

以万里无云的春日晴空为背景，鸟儿正在树梢上高鸣。

我看着看着，从树梢上翩翩飞舞降落院子的是两只山雀。或许是发现面包屑了吧！两只鸟振翅、来回跳动，在不甚宽广的御岳庄院子里往来。

一年四季皆可看到这种小鸟，想在寒冬中看到它们身影的机会不多。它们开始如此鸣叫，正代表春天来了。

两只鸟发出活力十足的叫声，拍动小小的翅膀，不久后便朝树篱的另一边飞翔离去。

现在是三月底。

从上周向本庄医院提出离职函后的五天以来，是我成为医生后第一次得到连休。即使夜里也无人呼叫的五天。可以好好泡在浴缸里，不用在乎手机的五天。

如此宝贵的五天中，我没特别做什么。

我只是静静地待在御岳庄喝喝咖啡、看看书而已。

我重新慢慢读了一次久违的《草枕》。我对重看了一次之后还有时间感到非常讶异。妻子看见我说着伤脑筋、老往时钟瞧，不禁莞尔一笑。

老盯着时钟也无可奈何，因此我翻开书。我读了鸥外、碰了芥川、耽溺于镜花。简而言之，就是一整天坐在御岳庄的檐廊上，阅读高高堆起的书籍。

妻子没对我说什么，也没找我去什么地方。她在一旁整理底片、调整相机，有时我以为她出门了，才发现她在附近的小巷弄里拍摄好不容易冒出新芽的蜂斗菜。

平静的日子。

在那样的寂静中，若要说有什么变化，大概就是屋久杉君搬家了。

就在昨天，我才去帮忙即将搬去伊那农学院校区的屋久杉君搬家。他没什么行李，半天就打包完了，一旦东西都整理好后，变得比先前更寂静。

我依旧坐在檐廊，翻开书，仰望天空，度过寂静的最后一天。

一旁响起"咔嚓"的机械声，我转动视线。

妻子正以 M9-P 拍摄初春的天空。

"阿一，我帮你泡杯咖啡。"

妻子发现我的视线，给我一个微笑。

妻子放下相机，走向厨房。亦步亦趋跟在她脚边的是三色猫勃朗尼卡。这只来御岳庄还不满四个月的客人，仿佛很久以前就住在这里似的，动作举止完全无所顾忌。从它在我面前蛮横无理但在妻子面前便乖巧顺从这一点来看，是一只相当懂得做人处世之道的猫。

我视线随着勃朗尼卡而去，看见倾斜挂在起居室上的公告栏。

可以看见房东贴的"资源垃圾回收日"通知单和写着"随手打扫"的纸。其中最令人感兴趣的则是"新房客即将入住"的通知。

"好像是信浓大学的新生喔。"

妻子从厨房探出头来告诉我。

季节更迭，旧人去新人来。

总是目送别人离开的我，四月开始也要换到大学赴任了。

我没什么特别的梦想或期待，但不可思议的是连我缓慢沉重的脚步，现在都变得轻盈愉快。

外头猛然传入"铿铿"的尖锐声响，原来是相隔几栋之外的小房子正在拆除。隐约可见围墙的另一边，有着与闲静住宅区格格不入的大型机具影子。据说要把老房子拆除，盖一栋新的公寓。

"外头这样吵，感觉它每敲一次，我的才华也跟着溢出来了，无法安心作画啊！"

说着那些大话的男爵，嬉皮笑脸地笑着，不久前出门去了。八成是为了补充溢出的才华，去买威士忌吧。

边想着事情边望向庭院的我抬起头，因为我听见玄关有门铃的声音。

有客人来这栋简陋的房子，实在太罕见了。

房东老先生总是什么也不说便自行进出，其他则是一群几乎忘记门铃存在的人。

妻子关掉正在烧水的火，跑向玄关口。

我听见拉开拉门的声音和短暂的沉默，然后小小的一声"啊"，接着是慌慌张张地呼叫"阿一"的声音。

我放下手边那本全新的《草枕》，站起。

我走上走廊往玄关口的方向去，看见门外有一个人和妻子面对面站着。

在初春阳光下向我轻轻点头示意的是顶着一头富有光泽的直发、穿着白衬衫、看起来整齐清洁的一名年轻人。

银框眼镜后面的淡漠眼睛从妻子转向我，不久后他脸上浮现气质非凡的微笑。

"大夫，好久不见。"

发音清晰的声音，我再熟悉不过。

我泰然露出微笑响应，反倒是对方失望地回答我："你至少要像榛名公主那样吓一跳才有价值啊……"

"谁会吓到啊。你考上大学只是预料中的事吧！"

我微笑着继续说道：

"欢迎你回来，学士殿下。"

暌违一年回到此地的"野菊之间"居民，再次正式地向我们深深一鞠躬。

"我回来了，大夫、榛名公主。"

我看着无言以对呆站原地的妻子，她依旧一副因激动脸颊潮红、眼眶湿润、无法出声的模样。

"小榛，你还好吗？"

我带着苦笑问，结果小小的泪珠便从她眼里滑落。妻子连忙拭去泪水，头一点。"欢迎回来，学士殿下。"

听见悦耳的声音，学士殿下再次彬彬有礼地低下头。

我看着眼前景象，心情平静到自己都觉得不可思议。

摆荡在他们与我之间的风也很平静。

我蓦然觉得这阵平静的风中某处包含着令人愉悦的活力，于是我仰头望向万里无云的天空。看来赖着好长一段时间不走的冬天，终于抬起沉重的身子离开了。

"我去泡三人份的咖啡。"

妻子留下一句话，便立刻奔回厨房。学士殿下看着妻子的背影说："公主，不用麻烦。"

"大夫，今晚可以好好陪我聊聊吗？我想说的话堆积如山。"

"真巧。"

我静静地笑着点头。

"我也有话想告诉你。"

学士殿下相隔一年半后，终于又跨入御岳庄的门槛。

我跟在他后面进入起居室，走进厨房想帮妻子的忙。

妻子刚磨好咖啡豆，正在等热水烧开。放在火上的茶壶仿佛代表世界和平般，"咔嗒咔嗒"摇晃着。

我若无其事走到妻子身旁看着茶壶，妻子的右手轻轻握住我的左手。

我眺望着茶壶稍微思考一下后，温柔地回握她的手。妻子反而吓了一跳。我看她一眼，只见她略显困惑的脸庞上微泛红。

眉开眼笑的我倏然转动视线，因为我好像听见窗外的院子里传来黄莺的叫声。

半敞的玻璃门另一边，虽然找不到声音的主人，却隐约看见玄关前的老梅树。我看见梅树枝丫出现一抹春天的色彩，我不禁呢喃。

"春天终于来了。"

"是呀。"

我朝向老梅树后的远方眺望，原本一片白雪皑皑的北阿尔卑斯山棱线，不知不觉中也能看见崎岖凹凸的土壤颜色。不在意渺小的人类活动，时光依旧缓缓流逝、不断前进。

茶壶突然发出急躁的叫声，我回过神来。妻子发出"啊"的一声，连忙放开我的手跑向炉火。

如此细微的日常风景对我而言却是一切。无论世界多么悠久，然而不该要求栖身信州的一介内科医生人生有什么特别的改变。

只消和妻子再次踏上明天的新生活并继续前进即可。

我没有哲理。主义和主张对我来说太过沉重。但我可以确信的是，只要有向前迈进的腿，以及想稍事休息时这杯无与伦比的咖啡，即使险恶的旅途也将别有一番乐趣吧。

我打开餐具柜，取出咖啡杯。

我优哉地将咖啡杯摆在桌上，不知不觉中勃朗尼卡靠了过来，纵身一跃跳上旁边的椅子，接着露出宛如在为我的工作表现打分数般的表情坐下。

微风轻拂。

新季节的舒爽春风。

院子里好像又有一只黄莺在啼叫。